Autorin

Cathérine Cordero, Jahrgang 1970, eine Tochter.

Bisherige Veröffentlichungen über BoD:
2007: Heimatlose Welten, Meine Gedichte.
2008: Seelenseen, Gedichte II.

Cathérine Cordero

Sanft wie Schafe

eine wahre Dualseelen-Geschichte

Bibliografische Information der Deutschen Nationalbibliothek:
Die Deutsche Nationalbibliothek verzeichnet diese Publikation in der Deutschen Nationalbibliografie; detaillierte bibliografische Daten sind im Internet über < http://dnb.d-nb.de> abrufbar.

Herstellung und Verlag:
Books on Demand GmbH, Norderstedt

Umschlagfoto mit freundlicher Genehmigung von Andrea Korzuch
Umschlaggestaltung: Cathérine Cordero

ISBN: 9783837030747

Für Gott,
Emily, Kristian
und die Wale.
*
In Liebe.

Vorwort		Seite 7
Kapitel 1:	see you again some time	Seite 9
Kapitel 2:	drawn to you	Seite 25
Kapitel 3:	let´s make it happy	Seite 48
Kapitel 4:	possible	Seite 72
Kapitel 5:	promise	Seite 91
Kapitel 6:	remarkable woman	Seite 120
Kapitel 7:	all you need is love	Seite 165
Kapitel 8:	don´t want to lose you	Seite 188
Kapitel 9:	cannot make this easier	Seite 209

Vorwort

Es ist vollbracht. Dieser Satz fällt mir spontan ein, jetzt, da ich mein Buch endlich beenden konnte. Denn anderthalb Jahre lang war es immer in der Schwebe, immer *beinahe* fertig - es wollte sich partout nicht von mir einfangen lassen! Und sein Titel steht schon seit mehr als zwei Jahren fest. Ich sagte ihn in einem Traum, noch bevor die Geschichte begann, von der es einmal erzählen sollte ...

Dieses Buch handelt von meiner Begegnung mit dem Mann, der mein ganzes Leben völlig verwandelt hat – weil er *mich* völlig verwandelt hat.
Es ist vordergründig betrachtet die Geschichte einer grossen Liebe; das eigentliche Thema des Buches ist jedoch meine spirituelle Entwicklung bzw. meine Beziehung zu Gott.

Ursprünglich umfasste unsere Geschichte weit mehr als 500 engbeschriebene Seiten, und ich musste viele sagenhafte „Zufälle" herausstreichen, um eine relativ kompakte Story für die Veröffentlichung zu erhalten. Es verging in Wahrheit kein einziger Tag, an dem es *ruhig* war und sich nichts Bemerkenswertes ereignete. Ich brauchte lange, um mich an die Verwandlung meiner selbst zu gewöhnen. Immer wieder begegne ich Menschen, die gerade dasselbe Abenteuer beginnen und völlig fassungslos sind. Dann lächle ich und freue mich für sie.
Wenn mich heute jemand fragt: „Woran erkenne ich, ob ich wirklich meine Dualseele getroffen habe?", schiebe ich im Geiste all die üblichen Anzeichen beiseite (als da sind: Erkennen auf den ersten Blick, niemals zuvor gekannte Liebe, magnetische Anziehung) und gebe die einzige Antwort, die meines Erachtens von Bedeutung ist: „Vergleiche dich mit dir, wie du *vor* der Begegnung warst. Wenn du dich komplett gewandelt hast, nur dann ist es so. Allein an der eigenen inneren Weiterentwicklung kannst du ablesen, ob dieser Mensch dein perfekter Seelenspiegel ist oder nicht."
Denn es ist nicht möglich, diesem Menschen zu begegnen und so zu bleiben, wie man immer war. Er bringt dir die wichtigsten Dinge bei, die es in diesem Leben gibt: Lieben, Erkennen und vor allem: Bewusst-Sein.

Der Seelenzwilling kommt in unser Leben, damit wir endlich geboren werden können.

Cathérine Cordero

1. Kapitel

see you again some time

Ich stehe an einem fernen Strand und überblicke das Meer.
Es ist Abend, der Himmel ist leicht orange gefärbt, und der Seewind zerrt an meinen Haaren und an meiner Kleidung.
Hinter mir fragst du: „Und? Wie wirst du dein Buch jetzt nennen?"
Ich blicke auf zu den Wolken, die vom Horizont her langsam und majestätisch über den Abendhimmel auf mich zu segeln. In diesem Augenblick weiss ich die Antwort und sage ganz automatisch:
„Sanft wie Schafe", ohne den Blick von den Wolken zu wenden.
Dann drehe ich mich zu dir um und wiederhole mit fester Stimme:
„Sanft wie Schafe." Und ich beginne zu weinen.
Denn ich weiss, ich habe endlich etwas Grosses zu Ende gebracht, und mein Stolz mischt sich mit unsäglicher Erleichterung - und zugleich mit unendlich tiefer Trauer. Wir nehmen uns in die Arme und weinen beide gemeinsam.

Ich wache auf, und letzte Tränen rollen über mein Gesicht.

***

Es heisst, solche Träume soll man aufschreiben. Irgendwann versteht man plötzlich die Bedeutung der Traumbilder, die einem zunächst unklar und völlig ohne Sinn erscheinen. Sicher werde ich den Sinn dieses Traumes eines Tages begreifen. Warum Schafe? Irgendwann wird *alles* einen Sinn ergeben. Ich weiss es einfach. Das habe ich manchmal – dass ich Dinge einfach weiss, ohne sagen zu können, wieso ich mir so sicher bin. Dann pflege ich zu meinen zweifelnden Freundinnen zu sagen:
Ich weiss es einfach.

Karsamstag, 22. März

Lieber Kris,

ich habe entschieden, auf unbestimmte Zeit auf eine Reise zu gehen. Diese findet natürlich nur in meiner Vorstellung statt, aber dennoch werde ich aus deiner Welt verschwinden, aus deinem Leben – nicht aber aus deinem Herzen. Hiermit breche ich jeglichen äusseren Kontakt zu dir ab, und du wirst mich in Zukunft ausschliesslich über mein Herz erreichen können, nicht mehr und nicht weniger.

Es ist ein bisschen tragisch, und ich fühle mich sehr traurig, weil etwas Grosses an dieser Stelle ein Ende findet. Wir beide wissen, dass es so kommen musste, denn dies ist die einzige Möglichkeit, wie wir in unseren Leben weitergehen können.

Noch einmal danke ich dir für alles, was du getan hast, für alles, was du mir gezeigt hast. Dieses Wissen und die Liebe nehme ich mit mir, sie werden meine Hilfe sein bei dem, was nun auf mich zukommen mag. Allein die Zeit wird es mir offenbaren. Ich bin noch immer froh, dass ich dich kenne.

Denke immer daran: egal, was du jemals sagst oder tust, du wirst eines niemals ändern können: dass ich dich aus ganzem Herzen und aus tiefster Seele liebe, so wie ich es immer getan habe.

Nun muss ich gehen, ich wünsche dir frohe Ostern.

C.

Bis zu dem Tag unserer ersten Begegnung im Juli vor zwei Jahren war mein Leben so wie viele andere: ein Kind, eine gescheiterte Ehe, kein Job und keine wirkliche Perspektive. Nach der Befreiung aus meiner Ehe hatte ich das Gefühl, jetzt müsse es losgehen, ohne jedoch genau sagen zu können, was „es" sein sollte. Was einen neuen Partner anging war ich sehr wählerisch geworden, denn die kürzlich erlittene Verletzung sass sehr tief. Ich ging ein paar Mal aus, doch kein Kandidat schaffte es zu einem zweiten Treffen, vermutlich war ich gnadenlos und liess in Wahrheit niemanden an mich heran.

Eines abends sass ich im dunklen Zimmer und sprach am offenen Fenster mit den Sternen, wie ich es oft tat, seit meine Mutter gestorben war.

Sie war bereits seit vielen Jahren tot, aber ich fühlte sie immer in meiner Nähe. Als jüngstes von drei Kindern und noch dazu sehr später Nachzügler war ich mit meiner Mutter in einer wahren Affenliebe verbunden. Wir hingen innigst aneinander und verbrachten sehr viel Zeit zusammen. Als ich acht Jahre alt war, erkrankte sie zum ersten Mal an Krebs.. Zu einer Untersuchung im Krankenhaus musste sie einmal ihren gesamten Schmuck ablegen, darunter ihre Halskette, die sie sonst niemals abnahm. An dieser Kette hing ein Anhänger aus zwei goldenen Herzen, ein grosses Herz und ein kleines, das aus dem grossen herausgenommen worden war, beide an einer Seite noch verbunden. Sie sagte immer, das seien unsere beiden Herzen. Als sie an diesem Tag ihre Kette abnehmen musste, fiel der Anhänger zu Boden, und ich erinnere mich, dass ich zu Tode erschrocken war. Sie sah mich ernst an und sagte: „Heute ist der 18. Also wird das ab jetzt unser Unglückstag sein." Sie starb zehn Jahre später an ihrem Krebs, am 18. November, ich war damals gerade 18 Jahre alt. Ihre Kette bekam ich, und ich trug sie seitdem mit liebevollem Stolz.

An diesem Abend voller Frustration nach einer weiteren glücklosen Verabredung bat ich sie, mir zu helfen und mir den Richtigen in mein Leben zu schicken, den, den ich über alles auf der Welt lieben würde. Aber sie solle mir bitte ein Zeichen geben, wenn er da ist, und zwar ein deutliches, damit ich auch wisse, dass es von ihr kommt. Vier Monate später stand ich plötzlich ohne weitere Warnung vor ihm, wiederum 18 Jahre nach dem Tod meiner Mutter, was die 18 endgültig zu meiner Schicksalszahl erkor.

Ich war also gerade dabei, in meinem Leben wieder zu mir zu finden, herauszufinden, wer ich eigentlich selbst bin, und konnte zu dem Zeitpunkt nicht ahnen, wie sehr ER mir noch dabei helfen sollte!

Seit kurzem hatte ich eine neue Freundin, Marion. Wir lernten uns eines Tages am Kindergarten kennen, zwei Mütter, die über ihre alljährliche Pollenallergie jammerten und nach und nach feststellten, dass sie auch sonst auf einer Wellenlänge schwimmen. Marion und ihr Mann Peter wurden nach und nach zu zweien meiner besten Freunde, Freunde für die ich in meinem Leben unendlich dankbar bin. Marion machte sich ein bisschen Sorgen, weil ich so gut wie nie aus dem Hause kam, also überredete sie mich, an einem Samstag im Juli mit ihr und Peter zu einem Rockkonzert zu fahren. Die beiden waren mit dem Sänger der englischen Band namens *Time Travellers* seit mehr als zwanzig Jahren befreundet und verpassten keinen ihrer Auftritte in Deutschland. Ich hatte zwar keine grosse Lust und war auch noch nie auf einem Konzert gewesen, aber ich sagte schliesslich ihnen zu Liebe zu.

08. Juli

Das Konzert fand am 6. Geburtstag meiner Tochter statt, was mir ein bisschen ein seltsames Gefühl verursachte, denn es war das erste Mal in ihrem Leben, dass wir an ihrem Geburtstag nicht zusammen waren.
Alle vierzehn Tage verbrachte sie das Wochenende bei ihrem Vater, und wir wollten diesen Rhythmus dem Kind zuliebe unter allen Umständen beibehalten, so auch an dem wichtigsten Wochenende meines Lebens. Gnädiger weise wusste ich noch nicht, dass es das sein würde. Ich hatte immer befürchtet, einmal Zwillinge zu bekommen, denn dies lag in meiner wie auch in der Familie meines Exmannes in den Genen. Wir hatten während meiner Schwangerschaft schon die beiden Namen für unsere Jungs ausgesucht – und auch wenn es wieder Erwarten nur ein Junge sein sollte, mein Sohn sollte auf jeden Fall Christian heissen. Mein leibliches Kind ist wie wir wissen ein Mädchen, aber meinen Zwilling namens Kristian bekam ich mit 6 Jahren Verzögerung in einer Art Sturzgeburt.

Als Peter und Marion an jenem Samstag Abend mit ihrem schicken Cabriolet vorfuhren, fühlte ich mich jung und frei und zu Abenteuern aufgelegt. Es war ein warmer Sommerabend und die Stimmung im Wagen war entsprechend aufgekratzt. Das Konzert fand open air auf einem Marktplatz in Mannheim statt, etwa eine Fahrstunde von zu Hause entfernt. Als wir eintrafen, sang noch ein junger Schnösel seine Teenie-Hits, und Grossmütter stritten sich mit ihren Enkeln um die Plätze in der ersten Reihe.

Peter führte uns zu einem Gebäude am Rand des Marktplatzes, wo die Bands vor und nach dem Auftritt untergebracht wurden. Dieser Aufenthaltsort war nicht schwer herauszufinden, man musste einfach dem Aufgebot an Security-Leuten folgen. Ich fragte Peter, worauf genau wir eigentlich seit einer halben Stunde warteten, denn ich glaubte den beiden noch immer nicht ganz, dass sie wirklich mit dem Sänger der *Time Travellers* auf du und du waren, immerhin kannte man ihn aus Funk und Fernsehen!
„Wir wollen Kris vor dem Konzert *Hallo* sagen!" grinste Peter, der meine Ungläubigkeit natürlich spürte. Wir standen also herum und warteten.
Der Teeniesänger hatte nach der dritten Zugabe endlich ein Einsehen und verschwand von der Bühne. Plötzlich ging alles ganz schnell, als Bewegung in die Security-Truppe kam und sich die Türen des grossen Gebäudes öffneten. Der Reihe nach sprangen vier junge Männer zur Tür heraus und rannten winkend an uns vorbei Richtung Marktplatzbühne.
Als ein weiterer Mann mit blonden Haaren herauskam, fing Marion an zu kreischen und ich wusste, das musste er sein. Kris war älter als seine Bandkollegen und nicht grösser als ich, aber er versprühte eine Energie, die die Luft um ihn her magnetisch werden und ihn wesentlich grösser erscheinen liess. Er erblickte Marion und Peter und strahlte sie mit seinem umwerfenden Lächeln an. Sie fielen sich eilig um den Hals und begrüssten sich lautstark. Ich stand etwas verlegen daneben, bis Marion mich mit einem kurzen Satz vorstellte: „She´s a friend." Kris war natürlich sehr in Eile und so hörte ich nur ein knappes *Hello* und bekam einen flüchtigen Kuss auf die rechte Wange gedrückt. Sodann spurtete ich hinter den anderen her, denn Kris wollte uns durch die Security schleusen, damit wir einen Platz in der ersten Reihe vor der Bühne bekamen.

Das Konzert gefiel mir gut, auch wenn ich nur zwei der alten Songs dieser Band kannte. *Light of stars* ist auch nach zwanzig Jahren noch ein Hit und wird oft bei uns im Radio gespielt. Letztlich war ich einfach glücklich, mit meinen Freunden einen solch schönen Abend erleben zu dürfen. Kris schaute oft von der Bühne zu uns herunter und kniff uns ein Auge zu.
Ich weiss noch, dass ich dachte, dieser Abend ist wie Weihnachten mitten im Sommer. Noch hatte ich natürlich keine Ahnung, welches Weihnachtsgeschenk da in Wahrheit auf mich wartete ...
Nach dem Konzert mussten wir uns durch die Menschenmenge und um den Marktplatz herum kämpfen, die Security nahm ihren Job wirklich sehr ernst. Als wir endlich wieder an dem Promi-Gebäude ankamen, war die Band schon lange drinnen, und uns drei wollte man nicht so ohne weiteres zu

ihnen hineinlassen. Peter redete unentwegt auf den Wachmann ein, aber der liess sich nicht erweichen. Als jemand aus dem Gebäude ins Freie trat, sahen wir durch die geöffnete Tür Kris drinnen herumlaufen. Peter und Marion riefen ihn laut, er hörte sie und kam auch tatsächlich sofort auf die Tür zu gelaufen. Ich reckte mich auf den Zehenspitzen, um über die Köpfe der anderen hinweg sehen zu können, was drinnen vor sich ging, und da passierte es:

Ich blickte Kris über die Entfernung hinweg in gerader Linie direkt in die Augen, und er blieb abrupt stehen, ganz so, als habe er sich plötzlich an etwas Wichtiges erinnert. Die Menschen um uns herum verschwammen, mein Blickfeld verengte sich auf diese beiden magnetischen Punkte, die mich ebenfalls ansahen, und ich hörte nur noch das Blut in meinen Ohren rauschen. Die Zeit blieb stehen. *Was IST das?* In einem einzigen Augenblick hatte ich das Gefühl, alles zu verstehen, alles zu wissen, mein ganzes Leben war mir plötzlich klar. Genau wie damals kann ich es nicht in Worte fassen.

Gerade als mein Verstand angaloppiert kam um sich zu fragen, ob ich jetzt ohnmächtig würde, drückte jemand auf *play*, und der Film, der mein Leben ist, lief weiter. Ich blinzelte ein paar Mal und fühlte mich schummerig. Wir wurden in das Gebäude gelassen, und erneut fielen Marion und Peter Kris um den Hals. Danach wurden die anderen Bandmitglieder herzlich begrüsst, und Kris nahm mich zum ersten Mal an diesem Abend richtig wahr. Ich war immer noch völlig paralysiert und bekam mein Zittern kaum unter Kontrolle. Als Marion mich ansprach, zuckte ich zusammen. „Hey, Erde an Cathérine, auf welchem Stern warst du gerade? Komm, wir reissen uns Konzertplakate von den Wänden, die können sie uns dann unterschreiben!“ Ich nickte wie in Trance, folgte ihr und knibbelte mit zitternden Händen die Tesafilmstreifen von den Wänden. Kris unterschrieb die Plakate der beiden und beantwortete Peters Fragen auf englisch. Ich versuchte die ganze Zeit, mir ebenfalls einen schlauen Satz zurecht zu legen, aber ich konnte keinen klaren Gedanken fassen. Als ich endlich an der Reihe war, fragte Kris mich nach meinem Namen, und ich stammelte das erste, was mir einfiel: „Cathie“. Er sprach ihn mit deutschem a aus und legte den Kopf schief, als er mich anlächelte. Ich fühlte mich unendlich seltsam berührt, als ich ihn meinen Namen so sagen hörte, wie meine Eltern ihn immer gesagt hatten, als ich noch klein war. Niemand nennt mich heute noch so, für alle Menschen bin ich Cathérine.

Er schrieb auf mein Plakat: *Biggest Hug to Cathie xxx Kris.*
Damit war ein Vertrag unterschrieben worden, ein Versprechen. Ich war an dem Abend ahnungslos, aber bis ins Innerste bewegt. Ich hatte mich nicht verliebt, es war etwas anderes, was ich nicht in Worte fassen konnte. Nur dies eine wusste ich: etwas Neues hatte seinen Anfang genommen, mein Leben änderte sich gerade, keine Ahnung wie, aber etwas war definitiv geschehen. Kris bat uns, in Kontakt zu bleiben, und ich gab ihm geistesgegenwärtig meine Email-Adresse. Er steckte sich den Zettel mit meiner Adresse in die rechte Hosentasche, und ich weiss noch, dass ich dachte: aus den Augen, aus dem Sinn, dank der nächsten Waschmaschine wird dieser kleine Zettel den Weg alles Irdischen gehen. Nach etwa einer Stunde und einigen gemeinsamen Fotos verabschiedeten wir uns von den *Time Travellers.* Marion, Peter und ich gingen zurück Richtung Auto, und ich sah mich ein letztes Mal zu Kris um. Er lächelte wieder wie ein grosser Junge und tippte mit dem Finger auf seine Hosentasche. „We will meet again!" rief er mir nach. Ich jedoch war sicher, ich sähe ihn niemals wieder.
Im Auto drehte sich Marion auf ihrem Sitz zu mir herum und grinste: „Na, wie findest du ihn?" Etwas verwirrt antwortete ich: „Kris ist wirklich ein Netter. Aber an die Musik werde ich mich nie gewöhnen!" Den Rest der Heimfahrt sah ich schweigend aus dem Fenster, während im CD-Player *Light of stars* spielte. Mein Plakat hielt ich fest in den Händen und wunderte mich, warum ich meinte, weinen zu müssen.

Am nächsten Tag bekam ich den Schreck in der Morgenstunde. Ich stand summend im Badezimmer und rekapitulierte die vergangene Nacht, noch immer ungläubig, dass ich einen wirklichen Star kennen gelernt hatte, als ich meinen Hals im Spiegel sah. Etwas stimmte nicht. Mein Herz setzte einen Schlag aus, als ich an meine Kette fasste: Der Herzanhänger meiner Mutter war verschwunden! Nur die kleine Öse baumelte einsam an der Kette. Ich brach augenblicklich in Tränen aus und begann, den Fussboden abzusuchen. Nichts. Ich nahm die gesamte Wohnung auseinander, scannte regelrecht sämtliche Fussböden - aber der Anhänger blieb verschwunden. Ich war untröstlich und machte mir tausend Vorwürfe, weil ich nicht achtgegeben hatte. Langsam dämmerte es mir, dass ich ihn am Vorabend auf dem Marktplatz in Mannheim verloren haben musste. Wenn ich doch nur nicht wie ein geblendetes Reh diesen Kerl angehimmelt hätte – und etwas machte klick! in meinem Verstand ... Unter Tränen hörte ich meine eigenen Worte, in einer sternenklaren Nacht am Fenster gesprochen: *... bitte gib mir ein Zeichen, wenn der Richtige da ist, aber ein deutliches ...*

Ich sass auf dem Fussboden meines Badezimmers und weinte hemmungslos, eine Stunde? Zwei? Bis das Telefon schellte und Marion am anderen Ende sich erkundigen wollte, wie ich geschlafen hatte. Sie erschrak, weil ich so weinte, und ich erklärte ihr, dass ich meinen geliebten Kettenanhänger verloren hatte. „Na, dann hast du dein Herz ja gleich zweimal in Mannheim verloren!" meinte sie nur. Ich hörte auf zu schluchzen und versuchte, den Beweis für diese Behauptung in meinem Inneren zu finden. Kris ... nein, ich hatte mich sicher nicht verliebt. Vielmehr hatte ich das Gefühl, eine Tür in meiner Seele sei aufgestossen worden, und nun blickte ich hinab in einen tiefen Tunnel, dessen Ende ich in mir nicht absehen konnte. Zu Marion sagte ich nur: „Du spinnst. Ich empfinde nichts für diesen Engländer."
„Hör doch auf", lachte sie, „ich habe schliesslich aus nächster Nähe gesehen, was für Blicke ihr euch zugeworfen habt! Aber eins sag ich dir: ich werde Trauzeugin, wenn es soweit ist! Vergiss das nicht!"
Leise regte sich erstmals die Hoffnung in mir. Diese böse kleine Hoffnung, die ich noch hassen lernen sollte ...
So fing ich an, diesem seltsamen Gefühl in meinem Inneren nachzuspüren. Es war der Beginn meines spirituellen Weges, des Weges zu dem Punkt in meinem Inneren, der mir bisher noch unbekannt war, der am Ende des Tunnels auf seine Entdeckung lauerte. Und Kris hatte in einem einzigen Augenblick die verborgene Tür dorthin aufgestossen.

10. Juli

es war schön, dich kennen zu lernen. wieder ganz allein zu hause. hoffe, wir sehen uns bald wieder. Kris xxx

Ich starrte wie betäubt auf den Bildschirm, auf dem mich diese Email herausfordernd anstarrte. Was sollte ich jetzt tun? Ihm antworten, was sonst. Cathérine, reiss dich zusammen, er ist nur höflich. Du bist mit seinen alten Freunden bekannt, daher hat er seine Pflicht erfüllt, dir gemailt und deine Adresse dann weggeworfen. Lass es damit bewenden, oder du machst dich lächerlich.

ja Kris, das werden wir. spätestens bei eurem konzert im november. ich kann es kaum erwarten. C. xxx

Als ich die Mail abgeschickt hatte, wusste ich: ich liebe ihn.

Eines Morgens relativ kurz nach unserer Begegnung wurde ich mit einem alarmierenden Gefühl wach. Ich fühlte, dass Kris in Gefahr war. Da ich niemals zuvor mit solchen Gefühlen konfrontiert war, wusste ich nicht, inwieweit ich das ernst nehmen sollte. Ich schrieb ihm vorsichtshalber mehrfach, er solle bitte gut auf sich acht geben. Es kam keine Antwort, was meine Unruhe noch verstärkte. Vier lange Wochen kam kein Lebenszeichen von Kris aus England, und ich begann notgedrungen, ihn innerlich abzuhaken. Es musste alles doch romantische Einbildung gewesen sein. Er war eben nur höflich gewesen, und ich würde niemals wieder etwas von diesem Mann lesen oder hören.
Mitte August stand ich in meiner Küche und musste plötzlich intensiv an ihn denken. Mir fiel auf, dass ich immer noch leben konnte, auch wenn er sich nicht mehr meldete. Ich schaltete darauf meinen Laptop ein und rief die Emails ab. Ich war nicht erstaunt, als ich folgende Nachricht von ihm vorfand:

ich bin von deinen lieben zeilen schier überwältigt. fliege morgen nach afrika. bitte sende mir ein foto, damit ich mich erinnere, was mich erwartet, wenn wir uns wiedersehen xxx

Von nun an liess ich mein Email-Postfach nicht mehr aus den Augen. Manchmal dauerte es eine Woche, bis er wieder schrieb, manchmal auch länger. In den Zeiten zwischen zwei Meldungen ging ich auf dem Zahnfleisch und kämpfte immer und immer wieder mit tausend und einem Zweifel: Hör auf damit, es führt zu nichts. Er hat sicher jedes Wochenende eine andere, was soll er ausgerechnet mit einer wie dir? Er meint das nicht ernst. Du verrennt dich da in etwas. Tatsache blieb jedoch, dass wir uns regelmässig Emailnachrichten schickten, die immer persönlicher wurden. Ich kann heute sagen, dass wir von Anfang an immer ehrlich zueinander waren, dass wir uns nie bewusst voreinander versteckt haben. Das Vertrauen beruhte vom ersten Moment an auf Beidseitigkeit, und vom ersten Augenblick an bis heute war Kris in jeder Sekunde in meinen Gedanken. Und er wird es immer sein.

Ich schrieb in mein Tagebuch:

Ich schwebe zwischen übermächtigen Glücksgefühlen und unsäglichem Leiden ... Mein Verstand sagt mir ganz folgerichtig, ich solle mir Kris aus dem Kopf schlagen. Völlig indiskutabel, das alles! Mein Gefühl sagt mir jedoch, dass ich in meinem Leben noch nie derartig geliebt habe. Es ist nicht dasselbe wie meine jahrelange Schwärmerei für meinen Lieblingssänger. Kris war für einige wenige Stunden so real – auch wenn ich bis heute eigentlich nicht begriffen habe, was an dem Samstag geschehen ist. Ich weiss nicht, wie ich es erklären soll, aber ich habe den überwältigenden Wunsch, dafür zu sorgen, dass er glücklich ist und immer und immer dieses herrliche Lächeln auf seinem lieben Gesicht hat. Warum nur??? Ich kenne den Mann doch gar nicht! Er hatte diese dunkle Wolke von Traurigkeit über sich schweben, als er da oben auf der Bühne stand. Warum ist dieser Mann nur so traurig? Es tut jedenfalls verdammt weh, denn bis zum nächsten Konzert im November sind es noch tausend Jahre. Ich liebe ihn über alle Maßen. Wie gemein die Liebe ist!

Der Gedanke, dass irgendwo auf dieser Welt jetzt in diesem Augenblick dieser Mensch namens Kris herumläuft – der Gedanke zündet ein Licht in meinem Herzen an. Warum nur geht mir dieser Mann so unheimlich nah? Es kann alles gar nicht funktionieren, selbst wenn er es *auch wollen würde. Mein Herz weint – er hat es mitgenommen nach England. Es tut verdammt weh. Und dabei gibt es so viele logische Argumente gegen meine Liebe: er weiss gerade mal, dass du existierst, sicher hat er dich schon vergessen, er denkt keine Sekunde an dich, er trifft jeden Tag so viele neue Menschen ... Und ein andermal wiederum denke ich: warum nicht??? Er ist nur ein anderer Mensch, warum sollte es nicht möglich sein, dass wir zusammenkommen? Es hat in der Menschheitsgeschichte schon ganz andere Paare gegeben! Wenn ich also meinen Kopf ausschalte und nur mein Herz sprechen lasse, scheint es, als wäre das alles das Normalste auf der Welt, und Kris wäre der Einzige und Richtige für mich. Es wird sicher verblassen und eines Tages ganz vergehen. Spätestens dann, wenn ich einen Mann kennen lerne, der wirklich zu mir passt.*

Die Welt ist schwierig und gemein – und doch ist sie wunderschön, weil es Kris in ihr gibt.

In den Zeiten der Funkstille, die während der gesamten Dauer unserer gemeinsamen Geschichte immer wieder unweigerlich eintraten, lernte ich die grössten und wichtigsten Lektionen meines Lebens. Denn indem ich völlig auf mich selbst zurückgeworfen wurde, zwang Kris mich, mich meinen Gefühlen und meinem eigenen Wesen zu stellen, meine Schatten und Schwächen anzuschauen, ganz allein mit mir selbst. Als da waren: meine legendäre Ungeduld, meine Unsicherheit gegenüber meinen eigenen Gefühlen, meine Eifersucht, meine Verlustangst. Ich sah sie überdeutlich in

meinen Reaktionen, ich sah mich in ihm wie in einem Vergrösserungsspiegel - um sie am Ende alle zu überwinden. Zu Beginn wusste ich davon natürlich noch nichts und badete in meinem Leid, in meiner verzehrenden Sehnsucht, in der scheinbaren Ungerechtigkeit und meiner Hilflosigkeit angesichts der sogenannten Umstände.
Manchmal war die Unwissenheit nicht auszuhalten, daher griff ich anfangs zu ungewohnten Massnahmen, um herauszufinden, was drüben auf der anderen Seite vor sich ging. Ich chattete sogar mit einer Hellseherin, die ich über das Internet gefunden hatte, ihr Name war Gina.
Ich stellte sie mir vor, wie sie daheim in ihrem orientalisch anmutenden Wohnzimmer sitzt und darauf wartet, dass jemand mit ihr Kontakt aufnimmt ...

Der Raum ist voller seltsamer Gegenstände, mysteriöser Hexenartikel und wird bevölkert von seltsamen geschnitzten Figuren aus fremden Ländern, die auf den Borden hocken und mit ihren leblosen Augen alles ganz genau beobachten. Sicher sitzt sie auf einer Couch mit Sonne-Mond-und-Sterne-Bezug, und von der Decke baumeln an unsichtbaren Fäden die Planeten und tanzen hämisch über ihrem Kopf herum.
Auf dem Tisch stehen Kerzen in allen Farben, als Helfer für jeden Anlass. Zum Beispiel grüne Kerzen für Fragestellungen, die die Arbeit betreffen, und natürlich rote - für alle denkbaren Liebesprobleme.
Das Tischtuch ist aus schwarzem Samt und mit roten und goldenen Troddeln verziert, die leise schaukeln, wenn jemand es versehentlich bewegt. Ausserdem liegen einige Kartendecks griffbereit, vornehmlich von der Sorte, welche man nicht mehr im Laden zu kaufen bekommt.
Dort oben, auf dem Bücherregal, reihen sich dutzende oft gelesene Bücher aneinander, unter anderem über die Kraft der Engel, wie man welchen am besten anruft und darüber, welchen Platz sie in der Engelhierarchie einnehmen. Braucht ein Kunde himmlische Verstärkung zur Lösung seiner Probleme, so sucht sie das für ihn passende Gebet heraus und sendet es ihm oder ihr per Email.
Zu ihren Füssen, die sich in Pantoffeln aus 1001 Nacht verstecken, ruht ein dicker schwarzer Kater, womöglich heisst er Kopernikus. Ab und zu öffnet er träge ein Auge, wenn ein unerwartetes Geräusch ihn aus seiner Lethargie reisst, dann gähnt er und gleitet zurück ins Reich der Katerträume. Einzig und allein der blinkende Computerbildschirm erinnert uns daran, dass wir uns in der Gegenwart befinden, in der Hellseherei per Ferndiagnose ein lohnendes Geschäft ist.

Ob Gina auch eine echte Kristallkugel verwendet? Nein, im Beraterprofil im Internet steht „Hellsehen ohne Hilfsmittel".

Gina selbst habe ich dort auch auf einem Foto gesehen. Sie erinnert mich an meine Tante Hanna, nur in blond und viel jünger. Und eigentlich sieht sie doch ganz anders aus als meine Tante. Jedenfalls wirkt sie auf mich etwas exotisch, wie es sich für eine Frau ihres Standes geziemt.

Ist ihr Blick nur für diese Aufnahme so entrückt? Ich zögere nun nicht länger und klicke auf „jetzt chatten". Schliesslich liegt mir meine Ungewissheit Kris betreffend sehr auf der Seele. Es ist Zeit für Antworten!

„Was tue ich hier eigentlich?", denke ich, während mir auf meinem Monitor verkündet wird: „*Wir warten auf den Experten. Bitte haben Sie etwas Geduld.*"

Als ich mir noch eine schmissige Begrüssung überlege, hat Gina sich schon angemeldet und empfängt mich mit den Worten:

hallo meine liebe

Ich antworte: hallo Gina, ich habe eine frage die liebe betreffend ...

Weiter geht es in schneller Abfolge:

wie heisst er?

er heisst Kris

moment ich schaue ... der wohnt aber weit weg!

weit? na ja, wie man es nimmt

der ist in amerika

nein, nein, so weit auch nicht lach er ist engländer

ach so. er hat viele sorgen. er wartet auf hilfe. probleme mit geld und familie

Da liegt also der Hund im Pfeffer begraben! denke ich mir und plane im Geiste meine nächsten Fragen. Zeit ist Geld und Geld regiert den Expertenchat!

Gina, siehst du, ob wir uns wieder begegnen werden?

ihr seid sehr harmonisch. er geht da raus. hat einiges zu klären.

wo geht er raus?

versuche, ruhig und gelassen abzuwarten, damit er sicherheit hat
oh je, warten fällt mir extrem schwer. lach

ja, liebes, das sollst du lernen

Na toll! Ich zupfe an meiner Unterlippe. Keine Zeit, nachzudenken, Gina schreibt schon weiter:

er wird dir etwas zwiespältig erscheinen, aber ja, ich sehe die gute harmonie zwischen euch. es dauert bei ihm alles etwas länger

Na, da hat die gute Gina aber voll ins Schwarze getroffen! Bei Kris dauert alles viel zu lange!!!!

er trägt eine richtige last, schreibe ihm, das freut ihn. er wartet auf hilfe.
wieso hilfe? wobei?

da kommt liebe, aber er hat noch etwas berufliches, was ihm sorgen macht
ja?

binde es fester, er muss dich nie mehr loslassen wollen

Super, nichts leichter als das! Ich verdrehe die Augen. Sie hat es gottlob nicht gesehen und fährt fort:

du hast glück kaum ist er nicht in deiner nähe hat er schon wieder sehnsucht
eher nicht lach, aber ich danke dir trotzdem für das gespräch, Gina.

Ich beendete den Chat und blieb noch eine Weile nachdenklich sitzen.

Damals wusste ich noch nicht, dass durch die Begegnung mit meinem Seelenzwilling Kris meine eigene Begabung zum Hellsehen und Hellfühlen aus ihrem Schlummer geweckt worden war, und dass ich mir selbst am meisten vertrauen konnte, was Vorhersagen angeht. Das zu erkennen, war ein langer Weg voller widersprüchlicher Aussagen und Irrtümer, voller Menschen, die es gut und auch weniger gut mit mir meinten und mir viele Dinge über mich und mein Leben erzählen wollten. Am Ende jedoch habe ich begriffen: Nur das eigene Herz kennt die Wahrheit über unser Leben, und unsere Seele allein hat das Wissen um den Plan, mit dem sie in diese

Welt gekommen ist. Zeit unseres Lebens versucht sie, uns darauf aufmerksam zu machen, und wir tun gut daran, auf unsere Seele zu hören und unserem Herzen zu folgen, ganz egal, wie die scheinbare Realität sich uns darstellt. Was wir im Aussen sehen, ist immer nur eine Illusion, eine Spiegelung unseres eigenen Inneren; das Wesentliche ist eben tatsächlich für das Auge unsichtbar.

Am 14. September ergab sich plötzlich ein weiteres Konzert der *Time Travellers* ganz in unserer Nähe. Ich erfuhr erst eine Woche vorher von dem Termin und geriet völlig aus dem Häuschen, denn niemals hatte ich erwartet, Kris so bald wiederzusehen. Er mailte mir zwei Tage vor dem Konzert:

kommst du nach warstein? hoffentlich bekommen wir genug leute zusammen mitten in der woche xxx

Er freute sich auch auf unser Wiedersehen, und ich malte mir in allen Farben aus, wie unsere Begrüssung wohl sein würde. Würde er mich diesmal umarmen? Allein der Gedanke an sein Lächeln liess mein armes Herz flattern wie einen kleinen aufgeregten Vogel.

Der Abend in Warstein wurde zu einem weiteren Markpunkt in unserer Geschichte, und dort entstand auch ein wunderbares Foto von ihm und mir. Das selige Lächeln, das wir dem Fotografen auf diesem Bild zeigen, habe ich später noch bei anderen Menschen gesehen, anderen Dualseelen-Paaren, in einer Momentaufnahme ihres irdischen Beisammenseins. Diese Fotos umgibt eine Aura von etwas Himmlischem, kaum Fassbarem, sie strahlen diese gewisse Magie aus, die entsteht, wenn *die beiden* in der physischen Welt beisammen sind.

Und ja, wir fielen uns um den Hals, als wir uns wiedersahen. Kris fühlte sich überraschend zerbrechlich an, als wir uns so fest hielten, viel schmächtiger als er in Wirklichkeit ist. Monate später erklärte mir jemand, in dem Moment habe ich mich selbst umarmt. Sobald wir mit unserer Zwillingsseele auf der physischen Ebene zusammen sind, ist die Realität eben nicht mehr die, die wir gemeinhin kennen!

An dem Abend war Kris´ erste Frage an mich: „Siehst du manchmal Dinge?" Ich zuckte innerlich zusammen und antwortete ausweichend: „Ja, manchmal ..." Er erzählte mir, er habe vergangene Woche beinahe einen Autounfall gehabt, und in dem Moment habe er an meine Worte denken müssen, dass ich ihn mehrfach gebeten hatte, auf sich aufzupassen. Ich bekam weiche Knie, als ich das hörte und war mehr erstaunt als Kris, dass ich die ihm drohende Gefahr so deutlich gespürt hatte. Noch immer war mir nicht bewusst, was wir beiden haben, den Begriff Dualseele oder Zwillingsseele kannte ich damals noch nicht. Ich spürte nur unentwegt die intensive Verbindung, die fast greifbar im Raum schwebte.

Auch bei diesem Konzert gelangte ich übrigens am Ende noch in die erste Reihe vor der Bühne. Eigentlich standen in der kleinen Halle fast nur Tische mit Sitzplätzen vor der Bühne, der Platz direkt davor blieb aus diesem Grund für die Dauer des Konzertes frei. Zum letzten Song des Abends bat Kris seine Zuhörer bis an den Bühnenrand, und ein Bekannter von Marion und Peter, der mit uns gefahren war, schob mich vor sich her durch die vielen Leute, bis ich geradewegs vor Kris′ Füssen zu stehen kam. Der Bekannte ist Polizist, kein Wunder also, dass er mich mit festem Griff dorthin steuern konnte. Mir gingen nämlich schon wieder die Nerven durch und ich traute mich nicht nach ganz vorne ... Kris vermied es beim Singen, mir in die Augen zu sehen. Das war auch gut so, denn ich stand dermassen unter Anspannung, dass ich vermutlich in Tränen ausgebrochen wäre beim direkten Anblick seiner Augen, die für mich wie dunkle Seen waren.

Er konnte mich mit diesen Augen ausziehen, an meinem Stuhl fesseln, meine Gedanken dirigieren. In Warstein hatten wir nach dem Konzert in gemütlicher Runde mit unseren Freunden genügend Zeit, das auszuprobieren. Wir sassen mit einigen anderen im Kreis und lauschten Kris′ Geschichten – er hat diese wunderbare Art zu erzählen, und da wir uns direkt gegenüber sassen, konnten wir uns die ganze Zeit in die Augen sehen. Kürzlich habe ich ein sehr gutes und wichtiges Buch gelesen, in dem steht, dass man sich sehr genau anschauen solle, wer einem in einem Sitzkreis direkt gegenüber sitzt, da es immer der Mensch ist, der uns gerade am besten spiegelt ... Er hat es sehr genossen, mein Spiegel zu sein; ich selbst war nur völlig neben der Spur, weil er diese sehr intensive Anziehungskraft auf mich ausübte, die mir bis dahin in dieser Form unbekannt war und die meinen Verstand aussetzen liess.

Nach dem Konzert sass ich fix und fertig an einem der aufgestellten Tische. Kris kam schliesslich zur Autogrammstunde in den Zuhörerraum, blickte sich um, sah mich dort sitzen und warf seine Schreibutensilien schwungvoll vor mir auf die Tischplatte. Marion und die anderen sahen mich an und lachten los. Es war also selbstverständlich, dass wir zusammen sassen, während er Autogramme gab. Ich fühlte mich wie in einem Film und bemühte mich, meine Atmung unter Kontrolle zu halten. So nah an einem Tisch mit dem Mann, der mein Herz in seinen Händen hielt – immer wieder durchbohrt von seinen magnetischen Blicken – nur, wer es selbst erlebt hat, kann sich in etwa ausmalen, was dabei in mir passierte. Diese Gefühle sind kaum in Worte zu fassen. Viel später erzählte er mir, an dem Abend habe auch er erstmalig ganz deutlich gefühlt, was mit uns los ist. Dies war der Beginn der langangelegten Vorbereitung unseres ersten privaten Treffens. Doch bis dahin sollte noch sehr , sehr viel Zeit vergehen ...

2. Kapitel

drawn to you

23. September

Meine Güte, Cordero, WERD ENDLICH WACH!
Kris hat mir immer noch nicht geschrieben. Und ich träume nachts schon seine Lieder! Ich wünschte, ich könnte ihn mir aus dem Herzen reissen!
Ich will das nicht mehr. Ich kann das nicht mehr. Jedes Wort von ihm lege ich auf die Goldwaage, jeder Schritt von ihm wird ängstlich analysiert! Immer wieder versuche ich, ihn rein objektiv zu betrachten. Er ist viel zu alt für mich, wer weiss, welche Macken der hat! ... und all das. Aber im Ernstfall sind diese Dinge bekanntlich unwesentlich. Doppelseufz!!! Wenn ich doch nur wüsste, was in Kris vor sich geht! Hat es ihm nun etwas bedeutet, oder nicht? Denkt er auch nur eine Sekunde daran, wie ich mich vielleicht fühle??? Ich habe sechs Kilogramm abgenommen! Wenn ich einfach gar nichts mehr esse, löse ich mich vielleicht irgendwann auf. Ich finde, das klingt gut! Wie kann er mich nur so in der Luft hängen lassen???

Eine Woche nach dem Konzert war meine Laune also wieder auf dem Nullpunkt angelangt, da Kris sich die ganze Zeit nicht mehr meldete. Ich schrieb eines morgens eine wirklich wütende Email an ihn, weil ich mir ausgenutzt vorkam und beleidigt war, dass er nach dem intensiven Abend nicht sofort wieder glühende Mails schrieb. Ehrlich gesagt kam ich mir vor wie ein dummes Schulmädchen, das auf einen Casanova hereingefallen ist. Ich wollte mein Herz nicht so an diesen Mann hängen und schrieb das alles in die Nachricht. Ich wollte einen Schlussstrich ziehen, bevor es zu spät war. Nach einer halben Stunde hatte ich die Mail fertig und wollte sie wütend abschicken, aber der PC stürzte ab, und die Nachricht war weg, bevor ich sie auf den Weg bringen konnte. Ich sass wie vom Donner gerührt da und warf den PC wieder an. Als ich mein Emailprogramm öffnete, erhielt ich just diese Nachricht von Kris:

Hi darlin ... ich versuchte heute morgen 5 mal dir eine nachricht zu senden ... es wollte nicht klappen, da mein PC mehrmals abstürzte ... aber es stand darin, dass es super war, dich wiederzusehen ... du sahst fantastisch aus und ich war so aufgeregt, ob du in warstein ankommen würdest!!!!!!!

ich denke, da ist eine gewisse elektrizität zwischen uns, ich geniesse das sehr... wir müssen in verbindung bleiben ... was meinst du? sei ehrlich xxxxxx

So lief das immer: eine geheimnisvolle Macht mischte sich in die Dinge ein, die wir taten, verhinderte manche Katastrophe und half uns oft genug gehörig auf die Sprünge. Ich lernte, dass man bei der Erfüllung seines Seelenplanes nicht allein ist, man hat Hilfe und Unterstützung von höherer Ebene, sei es von Engeln oder aus den Tiefen der eigenen Seele. Ja, ich glaube ganz fest, dass unsere Seele ganz von selbst in der Lage ist, die passenden Ereignisse im richtigen Moment anzuziehen. Wir alle haben mächtige Kräfte in uns wohnen, die uns sanft aber bestimmt auf unserem Weg dirigieren.

ja, ich habe auch gespürt, dass etwas vor sich gegangen ist in warstein. und es wäre herrlich, mehr von diesen süssen emails zu bekommen ... du willst wissen, was ich denke? ok ... ich fuhr vor ein paar monaten nach mannheim, um ein time travellers konzert zu sehen, ich kannte nur zwei songs und hatte weiter keine grossen erwartungen.
was ich dort fand, ist das bezauberndste lächeln der welt – und ich hoffe, du wirst nie wieder aufhören zu lächeln, Kris ... es gibt noch einen anderen teil dieser geschichte, vielleicht erzähle ich ihn dir eines tages ... weißt du, wir alle haben unsere ... nenne sie engel. vergiss niemals, dass sie immer bei uns sind.
du bist etwas sehr besonderes für mich, Kris, und du besitzt mein herz, bitte sei vorsichtig damit ...
c.

> *du hast eine unglaubliche art zu schreiben C ... ich fühle mich auf seltsame aber überaus angenehme weise zu dir hingezogen ... ich werde äusserst vorsichtig mit deinem herzen umgehen, und während ich dies schreibe, lächle ich nur für dich. lass uns einfach in verbindung bleiben xxx*

jede nachricht von dir lässt mein herz schneller schlagen – ich bin sicher, du fühlst das, nicht wahr? danke dir für dein lächeln, jetzt wird es ein sonniger tag. du bist allzeit in meinen gedanken, Kris, ich kann es nicht verhindern!
hoffe, die fotos von warstein gefallen dir. du siehst fantastisch aus.. hmmm werde heute nacht von dir träumen Kris ... habe dein neues foto auf deiner website gesehen ... genau dieses bild habe ich gestern auf mein desktop gemacht, seltsam oder? würdest du bitte aufhören, meine gedanken zu lesen hahaha kuss, c.

Die enorme Anziehungskraft zwischen uns konnte ich körperlich wahrnehmen. Es war immerzu, als hätte ich eine Schnur in meinem Bauch, an der jemand mit aller Kraft zog. Dualseelen sind über die Chakren miteinander verbunden, und diese Verbindung kann man im physischen Körper wahrnehmen. Man ist niemals wirklich getrennt, und der Vorhang vor dieser Tatsache ist für Dualseelen sehr, sehr dünn. Manchmal lüftet er sich für Augenblicke auch gänzlich. Und diese Augenblicke werden häufiger, bis man sich eines Tages beständig dieser Verbindung völlig bewusst ist.
Ende des Monats zog er sich mit einem Mal wieder von mir zurück, es kamen keine Antworten auf meine Emails, und mein Gefühl sagte mir, etwas stimmte nicht. Nun, ich hatte erwartet, dass ihn die Fotos, die man von uns in Warstein gemacht hatte, umhauen würden, aber er reagierte darauf zunächst überhaupt nicht. Schliesslich schrieb er mir nach zwei Wochen folgendes:

hi Cathérine, bin gerade wieder zu hause, war ein paar tage unterwegs ... schöne fotos – nette erinnerungen ... hier scheint heute die sonne, werde schwimmen gehen. hatte die ganze nacht zahnschmerzen. hoffe, bei dir ist alles ok xxx

Was sollte denn das jetzt? Warum war er denn jetzt so förmlich? ZAHNSCHMERZEN? Nette Erinnerungen? NETT? Das Foto, das sie in Warstein von uns gemacht haben, hätte ihn eigentlich aus den Latschen hauen müsse, sieht er denn nicht, wie glücklich wir beide darauf sind?
Das waren meine entrüsteten Gedanken in dem Moment, als ich die Nachricht las. Zufällig erzählte mir jemand ein paar Wochen später, dass Zahnschmerzen im Traum für Entscheidungen stehen. Seltsame Ereignisse aus dem Wachleben deute ich heute grundsätzlich wie Träume, denn beide Welten sind für die Seele real, und daher findet sich manches Mal die Antwort auf eine Frage in einer winzigen Begebenheit, wie die berühmten Zahnschmerzen in Kris Email. Wir spielten monatelang unser Spiel: Angriff oder Flucht, weitermachen oder die ganze Sache beenden? Wir mussten uns beide unzählige Male neu entscheiden, nicht aufzuhören. Wir entschieden uns zwischendurch auch, getrennt voneinander, nicht mehr mitzuspielen. In der Regel kam der andere aber dann unbewusst verstärkt auf seinen Zwilling zu, um zu verhindern, dass der so wichtige Ablauf der Entwicklung vorzeitig unterbrochen wurde.
Kurz gesagt, da es noch zu früh für ein Ende war, hielten wir uns gegenseitig bei der Stange. Im Grunde haben wir all die Monate die perfekte Ehe geführt, eine Ehe mit genügend Freiraum für beide, um sich

bestmöglich entfalten zu können, gegründet auf grösstem Respekt, Ehrlichkeit und bedingungsloser Liebe, immer bemüht, sie aufrecht zu erhalten. Wir wussten es nur nicht.
Oft wurde ich nachts urplötzlich wach und fühlte, dass ich eine Email von Kris bekommen habe. So war es denn auch, unter anderem fand ich kurz nach der berüchtigten Zahnmail diese vor:

hi babe. wir sind für 5 shows im februar gebucht worden, mit einer befreundeten band namens twinsouls ... hoffe, du bist mein girl für diese shows ... wünsche dir ein grossartiges wochenende. dicke umarmung xx

Ich war wie vom Donner gerührt und verstand gar nicht, warum mich diese Nachricht so sehr beeindruckte. Im Grunde hatte ich den entscheidenden Hinweis auf meine dringendste Frage in dieser Mail vor Augen:
Was ist das, was wir haben? – Twin souls, Zwillingsselen. Du bist mein Mädchen. Noch hatte ich nicht gelernt, zwischen den Zeilen zu lesen!

ja sicher bin ich dein girl. aber vorher sehen wir dich in laichlingen – und das wird grossartig sein! hugs c.

Am 04. November fand in Laichlingen eine grosse Veranstaltung mit drei wichtigen Bands statt, unter ihnen die *Time Travellers*. Dieser Auftritt war für Kris immens wichtig, da er im Fernsehen übertragen werden sollte und seiner Karriere den nötigen Aufschwung geben würde. Er hatte für uns beide für diese Nacht jedoch noch ganz andere Pläne. Doch dazu später.

An Halloween des Jahres passierte mir eine wichtige Kleinigkeit, die eine der grossen Überschriften unserer Geschichte liefern sollte. Ich hatte kurz vor der Geburt meiner Tochter mit dem Kartenlegen angefangen. Eine Bekannte hatte mir die Lenormand-Karten nahegebracht, und meine beste Freundin Maya und ich legten ab und zu aus Spass und Vergnügen. In der Anfangszeit mit Kris versuchte ich mehr und mehr, den Karten Hinweise darauf zu entlocken, wo wir gerade standen. Anlässlich des magischen Datums mischte ich also voller Neugier die Karten, und zwei sprangen in hohem Bogen aus dem Stapel. Ich nahm sie vom Boden auf und sah sie mir an, denn wenn Karten herausspringen, soll man sich ihre spätere Lage im Kartenbild genau anschauen, weil sie einen wichtigen Hinweis geben. Es waren die Karten „Sonne" und „Mond". Ich begann, den Stapel neu zu mischen. Wieder fielen zwei heraus. Etwas ärgerlich bückte ich mich und

nahm sie wiederum auf. Es waren wieder Sonne und Mond! Ich fühlte mich seltsam berührt, ein wenig gruselig kam mir das schon vor. So mischte ich den Stapel ein drittes Mal und legte dann das Bild aus. Mann und Frau sahen sich auf meinem Tisch direkt an, über seinem Kopf lag die Sonne und über ihrem der Mond.
Wir sind Sonne und Mond, schoss es mir durch den Sinn, und ich wusste, ich war einer wichtigen Wahrheit auf die Spur gekommen, auch wenn ich sie in dem Moment überhaupt nicht verstand. Erst vor kurzem sah ich einen Bericht über historische Gemälde, in dem davon die Rede war, dass der König gern mit einer Sonne über dem Kopf und die Königin entsprechend mit einem Mond dargestellt wurde. König und Königin, Yin und Yang, Isis und Osiris – die immer wiederkehrende Geschichte des göttlichen Paares. Was sollten Dualseelen anderes sein als Sonne und Mond! Ich empfinde dieses Bild als eins der schönsten auf der ganzen Welt, und ebenso unwahrscheinlich wie es ist, dass diese beiden sich auf ihrem Himmelslauf jemals begegnen, genauso wundervoll und einzigartig ist jede einzelne Dualseelengeschichte hier auf Erden. Wir sind mehr mit dem Kosmos und den Gestirnen verbunden, als wir uns vorstellen können, und Himmel und Erde sind gar so weit nicht auseinander.
Am ersten November – Allerheiligen - sprach ich traditionsgemäss am offenen Fenster mit meiner Mutter. Die Luft war eisig kalt, der Himmel sternenklar. An dem Abend hatte ich wieder einen besonderen Wunsch, den ich den Sternen anvertraute: Ich wünschte mir nichts sehnlicher als eine Nacht mit Kris, eine Nacht allein mit ihm in seinen Armen. Nur wir beiden – zusammen allein. Als ich zu Ende gedachte hatte, schoss eine Sternschnuppe über den Nachthimmel – eine Sternschnuppe Anfang November! Mein Herz tat einen schmerzhaften Satz. Ich beschloss, mich an diese unglaublichen Vorfälle zu gewöhnen, Kris hatte sie aus irgendeinem Grund mit in mein Leben gebracht, nun musste ich mit ihnen leben.

Am nächsten Tag kam eine neue Nachricht von Kris:

ich freue mich darauf, dich wiederzusehen. wir werden im STAR-hotel wohnen – nur für den fall, dass du nachts nicht heimfahren möchtest ... LIES DA NICHTS HINEIN! ich hoffe, es geht dir gut. biggest hug and sweetest kiss, Kris

Lies da nichts hinein? Lies da nichts hinein??? Der Mann hinter uns hat zwei Nasen, aber dreh dich jetzt bloss nicht um!!! Zu spät!!! Ich musste lachen.

ein abend mit genialer musik, dein lächeln dazu – was mehr könnte ich mir erträumen ...?

Lies zwischen den Zeilen, Kris, lies zwischen den Zeilen!!! Ich will auch mehr! Ach, ich konnte es kaum glauben – er wollte die Nacht mit mir verbringen! Wir hatten beide denselben Wunsch. Und *die Sterne* wussten Bescheid ...

Am 04. November passierte alles – und doch passierte eigentlich an der Oberfläche gar nichts. „Alles" bedeutet in diesem Fall, dass all meine Zweifel vorübergehend ihr Ende fanden, endlich war ich mir absolut sicher darüber, dass wir beide dasselbe wollten. Und ich erkannte erstmalig, wie wichtig ich Kris in Wahrheit bin, auch wenn diese dritte Begegnung mit genau umgekehrten Vorzeichen anfing: Kris hatte gerade ein Interview gegeben, als wir ihn endlich in einem der vielen Räume auf der oberen Etage des Veranstaltungsgebäudes aufspürten, und er begrüsste Marion und Peter herzlich wie immer. Mir nickte er bloss zu. Meine Welt brach zusammen und ich fühlte mich ungeliebter als je zuvor in meinem Leben. Mir wurde später klar, dass er vordergründig betrachtet Angst hatte, sich nicht unter Kontrolle halten zu können, wenn er mich umarmt hätte, und in Anwesenheit der Presse wollte er professionell wirken. Aus anderem Blickwinkel betrachtet sollte ich wieder etwas Wichtiges lernen ... Ich hatte später einen Traum, in dem er mir einen Verlobungsring an den Finger steckte und dabei die Worte sprach: „Es wird noch oft so sein, dass ich dich links liegen lasse ...", und ich antwortete: „Wenn ich das weiss, ist es ja gut." Denn ich sollte lernen, nicht im Aussen nach Bestätigungen zu suchen und meine eigene innere Sicherheit zu entdecken. Ich erinnerte mich noch sehr oft an diesen Traum, und jedes Mal beruhigte er mich, ganz so, als ob Kris das wirklich zu mir gesagt hätte. Wer weiss das schon ...
Er fragte nach einer Handynummer, auf der er uns anfunken wollte, wenn er mit dem nächsten Interview fertig sei, damit wir doch noch etwas miteinander reden könnten. Alle sahen mich an, also gab ich ihm unter grossen Gegrinse der Umstehenden meine Nummer. Das Handy schien fortan in meiner Handtasche zu gluhen, und ich glaube, ich hätte einen Herzinfarkt bekommen, wenn er wirklich angerufen hätte.

Das schönste Erlebnis des Abends bekam ich selbst gar nicht mit: Ich stand allein oberhalb der grossen Bühne auf der Zuhörertribüne und sah der dritten Band des Abends zu, Marion und Peter waren draussen auf dem Gang geblieben, und Kris war seit seinem Auftritt verschwunden. Ich wartete seit einer halben Stunde auf den einen Song, den ich von der Band kannte und den ich so liebte. Plötzlich pustete mir jemand von hinten in den Nacken, ich dachte, Peter wolle mich ärgern und drehte mich schwungvoll um, eine Ermahnung auf den Lippen – und sah geradewegs ins Kris' Augen ... Spontan fiel ich ihm um den Hals, und er umarmte mich ebenfalls strahlend. Meine Welt war augenblicklich wieder gut. In dem Moment begann unten auf der Bühne der Song, auf den ich gewartet hatte: *A lesson to*

learn ... Wir konnten nur wenige Sätze wechseln, als eine andere Frau Kris erkannte und in ein Gespräch verwickelte. Respektvoll trat ich einen Schritt zurück und überliess ihn seiner Arbeit. Kurz danach wurde er auch schon zum nächsten Termin gerufen. Marion erzählte mir anschliessend, er sei zu ihnen gekommen und habe gar nicht mit ihnen sprechen wollen, er habe nur nach mir gefragt und sei dann regelrecht losgerannt, um mich zu finden. Diese kurze Geschichte liess ich mir in der Nacht noch mindestens 63 mal von Marion erzählen, ich finde sie noch heute furchtbar romantisch. Er wollte die misslungene Begrüssung nachholen. Ich erkannte, dass ich ihm doch wichtig war. Wir sahen ihn gegen Ende noch einmal kurz, er hatte weder Zeit für Autogramme noch für Fotos. Endlich standen wir kurz zusammen an einer Wand, etwas abseits von den anderen, und Kris legte sekundenlang seinen Kopf an meinen, so wie er es auch schon in Warstein getan hatte, und meine Gedanken sagten: *meine Liebe zu dir wird niemals kleiner*. Dann entschuldigte er sich mehrmals, dass er den Abend ganz anders geplant hatte und dass es ihm so sehr leid tue. Ich versicherte, das sei schon in Ordnung so, der Abend sei sehr wichtig für ihn. In seinen Augen las ich einen ganzen Roman der unterschiedlichsten Emotionen, vor allem jedoch sah ich darin glühende Leidenschaft und unendliche Liebe. Immer, wenn ich heute *A lesson to learn* im Radio höre, erinnere ich mich an diese Begebenheiten in Laichlingen, und an die Lektionen der Liebe, die ich an diesem Abend mit Kris lernte.
Die ganze Rückfahrt im Auto mit Marion und Peter riss ich mich auf das äusserste zusammen, ich hatte mir geschworen, erst zu weinen, wenn ich zu Hause wäre. Dort angekommen, winkte ich den beiden noch einmal zum Abschied, warf die Haustür hinter mir ins Schloss und fischte unter aufsteigenden Tränen mein Handy aus der Handtasche. Zwei Nachrichten. Die erste, von meiner Freundin Maya, las ich im Laufen auf der Treppe, die zweite war seltsam, eine Auslandsvorwahl. Sie war von Kris! Von Kris!!!
Ich warf alles von mir und setzte mich mit zittrigen Knien auf die Wohnzimmer-Couch. Mir fiel das Handy zweimal aus der Hand, bis ich die SMS endlich geöffnet hatte. Sie lautete:

mehr als irgendwer sonst in ganz deutschland wollte ich diese nacht mit dir verbringen. wirklich die ganze nacht ... es tut mir so leid, darlin. alles war heute ausserhalb meiner kontrolle xxx

Die Tränen brachen endlich aus mir hervor, ich war bis ins Innerste erschüttert. Es war also doch alles wahr, ich hatte mir all diese Monate nichts eingebildet. Er wollte mich tatsächlich genauso sehr wie ich ihn.
Und es war durch die „Umstände“ leider verhindert worden. Ich weinte noch lange in dieser Nacht, weinte um die verpasste Gelegenheit, um das, was hätte sein können, was hätte sein sollen; ich weinte um Kris, um uns, und um diese fürchterliche Liebe, die mich so gnadenlos quälte und die ich doch nicht beenden konnte.

Kris´ Tour sollte noch bis Mitte November weitergehen. Wir schrieben in diesen Tagen einige Nachrichten per SMS hin und her, und ich dachte eigentlich, wir seien nun in einem neuen Stadium unserer seltsamen Beziehung angelangt. Manche der Nachrichten waren sehr persönlich, alle waren sie sehr ehrlich, und ich liebte ihn mit jeder neuen SMS noch ein Stückchen mehr. Mittendrin hatten wir sogar eine leichte Diskussion, als ich die Intensität dieser Dialoge nicht mehr aushielt. Ich bat ihn erneut, er solle mir mein Herz endlich zurückgeben. Er schrieb, das werde er nicht, es gebe ihm ein gutes Gefühl, und ob wir das nicht teilen könnten?
Eine der schönsten Mitteilungen sendete er mir am Abend des 07. November, kurz vor einem seiner Auftritte. Darin hiess es unter anderem: will sing 4 you tonight. Ich werde heute abend für dich singen ...
Mit keinen Worten dieser Welt könnte ich beschreiben, was dieser kurze Satz für mich bedeutete! Ich fühlte mich ihm so unglaublich nahe und war dadurch mehr als zuversichtlich. Leider sollte nach der Tour alles wieder ganz anders werden ...

16. November

darling bitte schreib mir eine nachricht sobald du zu hause bist damit ich weiss du bist sicher zurückgekehrt. sende dir all meine liebe xxx c.

19. November, mitten in der Nacht

hi Cathie. sicher zu hause. bis 2 uhr nachmittags geschlafen. ganzen tag am computer um die nächste tour zu basteln. hoffe aufrichtig das leben ist gut zu dir und wir treffen uns bald wieder. dicke umarmung wie immer. X

ok darling. ich werde auf dich warten. c. xxx

Richtigen Streit gibt es übrigens nicht unter Dualseelen. Es entstehen natürlich immer wieder Missverständnisse, jedoch habe ich schnell erkannt, dass diese Verbindungen von einem unerschütterlichen gegenseitigen Wohlwollen geprägt sind. Aufgrund des absoluten gegenseitigen Vertrauens lässt man den Zwilling automatisch auch seine dunklen Abgründe anschauen, aber es wird weder verurteilt noch nachgetragen. Es gewittert kurz, und dann pendelt man sich umgehend wieder auf eine Linie ein. Einen zweiten absoluten Tiefpunkt hatte ich am 24. November unseres ersten Jahres, und ich schrieb ihm eine wirklich böse Email, in der ich mich in einem Rundumschlag mal wieder über alles beschwerte, was mir (meinem Ego!) an unserer „Beziehung" nicht gefiel. Ich wetterte über den Umstand, dass er der Sänger einer blöden Band ist, dass ich mir wünschte, alles wäre einfacher, dass ich so viel gebe und er sich oft so lange nicht meldet – einfach alles. Seine Antwort kam aus Alaska:

wowoww ... ich bin seit donnerstag in alaska und sitze hier in einem internet café ... ich bin ziemlich erstaunt über deinen ton mir gegenüber ... ich bin sehr beschäftigt und habe kein verlangen danach, mit dir zu spielen und habe dir immer genauestens gesagt, was ich fühle ... es tut mir leid wenn das für den moment nicht genug ist, aber ich versuche gerade etwas platz in meinem leben zu schaffen ... du schriebst zuletzt, du würdest mir alles in einer email erklären ... war´s das? Wenn ja, dann ok ... bitte lass mich mein leben klären Cathie ... x werde dir wieder schreiben, wenn nicht 15 leute hinter mir stehen und an den computer wollen x

In meiner ersten Panik dachte ich, jetzt hätte ich alles zerstört. Ich bereute meine harschen Worte ihm gegenüber und wurde gleich viel weicher. Es war ja auch für ihn nicht leicht, einen Platz für diese Liebe in seinem Leben zu finden. Da ich wusste, er würde die nächste Mail vielleicht nicht mehr abrufen können, schickte ich ihm eine SMS:

nein, das war nicht die email, die ich dir immer schon schreiben wollte! du bist jetzt ärgerlich, ich fühle es. ich sagte dir, ich werde warten, oder nicht? es ist alles nur, weil ich dich so sehr liebe darling. doch du musst jetzt zeigen, was dir wirklich wichtig ist im leben. C.

Nun komme ich zu den ereignisreichen und symbolträchtigen Träumen, die ich habe, seit ich Kris begegnet bin. Ich habe mich immer schon für Traumdeutung interessiert, aber die Träume, die ich habe, seit ich Kris kenne, sind allesamt extrem bedeutungsvoll und teilweise hellseherisch.

An ihnen kann ich am nächsten Tag ablesen, was ich wieder verstanden habe, aber auch, was ich als nächstes lernen soll.
Es ist definitiv von fundamentaler Wichtigkeit, sich genauestens mit seinen nächtlichen Erlebnissen zu beschäftigen, denn auf diese Weise spricht die Seele zu uns. Wie bereits erwähnt, unterscheidet die Seele nicht zwischen Wachleben und Traum, daher sind Träume reale Erlebnisse, und die in ihnen verwendeten Symbole sind – ebenso wie alles andere im Leben – kein Zufall.

Nacht vom 26. auf den 27. November

In dieser Nacht träumte ich, ich sei im Urlaub, irgendwo an der Sonne, vermutlich in Spanien.
Ich bin also dort in meinem Appartement und gehe zu dem grossen Fenster, um die Vorhänge zuzuziehen, damit die Sonne nicht den ganzen Tag ins Zimmer scheinen kann und es dann abends, wenn ich wiederkomme, unerträglich heiss in dem Raum ist. Meine Mutter ist mit mir dort, und jetzt kommt sie und zieht die Vorhänge energisch wieder auf. Das Sonnenlicht flutet sofort wieder in den Raum, und ich denke: ach, reg dich nicht auf, vielleicht hat sie ja recht. Schliesslich sind wir doch im Urlaub!
Da fällt mir ein, dass ich ja einen Balkon habe und verstehe gar nicht mehr, wieso ich ihn nicht schon genutzt habe! Ich trete hinaus auf den Balkon und schaue hinunter, aber statt des Meeres ist dort eine Hauptstrasse, und Einheimische brausen auf lauten Mopeds und ohne Helm an mir vorbei. Ich drehe mich um und blicke an der Hauswand empor. Überall sehe ich Zeichen des Verfalls, richtige Löcher sind in der Fassade. Ich zucke mit den Schultern und denke mir: was soll´ s? Es ist nicht schlimm. Dann gehe ich wieder hinein und mir fällt plötzlich ein, dass ich bei meiner überstürzten Abreise meine Tabletten vergessen habe, die ich unbedingt hätte mitnehmen müssen. Aber ich denke: was soll´s? Du wirst sie in diesem Urlaub wahrscheinlich gar nicht brauchen! Das ist alles für mich absolut untypisch! Ich hätte im realen Leben in allen drei Fällen die Krise gekriegt. Diese Gelassenheit hätte ich im wirklichen Leben gerne! Manchmal kriege ich sie schon hin, aber spätestens bei den Tabletten wäre es aus gewesen. Ich fragte mich angesichts dieses Traums, ob meine Mutter mir etwas Wichtiges mitteilen wollte, als sie die Vorhänge wieder wegzog. Ich verstand die wahre Bedeutung wie so oft erst viel später.

Die Weihnachtszeit im ersten Jahr war eine echte Prüfung für mich, da sich meine liebe Dualseele selbstverständlich nicht so verhielt, wie mein Ego es gerne gehabt hätte! Dieses Jahr jedoch hatte ich wundervolle und erfüllte Weihnachten auch ohne ihn, was mir gezeigt hat, welch riesengrosse Entwicklung ich hinter mir habe ... Letztes Jahr sah es in mir also noch traurig und dunkel aus, denn ich lernte gleich zwei Lektionen auf einmal: warten und dabei keine Erwartungen haben!
Mir drängte sich eine Frage auf: Gibt es wirklich Wunder, vor allem in der Vorweihnachtszeit? Ich durfte den Glauben daran nicht verlieren. Sonne und Mond? Wahr oder falsch? Bin ich dumm oder weise, so hier zu sitzen? Ist das eine Probe für mich, für ihn, für uns? Gibt es überhaupt eine höhere Macht, oder wünschen wir kleinen Menschen uns das nur in unserer Hilflosigkeit? Darum drehten sich meine Gedanken. Doch, das weiss ich heute ganz sicher - diese unsere Welt ist nicht völlig planlos, es steckt im Gegenteil ein ausgeklügeltes Prinzip dahinter. Es hat alles System! Meine Dualseelengeschichte ist mit all ihren bedeutsamen Zeichen, Zahlen, Daten und „Zufällen" das beste Beispiel dafür.
Aber wie lange sollte ich noch warten? Eine Woche? Zwei? Bis Weihnachten? Ich wollte dieses Elend nicht mit ins neue Jahr schleppen. Warum schrieb er mir nicht einfach – hopp oder topp? Wenn er mir sagte, es sei aus, dann könnte ich an dem Punkt weitermachen, weitermachen mit etwas, was mir vertraut ist. Ich würde alle meine Energien mobilisieren und mich wieder hochrappeln, mich selbst an den Haaren aus dem Sumpf ziehen.
Diese Liebe hingegen war mir völlig neu, unvertraut, ich fühlte mich unsicher, weil ich mir dieser Liebe so sicher war ... Ich konnte ihm noch nicht einmal böse sein, fand immer tausend gute Gründe für sein Verhalten, noch bevor er selbst es tat. Sollte es ewig so weitergehen? Seine nächste Nachricht erreichte mich per SMS, aus heiterem Himmel nach sage und schreibe 14 Tagen Schweigen:

hi Cathie, ich bin auf dem weg nach London. habe deine mail bekommen als ich gerade los wollte. lese sie später. immer noch im stress. morgen nach Ägypten für eine woche. es tut mir so leid, dass ich dich frustriere, darlin. mein leben ist verrückt! kommst du nach Amsterdam am 20.12.? x

Nicht nur dein Leben ist verrückt, Kris! Fieberhaft tippte ich eine Antwort in mein Handy, wobei ich mich gleich zu Beginn vor lauter Aufregung dreimal verschrieb:

ich bin nicht frustriert, solange du mir zeigst, dass du immer noch an mich denkst.. ich fürchte, wir werden uns dieses jahr nicht mehr wiedersehen – es sei denn, du kommst zu mir haha. liebe dich xxx

Seine Antwort kam sofort:

schicke dir eine aufrichtige und warme umarmung xxx

... und wenige Tage später kam noch eine:

liebste cathie, gestern zurück aus Ägypten. verrückter gig. nicht geschlafen. jetzt zu hause für weihnachtseinkäufe. dann österreich. hoffe dir geht es gut. jammerschade dass wir uns nicht vor nächstem jahr wiedersehen x

Mir war mittlerweile bewusst, dass es ein langer harter Weg würde, aber ich war entschlossen, ihn bis zum Ende zu gehen. Meine Einstellung änderte sich, je mehr ich von den Hintergründen verstand, vor denen sich unser Film abspulte, und ich entschied mich bewusst, auf Kris zu warten. Das machte für mich einen gewaltigen Unterschied, denn nun wartete ich nicht mehr, weil mir nichts anderes übrig blieb, sondern weil ich mich dafür entschieden hatte. Diese Sichtweise verlieh mir die Kraft, die ich brauchte, um weiterzugehen. An Heiligabend fand ich an meiner Haustür eine kleine weisse Feder, die sich in einem Spinnennetz verfangen hatte. Ich erkannte wie in einer Eingebung, dass meiner Seele langsam aber sicher Flügel wuchsen, und eines Tages wollte ich mit ihnen fliegen.
Ich schrieb in mein Tagebuch:

*Ich will nicht der Mond sein, und gleichzeitig will ich nichts mehr, als der Mond zu sein ... Ich schwanke extrem zwischen Verleugnen und Annehmen, fühle mich sehr zerrissen und unsicher. Wenn er sich jetzt, an Weihnachten, nicht meldet, **das** verzeihe ich ihm nie! Man kann voraussetzen, er leidet genauso wie ich. Man kann ebenso voraussetzen, er denkt nicht eine Sekunde an mich. Wie entscheiden, welches von beiden die Wahrheit ist? Er wird es mir niemals sagen. Oder hat er es mir vielleicht schon längst gesagt? Wird es wahrer, wenn er es mir ständig und immer wieder sagt? Oder wird es unwahrer, wenn er es mir nicht ständig und immer wieder sagt?*
An dem Punkt, an dem man sich nur noch auf sein Gefühl verlassen kann, dort ist die Grenze zwischen Himmel und Hölle.

Bekam gerade eine Email von Andrea. Ihrer hat ihr auch keine schönen Weihnachten gewünscht. Sie meint, es wäre keine Dualseelenverbindung, wenn es nicht so wäre, wie es ist. Ein schöner Trost. Warum muss das so sein? Kann es nicht einfach einfach sein?

An diesem ersten und einsamen Weihnachtsfest seit unserem Kennenlernen hatte ich eins noch nicht verstanden: dass es keinen Unterschied macht, ob ich jemals von Kris hören würde, dass er alles genau so erlebt wie ich. Und dass er niemals für mein persönliches Glück verantwortlich sein kann – denn Glück kommt niemals von aussen, immer nur aus uns selbst. Die einzige Möglichkeit, wie wir unser Leben verändern können, ist unsere Sichtweise der Dinge zu verändern. Doch all das sollte mir erst ein Jahr später klar werden, und so lag mein Weihnachtsfest in seinen Händen ... doch nur ich allein hatte es dort hinein gelegt, kein wie auch immer geartetes Schicksal!

Lieber Kris,

ich weiss nicht, ob du all meine emails liest. ich glaube, du tust es, aber du bist zu beschäftigt, um zu antworten.
wie du siehst, lerne ich immer noch dazu ... ich habe gelernt, dass es keinen grund gibt, nervös zu werden ... du wirst eines tages schreiben, vielleicht in einer woche oder auch zwei ... aber du wirst.
das ist alles neu für mich, denn du bist ganz anders als alle anderen. aber ich weiss, du verstehst meine zweifel und meine ängste.
meine frage ist – was ist das hier? was ist das, was wir teilen? ist es liebe? nein, ich denke nicht, dass du mich liebst.
ist es freundschaft?
nein, niemand möchte die nacht mit einem freund verbringen ...
ich habe so etwas noch nie zuvor erlebt. jemand sagte mir, wir sind vielleicht seelenpartner. wie auch immer – ich würde dieses himmel-und-hölle-gefühl vermissen ...
ich wollte nur, dass du dies alles weißt.
xxx c.

Seine Antwort erschien mir recht unpersönlich:

wünsche dir schöne ferien und dass alle deine TRÄUME für das neue jahr in erfüllung gehen. xxx xxx

Ich konnte mich über so etwas nicht einmal mehr ärgern. Erst recht nicht mehr deswegen weinen. Ich fühlte mich innerlich nur leer und müde.
Und schrieb zurück:

vielen Dank, und vergiss nicht, uns die konzerttermine für februar zu nennen. xxx

Ätschi.
Als Peter mir in einem Telefonat im Scherz sagte, das Leben schreibe eben noch immer die besten Geschichten, wusste ich augenblicklich, dass ich mein Buch jetzt schreiben würde. Seit meiner Kindheit war das mein Traum gewesen, aber nichts erschien mir bisher wichtig genug, dass es für ein Buch geeignet war. Und jetzt befand ich mich in der Story meines Lebens – noch am selben Abend setzte ich mich hin und begann, mein Tagebuch über diese Verbindung in den PC zu tippen. Nach und nach ging mein normales Tagebuch gleich in das Schreiben des Buches über, es gab keine Trennung mehr. Ich dokumentierte alles, was wir uns schrieben, alle Zufälle und Träume, die wichtigsten Briefwechsel mit anderen Betroffenen, von denen es noch einige geben sollte. Das half mir, unser ganz persönliches Muster zu entdecken, und ich fand den roten Faden bei allem, was wir taten. So konnte ich mit Hilfe meines Buch aus dem Bild heraustreten und wie ein neutraler Beobachter die Geschichte dieser himmlischen Liebe auf Erden von höherer Warte aus betrachten. Endlich taten sich mir Türen auf, die ich vorher nicht sehen konnte, weil ich direkt davor stand. Nun beschleunigte sich meine persönliche Entwicklung unaufhaltsam. Daher möchte ich an dieser Stelle jedem raten, alles aufzuschreiben, was in der eigenen Dualseelengeschichte vor sich geht! Schreiben ist Magie, und die Welt, die geschrieben steht, verändert die Welt, die man erlebt.
Diese Aufzeichnungen sind sehr hilfreich, denn man kann immer wieder in der eigenen Geschichte zurückblättern und vergleichen, Entwicklungen erkennen und Puzzleteile zusammenfügen, die man vermutlich vergessen hätte, hätte man sie nicht niedergeschrieben.

Ende des Jahres fand ich auch endlich den Namen für unsere Verbindung. Ich stolperte im Internet über eine Seite über Seelenverwandtschaften, und beim Lesen der Berichte anderer Frauen eröffnete sich mir eine ganze Welt. Ihre Worte hätten von mir sein können, ich las in ihnen meine eigenen Gefühle, meine Zweifel, und sie alle sprachen von genau demselben Wunder, das ich seit einigen Monaten erleben durfte. Restlos aufgeregt nahm ich mit Ursula, der Inhaberin der Webseite Kontakt auf, und bat sie, eine Nachricht an die Verfasserin eines bestimmten Artikels weiter zu leiten. Auf diese Weise lernte ich Andrea kennen, die auch gerade ein Buch über ihre Dualseelengeschichte geschrieben hatte. Mit Andrea hatte ich eine wichtige Seelenverwandte gefunden, die mir treu zur Seite stand, als meine Geschichte mit Kris auf ihrem Höhepunkt anlangte. Ohne Andrea wären wir nicht weit gekommen, weil ich nämlich an manchen Stellen falsch abgebogen wäre. Noch heute stützen wir uns gegenseitig, wenn eine von uns umzukippen droht. Nie zuvor in meinem Leben erlebte ich so deutlich, dass die richtigen Menschen zur rechten Zeit in unser Dasein treten; es ist gleichsam, als ob Gott sie rechtzeitig losschickt, damit sie uns helfen können – und im Gegenzug wir ihnen. Kein Mensch begegnet uns durch Zufall, wir spielen alle unsere Rollen in einem gemeinsamen Theaterstück. All das hat mir mein Leben mit Kris klar gemacht.

Nun sind wir beim wichtigsten Aspekt einer Dualseelenbegegnung.

Aus heutiger Sicht weiss ich, dass man automatisch über Gott stolpert, wenn man erst mal seine Dualseele getroffen hat. Wenn man das nicht erkennt, kann man nicht weiter gehen, denn ohne den Glauben an einen Gott, der die Welt zusammen hält, ist die Dualseelenverbindung an sich nicht zu verstehen. Und man kann aus nichts anderem die notwendige Kraft schöpfen, um immer weiter mitzuspielen. Gott und Dualseele - die beiden kommen irgendwie im Doppelpack in unser Leben. Je mehr ich mich auf Gott einliess, desto leichter wurde der Weg, und desto mehr verstand ich den Sinn hinter den äusseren Ereignissen. Wie intensiv meine Freundschaft zu Gott noch werden sollte, ja dass diese Beziehung sogar auf derselben Liebe gegründet sein würde wie meine Verbindung zu Kris, das kam erst mit der Zeit. Es ist jedoch letztlich nicht trennbar, es ist definitiv eine Ehe zu dritt! Es sind nicht nur die beiden, es sind immer drei.

Ich habe durch Kris viel über Gott gelernt. Ich kann das erste Mal in meinem Leben aufrichtig sagen: Ja, ich glaube an Gott. Und ich glaube an Gottes bedingungslose Liebe zu den Menschen. Meine Erfahrung mit Kris hat mir im Kleinen gezeigt, was es bedeutet, Menschen wirklich zu lieben – so wie Gott es ja nun einmal im Grossen tut. Nur durch diese Liebe zu Kris habe ich verstehen können, was Jesus Christus von uns will.

LIEBE bedeutet nicht: Ich könnte dich lieben, wenn du zehn Jahre jünger wärst.

Oder: Ich könnte dich lieben, wenn du hier in der Nähe wohnen würdet, so wie es jetzt ist, ist mir das zu kompliziert.

Oder: Ich könnte dich lieben, wenn du dunkelhaarig und zwei Köpfe grösser wärst, weil ich mir so meinen Traummann vorstelle.

Oder: Ich würde dich mehr lieben, wenn du mir regelmässiger schreiben würdest und wir uns dreimal die Woche sehen könnten.
Jemanden wahrhaft zu lieben, bedeutet, ihn genau so zu lieben, wie er ist, einfach *weil* er ist.
Gerade als ich eines morgens hin und her überlegte: schreibe ich ihm eine SMS „viel Glück für Amsterdam", oder lass ich es bleiben, kam eine SMS von Kris, und ich hatte die altbekannten weichen Knie, als ich sie las ...

morgen, bin im bus richtung flughafen. 5 uhr aufgestanden. so müde. ganz allein. wo bist du? x

bin zu hause. du bist nicht allein, denn ich bin bei dir. tut mir so leid, dass ich nicht dort sein kann um dich singen zu hören. xxx

ich werde deine hand ganz fest halten heute auf der bühne x

... habe mir vorgestellt, wie du meine hand hältst ... wette, es gibt andere dinge, die du lieber tun würdest. komm schon Kris, erzähl mir deine dunklen fantasien xxx

Seine Antwort kam prompt:

wenn ich das tue, wirst du sie teilen müssen... und dann wirst du sagen, ich spiele mit dir. deine entscheidung xxx

haha, du kennst mich nicht wirklich. nein, das würde ich nicht denken. habe eine menge über dich gelernt, hoffe ich wenigstens. na los, bring mir die worte bei, die man nicht in der englischstunde lernt xxx

da wäre so vieles ... aber ich hätte das gefühl, dich herauszufordern. kannst du mein engel und mein kleiner Teufel sein? x

ich werde sein was du willst x

be strong, sexy.

Am nächsten Tag machten wir weiter:

komm schon, Kris, du kannst mir nicht erzählen, du willst es nicht. xxx nochmal viel glück für deinen auftritt heute abend xxx

2 Minuten später kam seine Antwort. Ich fragte mich, ob er insgeheim auf meine Nachrichten lauerte?!

nein, ich werde warten bis unsere zeit kommt. auf dem weg. kalt. x

> *würde dich wärmen Kris ... wenn unsere zeit kommt – wann wird das sein? x*

wir sollten uns im neuen jahr treffen. bald. xxx

> *ja so bald wie möglich ... wird nicht leicht werden, dass zu managen, das weißt du. xxx*

(Pause)

> *Kris, ich hoffe wirklich, ich werde eines tages die antworten finden. nimm meine liebe mit, sie wird dich wärmen. xxx*

Seit ich mit Andrea chattete und immer mehr über ihren Egokampf mit *ihrer* Dualseele erfuhr, desto mehr verstand ich meine seltsame Beziehung zu Kris. Ich war mir bei unseren Gesprächen zuerst nicht ganz sicher, ob ich wirklich dasselbe erlebte wie sie, obwohl es eigentlich offensichtlich war. Ich konnte mir nun einmal nicht so leicht vorstellen, dass es ausgerechnet *mein* kleines Leben erwischt haben sollte! Aber eines abends im Chat passierte etwas, seitdem war ich mir einhundertprozentig sicher: Andrea und ich schreiben meistens parallel, weil wir die übergrosse Datenmenge, die wir austauschen müssen, sonst nicht in den zwei Stunden oder drei Stunden abarbeiten können. Das hat sich bis heute nicht geändert. An dem Abend also stand mit einem Mal fast der gleiche Satz zweimal direkt untereinander in meinem Chatfenster:

Er sagte, er muss sein Leben klären.
Er sagte mir, er müsse sein Leben klären.

Ich hielt mit dem Tippen inne und starrte den Bildschirm an. Ich fragte Andrea, ob sie sich vertan habe? Oder ob sie meinen Satz als Frage

wiederholt habe? Nein, ER hatte es ihr auch gesagt. Mit denselben Worten. Mit Kris Worten ... In dem Moment war ich mir sicher: ES hat dasselbe Muster! Andrea erzählte mir, sie benutzen einen wunderschönen Satz: „Ich weiss dein Leben." Dieser Satz liess mich nicht mehr los, und ich überlege verzweifelt, wie man seinen Sinn ins Englische übersetzen soll! Es heisst nicht, ich kenne dein Leben. Es sagt so viel mehr aus! Dieser Satz umfasst diese ganze geheimnisvolle Seelenverbindung, die angeblich seit Urzeiten besteht und immer weiter bestehen wird. Ich konnte mir das gar nicht vorstellen!!! Plötzlich merkte ich: Mit dem Ende der Zweifel hatte sich ein ganz neuartiges Gefühl breitgemacht. Vertrauen. Ich vertraute Kris, dass er es schon richtig machen und dass er seinen Weg zu mir finden würde. So wie er mich in diesem Leben aufgespürt hatte - und ich ihn.
„bei ihm dauert alles etwas länger", „er wird dir manchmal etwas zwiespältig erscheinen", hatte Gina mir gesagt. Ich sollte ihn machen lassen, in seinem Tempo. *Loslassen*. Die schwerste Aufgabe von allen Lernaufgaben, die uns die Dualseelenbegegnung stellt: Loslassen – und zwar das, was einem am meisten am Herzen liegt. Denn Lieben heisst, den anderen **sein** zu lassen ...
Andrea machte eine Numerologie-Analyse für Kris und mich. Wir haben beide die Persönlichkeits-Zahl 2, ich aus 56 (5 + 6 ergibt 11, 1+1= 2), er aus 65 (6+5 ergibt 11, 1+1 = 2). *Die Spiegelung 56:65.*
Die Quersummen ergeben 11:11 und 2:2 ... Andrea war ganz aus dem Häuschen, ich total durcheinander. Was hat es mit 11:11 auf sich?
Es kam mir so vor, als müsste ich mich an irgendetwas Wichtiges erinnern, aber ich wusste nicht, was das war.
Die extremen Zufälle mit Zahlen und besondere Ziffernkombinationen sollten mich noch ganz gewaltig verfolgen. Später habe ich erkannt, dass unsere gesamte Geschichte wie nach einem Drehbuch in Zahlen eingebettet ist. Es existiert quasi ein Zahlennetz rund um unser Leben, in dem jedes Datum und alle Geschehnisse mathematisch erfasst sind. Darüber allein könnte ich einen Roman schreiben! Aber das würde hier zu weit führen. Ab und zu wird der eine oder andere sinnvolle Zufall erwähnt werden. Sie häuften sich immer und immer mehr, bis ich viel später erkannte, dass meine Seele es war, die sie anzog, als sie mein Leben nach und nach synchronisierte. Ich wünschte, jeder Mensch würde all dies in seinem Leben erkennen, all diese wunderbaren Erlebnisse und Zufälle, die uns zeigen, dass wir kein sinnloses Dasein führen, sondern unter dem wachsamen Atmen eines höheren Wesens leben, das uns liebt und dessen Plan für uns es ist, der Mensch zu werden, als den es uns gedacht hat.

Kurz vor Ende des Jahres hatte ich den Traum, der der wichtigste meines bisherigen Lebens sein sollte; wir werden im weiteren Verlauf der Geschichte auch immer wieder auf ihn zurückkommen.

Nacht auf den 29. Dezember, Traum

Ich bin als Begleitung auf einem Kindergarten-Ausflug, und als wir an der Kirche hier im Ort ankommen, sehe ich, dass der Kirchturm über Nacht abgebrannt ist und inmitten all der frisch renovierten und strahlend weiss getünchten Mauern eine Turmruine steht. Die Kinder stehen alle in einer Gruppe stumm daneben und schauen sich um.
Später, immer noch auf diesem Ausflug, unterhalte ich mich mit einer anderen Frau und deren neuem Lebenspartner. Die Frau kenne ich, aber sie sieht abwechselnd drei real existierenden Frauen ähnlich, es ist nicht ein bestimmtes Gesicht.
Sie erzählt: Wir ziehen ja jetzt bald nach England. Und ich sage, wie das, ihr könnt doch nicht einfach so wegziehen!
Da sagt der Mann in seiner hochnäsigen Art: Ich lebe normalerweise in London, da haben vier Monate auf dem Land doch wohl gereicht! Während er mich ansieht, verwandelt sich sein Gesicht, und seine kurzen fast silbernen Haare werden plötzlich ganz lang und blond.
Ich weiss, dass er irgend etwas mit mir zu tun hat, und er macht etwas mit Fliegerei, vielleicht beruflich. Dann sieht er mich mit herausfordernd funkelnden Augen an und sagt weiter: „Das merkt die gar nicht, wenn ich gehe – zack und weg!"
Darauf dreht er mir den Rücken zu, wir sind mittlerweile allein in der Küche meiner Eltern. Ich packe ihn an der Schulter, drehe ihn zu mir herum und sage ihm direkt ins Gesicht, wobei meine Augen ihn ebenfalls herausfordernd anfunkeln: „Und ich spüre dich überall auf, das ist MEIN Talent!"

Den ganzen Tag lang musste ich über diesen Traum nachdenken, und abends begannen sich die Zufälle meines Lebens zu überschlagen – dies sollte bis zum heutigen Tage nicht aufhören – und es wird niemals mehr aufhören, denn es gibt keinen Weg zurück, es geht immer nur vorwärts ... wieder zitiere ich aus meinem Tagebuch:

Eben habe ich mich endlich aufgerafft und die alte Bücherkiste durchgesehen, die seit zwei Wochen oben im Flur herumsteht. Sie zog mich plötzlich magisch an, und ich wühlte sie auf die Schnelle einmal durch.

Als erstes fand ich dieses Buch: „Johannes v. Buttlar, Unsichtbare Kräfte. Was Menschen zueinander führt und was sie trennt". Na das passt ja, dachte ich und schlug das Buch auf. Ich blätterte herum zu einem Kapitel über „den Eros"!, und dort wird als erstes eine Textstelle aus einer Geschichte von Rilke zitiert. Oh Mann, der Rilke verfolgt mich schon seit Wochen! Die Geschichte heisst: „Die Weise von Liebe und Tod des Cornets Christoph Rilke". Hatte mich bisher nur mit Rilkes Gedichten befasst und fand, dass sich die Überschrift schon sehr öde anhört. Die Textstelle las sich allerdings wunderschön.
Ich nahm ein weiteres Buch aus der Bücherkiste: „Deutsche Erzähler des 20. Jahrhunderts." Dort fand ich im Inhaltsverzeichnis dieselbe Geschichte von Rilke! Mir lief ein Schauer über den Rücken und ich setzte mich hin, um diese Geschichte zu lesen, weil ich dachte, sie müsse doch irgendetwas für mich Wichtiges beinhalten, wenn ich gleich zweimal mit der Nase darauf gestossen werde. Die Geschichte handelt vom Krieg und ist irgendwie trist und öde, wie erwartet, obwohl sprachlich einfach brilliant, Rilke war meiner Meinung nach ein Genie!

Später chattete ich wieder mit Andrea, und mir kam plötzlich die Idee, ihr die Textstelle aus Rilkes Geschichte abzuschreiben, weil sie so schön ist und so gut zu unserem Thema – Dualseelen- passt.
Ich schrieb sie also ab:

„Die Turmstube ist dunkel. Aber sie leuchten sich ins Gesicht mit ihrem Lächeln. Sie tasten vor sich her wie Blinde und finden den anderen wie eine Tür. (...) da ist nichts was gegen sie wäre: kein gestern, kein morgen, denn die Zeit ist eingestürzt. Und sie blühen aus ihren Träumen. Sie haben sich gefunden, um einander ein neues Geschlecht zu sein. Sie werden sich hundert neue Namen geben und einander alle wieder abnehmen, leise, wie man einen Ohrring abnimmt."

Als ich es noch einmal durchlas, ging mir ein ganzer Kronleuchter auf! Die **Turm**stube ... In der Rilke-Geschichte brennt der Turm am Ende ab, weil die feindlichen Truppen ihn anzünden, während die beiden Hübschen selig in der Turmstube schlummern. Mein Traum fiel mir wieder ein. *Der Kirchturm war über Nacht abgebrannt* ... und ich überlegte, ob er *im Krieg* zerstört worden war. So schloss sich der Kreis vom frühen Morgen, als ich meinen Traum notierte, bis zum Abend, als ich zum zweiten Male mit dem Turm zu tun hatte ... Einen Monat später erfuhr ich durch Zufall, dass Rainer Maria Rilkes Todestag der 29. Dezember war ... Diese Dinge muss man nicht verstehen, man darf sie einfach annehmen, annehmen als die kleinen

Wunder, die sie sind. Am 13. Januar war Kris mal wieder in Alaska; dorthin zog er sich regelmässig zurück und jedes Mal war es, als sei er von dieser Erde verschwunden. Aus meinem Tagebuch:

Na prima, und weg ist er wieder. Ich nehme an, es wird wirklich zu keinem Treffen kommen, daher hake ich den Gedanken besser ab. Und keine Rede mehr von irgendwelchen Terminen im Februar. Er wird gar nicht nach Deutschland kommen. Vielleicht, nein – wahrscheinlich sehen wir uns also gar nicht im nächsten Jahr. Und dann? Nichts dann, ich kann es nicht ändern.
Warum behandeln unsere Dualseelen-Menschen uns so? Warum kommunizieren sie nicht mit uns? Warum? Wenn doch angeblich auf der anderen Seite dasselbe Gefühl existiert? Und warum kommen immer irgendwelche Umstände dazwischen, wenn man sich näher kommen möchte??? Mein Gefühl sagt mir, dass die Umstände so erschaffen werden, dass es mich irgendwohin drängen muss. Dorthin, wo ich sein soll. Keine Ahnung, was das ist und wo das ist und wann das ist!
Aber sie treiben mich in eine bestimmte Richtung, das spüre ich ganz deutlich. Sie machen es mir so schwer und immer noch schwerer, damit ich zu handeln gezwungen bin. Alles hat irgendwann einen Sinn. Nicht fragen, annehmen.
Und die Verkettung von Zufällen reisst nicht mehr ab. Der Kern des Ganzen jedoch zeigt mir, dass es eine gewisse Ordnung im Universum gibt. Dass es eben doch nicht blosse Zufälle sind und wir etwas daraus lernen können und sollen. Es steckt eine Genialität hinter all dem, die mich total begeistert und doch irgendwie bestürzt. Manchmal ist es geradezu unheimlich. Ist das Gott?
Ich habe Kris gerade dies per SMS geschrieben:

> *noch ein tag, dann ist das jahr um. war ein glückliches jahr. was meinst du? das neue jahr wird sehr traurig werden. hoffe wirklich, wir werden uns noch mal wiedertreffen Kris xxx*

Als ich gerade ein Stündchen auf meiner Couch schlummern wollte, fiel mir ein Gedicht ein. Ich musste es sofort aufschreiben. Keine Ahnung, woher das kam! Ich muss es dringend Kris schicken!

Liebe ist nicht ein Gefühl, nein,
sie ist alles, was ich bin.
Ich kann nicht sagen,
ich spüre sie in mir,
vielmehr ist mir bewusst,
ich bin in *ihr.*
Und mitten im Gewühl
der vielen Menschen
fühl ich mich anders an,
mit Liebe vollgesogen -
sie sind nur Wassertropfen meiner Wogen,
doch ich, ich bin ein Ozean.

Cathérine Cordero

3. Kapitel

let´s make it happy

Das neue Jahr sollte gleich einen rasanten Start hinlegen. Es war die reinste Achterbahn! Vorbei das Zockeltempo - unsere Verbindung legte ordentlich an Geschwindigkeit zu ...

hallo meine süsse. danke dir so sehr für mein gedicht. du hast ein grosses talent. schicke dir dvd vom gig in laichlingen. brauche adresse. xxx xxx

> *werde dir email schicken. will dich sehen. fühle mich traurig. rette mich xxx*

sei nicht traurig. du sagtest, dieses jahr würde traurig sein. lass es uns glücklich machen x

> *aber ich vermisse dein lächeln ... wirst du mich glücklich machen? xxx*

du weißt wenn wir uns wiedersehen, das wird sein wie feuerwerk ... schätze ich fürchte mich vor der zukunft. habe so viele phantasien über uns im kopf. also sollen wir???? x

> *ja wir sollten es tun. fürchte dich nicht darling. du hast mein herz vergiss das nicht. denk nicht zu viel, Kris. ich bin hier für dich ... kann der himmel sein, du musst nur die tür öffnen. xxx*

Damit riss das Gespräch wieder ab. abends hielt ich es nicht mehr aus und schrieb ihm noch diese Email:

Lieber Kris,

so hast du also mich gerettet ... in all diesen einsamen zeiten, in denen du nicht schreibst, bin ich in der hölle. wünschte ich wüsste, warum all diese pausen sein müssen! nein, ich denke, ich weiss, warum... und ich hoffe wirklich, du wirst mir eines tages erlauben, dir zu erzählen, was es mit all dem auf sich hat.
ich verstehe, was du fühlst und wovor du dich fürchtest. kennst du dies: glauben heisst nicht wissen? ich habe gelernt, dass man manchmal etwas weiss – aber es nicht glauben kann.

weil du nicht verstehst, was passiert, und das macht dir angst.
es liegt an dir, diese hölle in den himmel zu verwandeln.

Noch in derselben Nacht rief er mich zum ersten Mal an. Ich hatte gespürt, dass wir soweit gekommen waren. Es ging nicht mehr anders, wir mussten uns näher kommen. Seine Stimme am Telefon war wie eine Offenbarung, und er meldete sich mit den schlichten Worten: *It´s me.* Im ersten Moment hatte ich eine Vision, dass da gerade ein anderer Jemand mit mir gesprochen hatte, jemand aus fernster Vergangenheit. Seine Stimme war mir urvertraut, und ich hatte das Gefühl, wir hätten bereits tausende Male dieses Gespräch geführt. Dieses Gefühl dauerte gerade so lange wie es dauert, eine Lampe einzuschalten, dennoch kann ich es noch heute, mehr als ein Jahr später, genauestens nachfühlen. Etwas sehr Altes war in diesem ersten Moment des Telefonats in mir berührt worden, ein verschüttetes Wissen um unser Einander-Kennen, das schon so alt war wie die Menschheit.
In dieser Nacht waren Sonne und Mond zusammen, wir liebten uns über die Telefonleitung, und ich kann sagen, dass es nicht realer hätte sein können, wenn er live bei mir im Bett gewesen wäre. So etwas hatte ich bis dahin noch nie erlebt: ich fühlte meine Gefühle, und gleichzeitig fühlte ich seine. Seine Stimme schien aus meinem eigenen Inneren zu kommen, und ich schloss die Augen und sah ihn über mir, neben mir, ich hörte ihn an meinem Ohr atmen und wusste, er war wirklich mit mir in einem Raum. Er erlebte dasselbe, aber er lachte nur leise in den Hörer. Zeit und Raum sind definitiv eine Illusion, das weiss ich, seitdem in dieser magischen Nacht der Vorhang, der uns scheinbar trennt, vollständig beiseite geschoben worden war und ich erkennen konnte, dass unsere Seelen in Wahrheit immer zusammen sind.
Sein Kommentar am nächsten Tag lautete:

unvergesslich und unkontrollierbar ... ganz besondere verbindung   machs gut und pass auf dich auf x

Ja, Kris, genau so. hoffe wir werden es eines tages wieder tun xxx ich versuche immer noch herauszufinden was passiert ... wünschte ich könnte auch nur für einen moment aufhören an dich zu denken ... aaah was hast du mit meinem leben gemacht! xxxxxxx

ich hoffe, nur gutes x

schlaf gut, Kris ... ich werde in deiner dunkelheit wachen wie der mond ...

schlaf du auch gut. führe mich x

Ich glaube, ich versuchte immerzu, das Eine zu finden, das ihn endlich aus der Reserve lockt. Das eine Schlüsselwort, das ihm alles klar macht und das ihn zum Handeln treiben musste. Tage später ereignete sich die nächste bemerkenswerte Begebenheit mit einem nächtlichen Traum. Ich hatte Kris abends vorm Schlafengehen in einem romantischen Anflug eine SMS geschrieben:

begegne mir in meinen träumen heute nacht, wo immer du auch bist ... ich warte xxx

Aber oh, und wie er mir in meinem Traum begegnet ist!!! Ich wurde daraufhin schlagartig um 3 Uhr wach und stand auf, um das Traumerlebnis aufzuschreiben. Der Traum handelte von falschem Spiel in mehreren Varianten, einer falschen Band bei Kris´ Auftritt in Alaska, die noch dazu Playback spielte und lauter anderen völlig verkehrten Dingen, und das Gefühl, dass er hinterlies, war pure Ernüchterung und dazu die Überzeugung, dass ich es mir eben doch alles nur einbildete und Kris mich betrog, dass er mich immer nur belogen hatte.
Ich schrieb ihm völlig aufgelöst eine SMS:

alles was ich will ist, noch ein einziges mal in deine augen zu schauen, um zu sehen, ob es wirklich dort ist ... das ist alles. wir leben verschiedene Leben und das ist o.k. ich fühle dass du dich immer noch fürchtest xxx alles ist in ordnung glaub mir x

Seine Antwort übertraf alle meine Erwartungen:

heute morgen gelandet nach langer verspätung wegen schnee. übermüdet. band kam nicht mit nach alaska. fühle mich betrogen und muss nun über die zukunft nachdenken. hoffe aufrichtig du bist ok.

meet me in my dreams tonight ... Ich hatte seine Gedanken und Erlebnisse geträumt, und mein Gefühl beim Aufwachen war in Wahrheit seines. So sind Dualseelen verbunden, sie sind immer ineinander, tags und nachts, wachend und schlafend. Es gibt keine Trennung, die Beiden sind eins. Immer und überall.
Ich hatte zwischendurch einen fiktiven Schluss für mein Buch vorbereitet, der mir fürchterlich romantisch erschien. Meine Freundinnen protestierten,

denn so wollten sie es nicht enden sehen. Dennoch muss ich ihn an dieser Stelle zum Besten geben, denn kurz darauf führte Kris die Handlung im wirklichen Leben genau so aus, wie ich sie in meinem Drehbuch geschrieben hatte. Es war nicht das Ende unserer Geschichte, es war vielmehr ein weiterer eindrucksvoller Beweis, dass ihm all meine Gedanken auf höherer Ebene bekannt sind:

Kris´ letzter Brief kam überraschenderweise mit der Post. Ich habe die anderen nie gefragt, wer ihm meine Adresse verraten hatte. Ich fand den Brief, als ich vom Einkaufen zurückkam.
Nachdenklich schloss ich den Briefkasten, ging die Treppe hinauf und in meine Küche. Ich stellte meine Handtasche beiseite und betrachtete seine schwungvolle Handschrift auf dem Briefumschlag.
Als ich mit einem Messer den Rand des Umschlags aufschlitzte, fiel ein kleiner Gegenstand heraus. Ich bückte mich und hob ihn auf. Er war golden, etwa so gross wie ein fünf-Cent-Stück. Durch den Schleier meiner Tränen blickte ich auf zwei Herzen, ein grosses und ein kleines, welches aus dem grossen herausgelöst worden war, und doch waren sie untrennbar miteinander verbunden. Führte man sie wieder zusammen, ergäben sie wieder ein Ganzes.
Er hatte eine kurze Nachricht dazu auf ein Blatt weisses Papier geschrieben:
„Darlin, es tut mir so leid. Ich gebe dir hiermit dein Herz zurück. Denke immer daran – es ist nicht gut, sein Herz zu verlieren, besser ist es, es zu verschenken. In Liebe, Kris."
Ich befestigte den Anhänger wieder an meiner Kette, verbrannte den Brief in der Küchenspüle und ging hinaus in den funkelnden Schnee, um mein Kind das letzte Mal vor den Weihnachtsferien von der Schule abzuholen.

In der physischen Realität geschah daraufhin dies, ich zitiere mein Tagebuch:

Hurra!!! Die DVD des Mitschnitts vom Konzert in Laichlingen kam eben mit der Post!!!
Kris hat eine Postkarte aus seinem Wohnort dazugelegt, auf die er einen kurzen Satz an mich geschrieben hat. Vorne drauf ist ein seltsames Motiv, und es passt auf merkwürdige Weise zu dem fiktiven Schluss meines Buches, den ich mir irgendwann zu Anfang einmal ausgedacht hatte.
Kitschig, ja wirklich, aber kein Vergleich zu dem Motiv auf dieser Postkarte, die ich gerade in Händen halte: lauter Steine liegen im Sand, und auf jedem von ihnen steht ein silbernes Figürchen.

Sie alle haben einen Ring im Kopf – es sind lauter Kettenanhänger!!! Ich weiss nicht, was hier schon wieder passiert. Ich fass es nicht!

Nun hatten wir also auch den Postweg für uns entdeckt, und spontan bat ich ihn:

Darling, nimm ein schwarzes shirt, trage es während du schläfst und schicke es mir dann zu ... würde himmel und hölle zugleich sein – dich so nah zu haben und zu wissen, du bist so fern ... xxx

> *guten morgen aus dem windigen nord spanien ... hast du den sturm gut überstanden? ich werde ein tshirt für dich finden. morgen entscheidet sich ob ich dieselben bandmitglieder behalten werde. Ich hasse konfrontationen, aber dies muss passieren. liebe sonntagsgrüsse xxx*

was tust du in spanien??? sturm – aussen wie innen ... es wird gut ausgehen, vergiss das nicht. ich werde bei dir sein xxx

Als ich wenig später meiner Freundin Maya am Telefon davon berichtete, sah ich mit einem Mal das Tshirt vor meinem geistigen Auge. Es war jedoch dunkelgrau und verwaschen und nicht schwarz, wie ich es mir wünschte. Ich erzählte Maya davon und fragte mich, warum er mir kein schwarzes schicken würde. Woher ich das wissen wollte? fragte Maya erstaunt. Das war mir selbst ein Rätsel. Nun, wir würden sehen, wie immer.
Ende Januar begann ich mich der durchschlagenden Erkenntnis zu nähern. Ich hatte mich schon die ganze Zeit über gefragt, warum ich eigentlich jedes Wort von ihm (und von mir!) auf die Goldwaage legte, warum ich jede SMS dreimal überdachte, bevor ich sie absendete, warum immer ein wichtiges Wort fehlte und ich dieses erst finden musste, um zu fühlen, dass die Nachricht so richtig ist? Mit einem Schlag kam ich dahinter:
Weil **jedes** Wort wichtig **ist**! Weil wir *zwischen den Zeilen* lesen. Wie bei einem Traum – dort sind die Sätze (in der Regel sind es ja auch nur sehr wenige) nicht zufällig ausgewählt, im Traum hat ein jedes und alles eine komprimierte, symbolhafte Bedeutung. Seien es Sätze, Farben oder Lieder, die man im Traum hört, oder eben Zahlen und Telefonnummern. Genauso verhält es sich mit den Botschaften, die wir uns in dieser seltsamen Beziehung zukommen lassen, sei es per SMS oder Email. Und wenn wir ganz genau hinsehen (nicht mit unseren Augen, denn die sehen nur die äussere Verpackung), erkennen wir *die andere* Bedeutung, die uns diese

wenigen Sätze vermitteln. Es steht dann *geschrieben,* es sind Mitteilungen über den aktuellen Fortschritt, den die andere Seele gemacht hat oder eben nicht gemacht hat. Deshalb passen wir so unheimlich auf, was wir sagen und was sie sagen, was wir schreiben und was sie schreiben; deshalb kann ein „falsches“ Wort von ihnen uns in tiefste Verzweiflung stürzen – und umgekehrt können ein paar wenige Worte uns in den Himmel katapultieren, manchmal ohne ersichtlichen Grund, weil es eigentlich ganz normale alltägliche Worte sind ... Immer wieder machen unsere Dualseelenpartner wochenlang Kommunikationspause. Erst wenn sie genau wissen, was sie als nächstes sagen wollen, dann melden sie sich wieder.

Das Unterbewusste erkennt bekanntlich keine Verneinungen, und irgendwann fing ich bei der genaueren Betrachtung unserer Nachrichten an, alle Verneinungen und die unwichtigen Füllwörter wegzustreichen, so dass nur noch eine Kernaussage übrig blieb – die eigentliche Botschaft von Seele an Seele. Mit der Erkenntnis kam gleichzeitig der Begriff dafür in meinen Sinn: *Walgesang*. Dies wurde mein geflügeltes Wort für die besondere codierte Kommunikation der Dualseelen. Später erzählte mir jemand von einem anderen Paar, das ausschliesslich über Zahlenrätsel miteinander kommuniziert. Nichts ist unmöglich, und im Falle einer Dualseelenverbindung schon gar nicht! Manchmal braucht es nur etwas Achtsamkeit, und man findet den richtigen Schlüssel. Die Antworten haben wir schon alle längst in uns, die Kunst besteht darin, sie zu *entdecken*.

Deshalb verbinden sich mit den Songtexten und Gedichten auch all diese sinnvollen Zufälle, natürlich gerne in Verbindung mit dem einen oder anderen Traum, der mitunter eine Zusammenfassung alles anderen wiedergibt. Das ganze Wochenende hatte ich dies alles quasi ausgebrütet, ich wurde von Zufällen verfolgt, mit Hinweisen beschenkt, und Herr Rilke warf sich mir immer wieder in den Weg. Nachdem ich einmal darüber geschlafen hatte, breitete sich alles wie eine Landschaft in meinem Verstand aus und ich musste es nur noch niederschreiben.

Ich hatte alle Puzzleteile für diesen Ausschnitt des ganzen Gemäldes gesammelt, jetzt konnte ich sie zusammenfügen, und ich bin erstaunt und dankbar angesichts des wunderschönen Bildes, mit dem ich belohnt werde. Ich male ein Bild – *ein Bild aus Worten.*

viel glück für heute ... triff deine entscheidung, ich bin sicher, du weißt, was du zu tun hast ... schicke dir liebe auf deinen weg xxx thanks sugar. werde dir morgen alles erzählen. erinnere mich per email an das shirt. xxx

Ich begann, unsere Mitteilungen genauer zu beleuchten, fand einige Schlüsselbegriffe, die immer wieder auftraten, und entdeckte unseren ganz persönlichen Walgesang. So schrieb ich immer wieder denk dran! vergiss nicht! und er schrieb: erinnere mich. während ich immer wieder beteuerte: ich werde auf dich warten, lautete sein Text: warte auf mich. Während unserer Kommunikation im November hatte er mir an den Kopf geworfen: *Ich habe dir immer ganz genau gesagt, was ich fühle.* Und ich dachte: wo denn? wann denn ? wie denn?, wusste aber dunkel, dass er recht hatte. Heute ist mir das vollkommen klar! Er tat es zwischen den Zeilen ...

habe den ganzen tag lang an dich gedacht. hoffe, es ist jetzt alles geklärt ... erzähl es mir wenn du magst.
du schriebst, ich solle dich an mein t-shirt erinnern, also: vergiss es nicht, darling, bitte . werde zu bett gehen und versuchen zu schlafen ... mit deiner stimme in meinem kopf ... pass auf dich auf xxx c.

alle termine sind jetzt im mai ... werde alles erzählen sobald ich einzelheiten weiss xxxxxxxxxxxxxxxxx

hi Kris, erzähl mir von deiner „konfrontation". Ist George noch an Bord? er ist Marions liebling haha. hab einen sonnigen tag xxx

alles geregelt. einige harte worte mussten gesagt werden. willst du zum UK gig kommen?

oh Kris, das ist sehr traurig ... aber manche dinge müssen getan werden. würde es lieben, zum auftritt nach UK zu kommen, ist aber nicht möglich. was ist mit unserer privaten konfrontation? xxx

habe den ganzen februar frei x

7.–9. februar wäre perfekt ... oder 14.-16. bist du sicher, dass du in mein haus kommen willst? vielleicht lasse ich dich nie wieder gehen xxx

9. klingt gut. ich bin ein schneller läufer x

haha ich werde dich fangen mein lieber, keine chance xx so stellt sich dies als der glücklichste tag in meinem leben heraus ... werde dich daran erinnern xxx

Der 9. Februar war also unser erster Termin für – in seinen Worten – unsere persönliche Konfrontation. Jedoch erst beim dritten Anlauf sollten wir es tatsächlich hinbekommen, mehr als drei Monate später. Zunächst jedoch fuhr meine Seele wieder Achterbahn in der Aussicht auf ein Treffen und das mehr als alles ersehnte Alleinsein mit Kris. Aufgekratzt notierte ich in mein Tagebuch:

Wie viele Stunden und Wochen habe ich während der letzten 6 ½ Monate hier auf diesem Platz gesessen und geschrieben, gebetet, geweint und gehofft, und jetzt soll er herkommen und sich hierher setzen und sich das alles anschauen? Die Liebe meines Lebens, hier bei mir. Seine Augen, nur für mich! Ich werde endlich erfahren, welche Augenfarbe er hat. Ich werde endlich erfahren, was während all der Schreibpausen in ihm vor sich gegangen ist. Ich werde endlich erfahren, wie es ist, wenn - . Und vor allem anderen: ich werde sehen, ob ES wirklich dort ist, in ihm.

Diese unverhoffte Wendung liess all meine Träume und Wünsche in greifbare Nähe rücken. Jedoch hielt ich ihn gerade mit dieser Einstellung davon ab, zu mir zu kommen. Wie immer verstand ich diesen Zusammenhang erst viel, viel später. Es gab noch Unmengen zu lernen bis ich ihn endlich in meine Arme schliessen durfte! Andrea kommentierte das anstehende Treffen so:

„das gefühl was du an dem tag haben wirst das kennst du noch nicht!
du hast jetzt das gefühl du könntest ALLES schaffen,
und gleichzeitig hast du auch etwas angst vor diesem tag.
ein sehr komisches gefühl /fassungslosigkeit/ein bisschen angst ...
weil man für diese liebe eben keine worte findet"

Ganz genau das war es, besser hätte man es nicht zusammenfassen können! Und dann ging das mit den Werbeschildern und der drolligen amerikanischen Webseite plötzlich los. Andrea stiess irgendwann auf „zufälligen" Umwegen auf eine interessante Internetseite aus Amerika. Ich rief die Seite eines morgens auf, und eine Werbung für einen Urlaubsort in der Karibik sprang mich förmlich an, denn folgendes Wort blinkte unablässig auf: *Paradies*. Das war kurz vor Weihnachten, und am gleichen Tag bekam ich ein seltsames Karton-Schild mit der Aufschrift "PARADIES",

eine Postwurfsendung einer Bank. Ich hatte das Schild bald wieder vergessen. Doch das zweite kam nun im Januar und forderte mich auf: "macht glücklich!" *lass es uns glücklich machen,* hatte Kris mir gesimst, weil ich ja gesagt hatte, das werde sicher ein trauriges Jahr. Und nun diese Aufforderung: m*acht glücklich*! Ich war wieder einmal auf das Seltsamste berührt, und von Stund an waren auch Werbungen im Fokus meiner Aufmerksamkeit. Alles, auf das wir unsere Aufmerksamkeit richten, wird energetisch aufgeladen, und man zieht es verstärkt in sein Leben. Du kannst sicher schon ahnen, was weiterhin passierte ... du hast mein verrücktes Leben schon beinahe durchschaut! Aber ich erzähle weiter der Reihe nach ...
Ich klemmte die beiden Karton-Werbeschilder an meine Küchen-Pinwand, an die Oberseite hinter den Holzrahmen. Es war jetzt genau noch Platz für ein drittes Schild. Mir schoss durch den Kopf: *Es wird rot sein, und es wird nur ein Wort in weisser Schrift darauf stehen.* Rot??? Welches Wort könnte es sein? „JETZT“ wäre nett. Oder „ENDLICH“.
Diese Email schrieb ich eines Tages an Andrea. Aus der beliebten Reihe „neueste Erkenntnisse am frühen Morgen“:

„wir haben jetzt auch wieder funkstille, aber ich weiss, es liegt an mir, denn bis ich das nächste kapiert habe, wird sich wieder nichts tun.
sie wollen uns nicht ärgern, Andrea, sie lassen uns zeit, sie (er)warten unsere nächsten botschaften. da hilft es auch nix, wenn ein anderer bzw. eine andere für uns bei ihnen anruft, um herauszufinden, was los ist.
wenn dir der nächste kronleuchter aufgeht, wird sich auch bei dir wieder was tun, ganz sicher.
der grösste fehler, den wir machen können, ist, nichts zu machen. herumzusitzen und heulend zu warten ist grundverkehrt (das habe ich anfangs wochenlang gemacht), es ist falsch, zu schmollen und zu sagen, jetzt stell ich auch auf stur, basta. so kann frau sich bei 08/15-beziehungen verhalten, hier jedoch gilt das alles nicht. wir müssen in den pausen aktiv sein, weitersuchen, immer weiter versuchen zu verstehen, worum es in wirklichkeit geht, bis wir es in jedem detail *verstanden haben. und wenn du einer neuen erkenntnis auf der spur bist, regt sich in dir automatisch dieser unbändige drang, IHM zu schreiben - weil ER dir unbedingt mitteilen möchte, dass deine botschaft auf seelenebene bei ihm angekommen ist. du MUSST ihm dann schreiben, damit er seine bestätigung bekommt, dass er alles richtig verstanden hat. ER verursacht diesen drang bei dir, dass du es nicht mehr aushältst.*

ich hab anfangs auch immer gedacht, wieder als erste zu schreiben, obwohl ich nicht "dran" bin, das hiesse, kleinbeizugeben, aber das stimmt nicht. er wartet darauf, unbewusst. und du kannst die pausen kaum aushalten, weil du ebenfalls unbewusst auf diesen drang, schreiben zu müssen, wartest, der die anzeigt, dass du soweit bist und dass er soweit ist und bestätigung möchte.
ich fühle mich jetzt auch viel ruhiger und die neuerliche funkstille regt mich gar nicht mehr auf (wo wir doch gerade ein DATE ausgemacht haben, wie kann er da tagelang nicht schreiben? das würde frau doch eigentlich *denken). Er ist so freundlich und lässt mir zeit. er tut immer genau das richtige ...*
wenn du ihn darauf ansprechen würdest, würde er wahrscheinlich sagen, och ich hatte anderes zu tun, bin sehr im stress, hab gar nicht an dich gedacht blablabla. bewusst war das wahrscheinlich auch so. ist deiner auch immerzu so im stress? die ärmsten, gelle. ich hoffe wirklich SEHR dass wir das heute im chat diskutieren können!"

Ich war dann unter der Dusche und dachte intensiv über Kris nach, als ich auf einmal eine SMS von ihm bekam!!!

morgen cathie. sitze im eingeschneiten flughafen in münchen. twinsouls gig für langweilige banker. hoffe du hast ein friedvolles wochenende x

Twinsouls, Zwillingsseelen! Dass mir das nicht damals schon aufgefallen war! Aber da wusste ich ja noch so gut wie gar nichts ... Ich antwortete:

... das sind glückliche banker haha. hatte gerade an dich gedacht und im selben moment kam deine nachricht. sende dir wärmende gefühle xxx vergiss mein tshirt nicht darling. viel glück für dich bei deinem gig. wirst du noch einmal für mich singen? hugs & kisses, c. xxx

Diese amerikanische Website wartete denn auch jeden Tag mit neuen Überraschungen auf! Hier mein Befehl für den Tag aus der Rubrik Reisen und Urlaub:

Finde mehr über deinen Bestimmungsort heraus!
(... oder über meine Bestimmung???)

und Kris simste simultan:

welchen flughafen soll ich nehmen wegen der tickets?? kris x

Es gab wirklich täglich neue Schlagzeilen, die immer in merkwürdiger Weise haargenau in meine Geschichte passten. Ich flechte sie im folgenden ab und zu hier mit ein, wie sie auftraten. Es waren einige Lacher darunter, es schien geradezu, als habe ein besonders humorvoller Engel die Kontrolle über die Nachrichtenredaktion der betreffenden Webseite übernommen, und er funkte mir nun von dort aus aufmunternde Hinweise hinunter in mein gebeuteltes Leben mit Kris. Ich vertraute in der Zeit meinem Tagebuch folgendes an:

... habe angefangen, die Wohnung in Schuss zu bringen. Meine Güte ist das entspannend, mal mit etwas ganz anderem so sehr beschäftigt zu sein! Aber kaum mache ich eine Pause, muss ich wieder an ihn denken. Er könnte mir ruhig mal so langsam mitteilen, wie lange er bleiben will und wann er eigentlich genau hier ankommt.
Ich weiss nicht, mein Kopf sagt: gut so, vielleicht kommt er auch gar nicht, besser so. Aber Herz und Seele und nicht zuletzt Körper haben sich zusammengerottet und sprechen dagegen. Mal sehen, wer die Oberhand gewinnt! Wenn mein Kopf siegt, bleiben mir im Falle, dass er nicht kommt, die Tränen erspart, und das ist ein nicht zu unterschätzendes Argument!
Mein Gefühl heute sagt: er kommt nicht. Es klappt aus irgendwelchen Gründen nicht. Das hat in dieser Realität einfach keinen Platz, wollen wir doch mal ehrlich sein! So etwas kann gar nicht wirklich stattfinden. Im Inneren kann so einiges passieren, wer will das noch bestreiten, nach allem, was wir erlebt haben, auch auf beiden Seiten. Aber das ganze ins Aussen zu tragen ... das ist eine andere Sache, und die geht gar nicht! Marions Gefühl jedoch sagt, das klappt, sie sehe uns schon vor sich „grins grins grins" ... na, ich weiss nicht. Es ist noch zu früh für eine Prognose. Heute in einer Woche weiss ich es jedenfalls. Wieso rennt die Zeit denn so? Ich weiss nicht, ob ich den Tag herbeisehnen soll oder beten, dass er noch fern ist? Ich weiss nicht, was ich fühlen soll! Angst? Panik? Vorfreude? Glück? Ich weiss es wirklich nicht. Denn ich bin ja sowieso schon lange nicht mehr ich, wie ich früher einmal war. Früher ist gut – vor 7 Monaten. So langsam wächst in mir wieder das Verlangen, Kris möge mir doch eine Nachricht schreiben. Kenne das ja schon. Das steigert sich jetzt wieder ins Unermessliche. Langsam aber stetig. Ich glaube, das Tshirt hat er gar nicht losgeschickt, er hat es vergessen. Wie wird mein Dornenvögel-Roman enden? Kriegen sie sich, oder kriegen sie sich nicht? Ich habe gute Lust, mir von dem ganzen Seelenstress eine Auszeit zu nehmen. Warum ist jetzt die Kommunikation wieder so schleppend? Vielleicht ist jetzt wieder etwas aktuell, was wir jeder für uns allein lernen müssen. Das bange Warten auf Tag X? Ich vermute, er denkt gar nicht andauernd daran, so wie ich. Er hat mich als einen

Termin unter vielen stehen und kann das vollständig ausblenden. Habe geweint. Ich habe um mein altes Leben geweint, als alles noch wie immer war und ich dachte, irgendwann werde ich mit einem neuen Partner glücklich, in einer ganz normalen Beziehung. Und wenn ich das nun niemals werde? Wie sollte ich Kris jemals wieder vergessen können? Manchmal fühlt es sich an, als wäre das alles viel zuviel für mich. Und dann kommen auch gleich die Zweifel mit: und wenn es doch alles nur eine Illusion ist? Wenn ich nun doch verrückt bin? Seelenzwillinge!? Alles muss sich immer nur um ihn drehen, wie ein Karussell, manchmal möchte ich aussteigen, und wenn es nur für eine kurze Pause ist. Um einmal feststellen zu können, wo mein Leben eigentlich geblieben ist. Aber Kris ist immer da, seit dem ersten Tag. Er hat sich irgendwo in meinem Inneren eingenistet und lauert dort, und immer wieder und wieder und wieder kommt er hervor, wenn ich gerade mal eine Sekunde nicht an ihn gedacht habe. Ob es ihm genauso geht? Schwer vorstellbar.

Das ist der Grund, warum ich bete und hoffe, dass er doch herkommt – weil ich ihn danach fragen möchte. Und nach so viel mehr anderen Dingen. Die Konfrontation ist wichtig, sie ist immens wichtig. Ich hoffe, er weiss das auch.Vielleicht weiss ich danach auch, dass mein Buch doch nur ins Reich der Märchen und Sagen gehört. Aber dann habe ich wenigstens endlich Gewissheit. Ich möchte nur sicher sein.

> *liebe cathie. wir haben über nacht ein familienproblem. ich werde dich wohl später diesen monat besuchen müssen, darling. ich werde dich dieses wochenende anrufen. es tut mir so sehr sehr leid. x*

Ich antwortete:

hi Kris, du wirst es nicht glauben, aber ich wusste das. ich verstehe und es ist ok darling. schicke dir all die liebe, die ich habe xxx c.

Warum hatte ich mich so gar nicht auf den 09. Februar gefreut? Weil ich es **wusste**. Warum nur wusste ich all diese Dinge so sicher? Ich weiss dein Leben ... Ich fühlte mich, als hätte mir jemand ein Riesenloch in den Bauch gesprengt. Das musste ich nun erst einmal verarbeiten. Ich war erleichtert, bodenlos enttäuscht und vor allem vollkommen geplättet, dass ich in Bezug auf Kris hellsehen kann (und hellfühlen), alles zugleich. Und das Verrückteste bei all dem: Ich empfand in diesem Moment eine unglaubliche Liebe zu ihm. Später erzählte er mir, er habe gefühlt, dass ich noch nicht so weit war, ihm wieder gegenüber zu stehen. Daher habe er mir abgesagt ...

04. Februar

Das war ein Fehler ... ich werde mich nie wieder tagsüber auf die Couch legen! Wenn mich keine Träume heimsuchen, dann passiert dieses hier:
Ich lag also gerade da, zugedeckt bis an die Ohren, und dachte an Kris, und ob er mich wohl wirklich heute wie versprochen anrufen wird, und was er dann wohl sagen wird. In genau dem Moment bekam ich folgende SMS:

hello sugar ... bist du ok ...? denke gerade an dich. sprechen später x

Nachdem ich mich halbwegs wieder eingekriegt hatte, antwortete ich:

... denke auch gerade an dich ... alles ok hier an diesem verschlafenen nachmittag xxx

Glatte Lüge – von wegen alles ok! Ich hab gezittert wie Espenlaub! Und an Schlaf war natürlich nicht mehr zu denken. Und dann rief 5 Minuten später Maya an, obwohl sie Besuch zum Kaffee da hat, und fragte mich ganz aufgeregt: „Und? Hat er sich schon gemeldet?" Und das verwirrte mich noch mehr.
Was geht denn hier wieder ab??? ... ruhiger Nachmittag, eine Stunde schlafen ... Wir hatten also mal wieder telepathischen Kontakt! Ich bekomme gerade heftige Kopfschmerzen.

viel später ...

Meine Nerven liegen blank, ehrlich ... hoffentlich ruft er gleich an. Hoffentlich ruft er nie an ... Ich kriege die Krise ... mein Gott, ich liebe ihn so sehr! Ich frag mich, warum hat er mir diese SMS überhaupt geschrieben? Sie hätte nicht sein müssen, oder doch?

ganz spät

Er hat nicht angerufen.

Am nächsten Tag kam diese SMS:

tut mir leid dass ich gestern nicht mehr angerufen habe. bin früh ins bett mit heftigen kopfschmerzen. wir reden heute abend. erzähl mir was schönes! x

Und die seltsamen Begebenheiten rund um unser Telefonat sollten damit noch nicht zu Ende sein:

Mir ist heiss und kalt. Mann ruf an, damit ich es hinter mir habe, aber ehrlich! Bitte nicht noch einen dritten Abend in diesem Zustand!!! Ach, ich bin einfach nur noch völlig neben der Spur. Soll das jetzt jahrelang so weiter gehen??? Wenn man Andrea fragt – ja, wird es. Ach du lieber Himmel! Ich will schon wieder nicht, dass er anruft. Ich will es nicht. Kann ich ihm das telepathisch übermitteln? Ich gehe ganz einfach ins Bett und ziehe mir die Decke über den Kopf, jawoll. Oh, sorry, ich bin beim Warten eingeschlafen. Ha. Ha. Ich will es ganz einfach nicht. Es geht nicht. Nein nein. Irgendwann vielleicht, aber jetzt noch nicht. Vielleicht ist es zu früh. Es geht nicht, mein Kopf hat wieder die Oberhand gewonnen. Meine Seele wäre damit völlig überfordert. Ich gehe nicht ran, also lass es lieber gleich sein! Ich möchte einfach nur einen ruhigen Abend verbringen und lesen und schreiben. Himmel hilf!!! Hab ich sie denn noch alle? Der kann mich doch nicht einfach so mir nichts - dir nichts anrufen! Ich sterbe vor Angst, was ist denn bloss los mit mir!!! Ich will, dass er mich in Ruhe lässt. Hilfe, Hilfe, Hilfe. Fluchtinstinkt! Was soll ich bloss tun? Wohin könnte ich fliehen?

später

Es ist 22.44 Uhr. Just kam diese Email:

verdammt, ganzen abend unterwegs ohne handy. habs geschafft, einen Computer aufzutreiben. werde dich morgen anrufen. sorry, babe. xxxxxxxxxxxxxxxxxxx

> *das letzte mal hab ich so sehr geweint nach dem tod meiner mutter ... gute nacht, sonne. der mond ist müde, müde dich zu lieben ... x*

ich fahre gerade nach hause von der werkstatt, auto kaputt, rufe dich in einer halben stunde an x   warte auf mich

Da hab ich das Handy ausgemacht. Nachts um 3 Uhr wurde ich wach und fand zwei Nachrichten von Kris auf meinem Handy:

ich hab versucht dich anzurufen, bist du da Cathie?

Am nächsten Tag schrieb ich in mein Tagebuch:

Das ging mir so nah, ich kam mir so unendlich schlecht vor, als hätte ich mein eigenes Kind im Stich gelassen. Fürchterliches Gefühl. Ich konnte gar nicht mehr aufhören zu weinen! Heute früh hatte ich eine Email von ihm in meinem Postfach, die hatte er noch Stunden später gestern nacht geschrieben, und die war so süss, dass ich als erstes wieder geweint habe:

> *es tut mir so so so so leid, dass du traurig bist und vielleicht wütend auf mich … ich hatte aufrichtig vor, dich anzurufen … ich hatte überall im haus zettel auf denen stand cathie … und cathie shirt … hahaha bitte weine nicht*

Der Satz bitte weine nicht hat mich natürlich auf der Stelle zum Weinen gebracht. Und in dem Moment überschwemmte mich wieder diese unendliche unendlich grosse Liebe zu ihm wie eine warme Welle. Dann antwortete ich ihm:

mir tut es auch leid ... aber gestern war einer dieser tage – manchmal wird es alles zuviel, Kris. du weißt, dass ich mir diese liebe nicht ausgesucht habe, und, wie ich dir in jener langen, langen furchtbaren email geschrieben hatte, dass ich so oft versucht habe, es zu beenden. ich bin sicher, du hast jene email gelesen und ich hoffe, du verstehst was ich sagen wollte. denn es ist die wahrheit. was denkst du darüber? du hast es mir nie erzählt ... ich war noch nie böse auf dich, das seltsame ist, dass ich das gar nicht sein kann, und ich finde immer gründe warum du nicht schreibst (oder anrufst) – noch bevor du es tust. aber ich will nicht, dass du mich anrufst, wenn ich weine, weil es dir wehtun würde. und ich will dir niemals wehtun darling.
so werde ich weitermachen. scheint, wir müssen. in diesem augenblick liebe ich dich mehr als jemals zuvor. ich muss verrückt sein.
c.
p.s. vergiss mein shirt nicht, ich warte

Ich liebe ihn heute noch mehr als je zuvor. Geht das überhaupt???? Ich gebe auf, mal wieder ... der Originaltext seiner mail lautete, wenn man ihn auf das Wesentliche zusammenkürzt: broken in half. wait 4 me ... genau mein Gefühlszustand. Vielleicht bin ich verrückt, aber warum passt das dann so wörtlich? Wie jedes Mal?

Meine Lieblings-Webseite erinnerte mich frohgelaunt:„ In nur einer Woche ist er da : der Valentinstag, und Sie plagen sich immer noch mit Zweifeln oder Fragen? Nutzen Sie die heutige Gelegenheit, um Ihren Liebesverwirrungen auf den Grund zu gehen." Unter der Rubrik Kunst & Kultur fand ich ausserdem dick und fett die Überschrift: *the excuse* - die Entschuldigung, die Ausrede und darunter: p*assion play*- Spiel der Leidenschaften ... Zwei Tage später ging es telefontechnisch in die letzte Runde:

Also, ich bekam um kurz vor 21 Uhr eine SMS von Kris mit der Frage, ob er auf meiner Handy-Nummer anrufen soll. Ich schrieb zurück, ja. Dann hat er mich noch etwa eine Stunde zappeln lassen, während der ich mit Andrea gechattet und meine Lieblingsband auf CD gehört habe. Ich stand die ganze Zeit völlig neben mir. Dann rief er an, und wir haben richtig lange telefoniert. In diesem Telefonat hat er mir alles, alles, alles bestätigt. Alles, was bisher in diesem Buch steht, ist also wahr, und ich bin nicht verrückt.„Endlich sprechen wir also“, waren seine ersten Worte. Er wisse, ich sei sehr, sehr traurig gewesen den Abend vorher. Und ob ich das Handy absichtlich ausgeschaltet hatte. Ich antwortete, ja, habe ich, es ging nicht mehr. Und ich habe mich nochmals dafür entschuldigt. Oh es tut mir heute noch so leid! Er sagte, manchmal gehe er irgendwo lang, und plötzlich sei ich da, er könne meine Emotionen fühlen, und wenn er fühle, es geht mir nicht gut, dann sage er laut zu mir, ich solle mich doch bitte beruhigen. Unfassbar! Er meint, in erster Linie kommen die „grossen“ Gefühlsaufwallungen rüber. Und am Ende des Telefonats bat er mich, das alles viel positiver zu sehen, denn er müsse meine Emotionen auf seinen Schultern mittragen, und das sei manchmal gar nicht so leicht. Ach du lieber Himmel! Wir haben über all das gesprochen, er hat mir sogar meine ungestellten Fragen beantwortet. Er fragte auch nach den Karten, und ich habe ihm nochmals erzählt, dass ich Wörter träume, die er mir am nächsten Tag schreibt. „Welche Wörter waren das?“ fragte er, und ich wunderte mich, das er das so genau wissen wollte. Kris versicherte mir, er habe jede Email von mir gelesen und separat abgespeichert (Andrea: man sichert jedes Wort dreimal ...). Und er habe 3 neue Songs geschrieben (die Zahl 3 zog sich durch das gesamte Telefonat wie ein roter Faden), u.a. gehe es in einem darum, dass ich seine Gedanken lesen könne. Und er erzählte, dass er in Warstein erstmalig so richtig gespürt habe, welche Schwingungen von mir rüberkamen. Ja, der magische Abend in Warstein ...
Er werde nächste Woche noch mal 3 Tage nach Alaska fliegen. Und dann habe er bis Ende März frei, bis seine UK-Tour startet. Vorher komme er definitiv zu mir, „und ich bleibe 3 Tage, ist das ok?“ Er meinte, auch wenn unser Treffen jetzt durch die Umstände vereitelt worden sei, habe er aber sowieso gemeint, es sei zu früh gewesen. Ja, klar, er hat meine Zweifel natürlich gespürt. Ich habe es selber abgeblockt, das habe ich mittlerweile wohl selbst verstanden.
"Ich verspreche, ich werde zu dir kommen. Und ich halte meine Versprechen."

Er stelle sich vor, wie wir dann zusammen spazieren gehen und uns an den Händen halten, und wenn ich jetzt in diesem Augenblick daran denke, zuckt ein Blitz durch mein Herz. Er meinte, er wisse, dass es solche Dinge gebe, und er sei schon immer sehr empfänglich für all so was gewesen. Es sei wirklich verrückt, aber er habe schon allerlei verrückte Sachen in seinem Leben gemacht. Und er wolle es versuchen mit uns. „Wir hatten die Zeit nicht zusammen", aber wenn er dann herkomme, würden wir alles nachholen ... „Wir werden uns lieben, zusammen weinen, zusammen lachen - und wir werden uns in die Augen schauen, um zu sehen, ob ES wirklich dort ist."
Ich antwortete: „Es IST da." „Glaubst du?" „Ich weiss es."
Wir wüssten kaum etwas voneinander, was die Lebensumstände angehe, und ich antwortete, das sei auch nicht wichtig. In dieser Sache sei das definitiv nicht wichtig. Er lachte und behauptete, sein Job sei es, meine Geheimnisse zu ergründen. Ich lachte und behauptete meinerseits, ich habe keine Geheimnisse. Darauf lachte er noch lauter.
Dann sagte er, was nun das Thema Beziehung angeht, sei er völlig offen, ob ich verstehe, was er meine. Mein Verdacht war ja immer schon, dass er sehr viel mehr weiss und versteht von all dem als ich mir vorstellen kann. Ich habe so unheimlich viel recherchieren müssen, und irgendwie weiss er trotzdem genau dasselbe wie ich. Wir stehen in ständigem Austausch ...
Es sei nicht nur Sex, da sei etwas viel Grösseres ... Ich sei definitiv ein Teil seines Lebens. An dem Abend, als wir unser erstes Telefonat hatten – so etwas habe er nie zuvor erlebt. Er wisse nicht, wie es sich auf meiner Seite der Leitung angefühlt habe, aber er habe mich jedenfalls in sich gefühlt. Dann meinte er plötzlich: „Stelle dir vor, ich stehe jetzt hinter dir und lege meine Arme um dich ..." und ich schwöre, in dem Moment war er da. Er stand wirklich hinter mir. Ich konnte es unmittelbar fühlen. Er war da. Ich bin immer bei dir ... Gegen Ende des Telefonats fragte er mich, bei welchem Namen er mich nun nennen solle. Ich war wie vom Donner gerührt ... Die Sache mit den Namen ... Jedenfalls antwortete ich, Cathie solle er mich natürlich nennen. Was war das denn für eine Frage??? ... Sie werden sich hundert neue Namen geben ...
Was lustig war: Er habe mein T-Shirt sechs Nächte lang für mich getragen, und dann sei seine Tochter hingegangen und habe es gewaschen, so dass er jetzt wieder von vorne anfangen müsse ...

Abgesehen von den verrückten Erlebnissen war es ein recht entspanntes und auch amüsantes Gespräch. Seine ruhige Stimme hat es weniger unheimlich gemacht. Trotzdem war ich gleichzeitig ultranervös und zum Zerreissen gespannt ... Beruhige dich, sagte er immer wieder. Er hatte ja keine Ahnung, dass sich gerade meine sämtlichen Theorien bestätigten! Ich kann also zusammenfassen: ***Alles ist wahr****. Ich HABE ihn gefühlt, ich HABE ihn hier bei mir „gesehen", ich WAR im Traum bei ihm ... Was ist die letzte Konsequenz aus dieser Feststellung?*

Was ist mit dem Turm-Traum? Ich habe ihm gestern die beiden entscheidenden Sätze gesagt, ich habe sie ihm wirklich persönlich gesagt, als ich ihm erzählte, dass er Wörter aus meinen Träumen in seinen Nachrichten verwendet: „Ich spür dich überall auf. Das ist mein Talent." Ich bin also nach Hause gekommen. Ich habe ein Gefühl, dass alles an seinem richtigen Platz ist. Kosmische Ordnung sozusagen. Ich mache mir keinerlei Illusionen darüber, dass er jetzt so einfach und problemlos hierher kommt und wir glücklich zusammenleben bis ans Ende unserer Tage. Aber das ist auch nicht der Punkt. Der Punkt ist, wir haben uns wirklich wiedergefunden, und wir haben es beide verstanden und akzeptiert. Diesmal flüchtet er nicht ... Und, was noch wichtiger ist, wir haben es uns gegenseitig mitgeteilt. Das war der Sinn der Sache, nicht wahr. Später habe ich ihm noch drei Worte gesimst: thank you darling
Jetzt muss ich damit weiterleben. Mein normales Leben weiterführen, aber: ich bin nicht allein.

„Forscher: Gesänge von Buckelwalen haben innere Strukturen wie menschliche Sprachen.

Die Gesänge von Buckelwalen sind ähnlich aufgebaut wie eine einfache menschliche Sprache: Einzelne Lauteinheiten werden zu Phrasen kombiniert, die dann wiederum zu den eigentlichen Gesängen verbunden werden. Das haben amerikanische Forscher mithilfe der so genannten Informationstheorie gezeigt, einer mathematischen Theorie, die sich mit der Übertragung und Verschlüsselung von Daten beschäftigt. Damit konnte erstmals die bereits Anfang der 1970er Jahre aufgestellte Vermutung bestätigt werden, dass Walgesänge eine hierarchische Struktur besitzen. (...)

Oft singen die Mitglieder einer Gruppe Wale exakt das gleiche Lied. Manchmal bricht eine Gruppe auch mitten im Lied den Gesang ab und schwimmt aus ihren Überwinterungsgewässern nach Süden. Wenn sie ein halbes Jahr später zurückkehren, nehmen sie das Lied wieder dort auf, wo sie es unterbrochen haben. Die Gesänge verändern sich. Jeden Monat, jedes Jahr kommt etwas hinzu, als ob die Wale die Geschichte ihres eigenen Lebens erzählen würden ..."

Wiederum zwei Tage später ging es weiter, wir waren noch lange nicht fertig mit unserem Gespräch:

Plötzlich hatte ich gestern abend den Drang, Kris noch einmal zu texten. Ich schrieb ihm, ich kontaktiere ihn wenn die Kleine im Bett ist, dann könnten wir telefonieren. Es kam sofort die Antwort (nach 2,5 Tagen Funkstille): er sei aus mit Freunden, könne spät werden, und: texte mir. Knapp eineinhalb Stunden später simste er schon wieder, er sei doch schon zu Hause, aber seine Tochter habe Freunde da. Gegen 23 Uhr würde es aber was werden. Ich simste zurück, er könne es wohl nicht erwarten. Als ich mich gerade mit diesem Buch beschäftigte, rief Kris mich ohne Vorwarnung kurz an (um zu sagen, dass wir also nachher telefonieren) und was von seinem Freund, der heute nach Frankreich zurückkehrt. Wir verabredeten uns für eineinhalb Stunden später.
Ich simste ihm gegen 23 Uhr, dass ich ihn erwarte. Er rief sofort auf meinem Handy an, er sei jetzt zu Fuss auf dem Heimweg und er rufe mich in 5 Minuten an. (Verrückt, oder? Wie zwei dusselige Teenager haha). Das tat er dann auch, und das Gespräch dauerte knapp eine halbe Stunde.
Als wir uns verabschiedeten, fragte er mich, ob ich glücklich sei. Ich war sehr erstaunt angesichts dieser Frage, bejahte in dem Augenblick aber, natürlich. Und dann sagte er das Schönste, was er mir bisher je gesagt hat: ***Ich vermisse dich****. Ich sagte, ich vermisse dich auch. Es war für mich ein sehr kostbarer Moment. Und er versprach mir, dass wir definitiv noch einmal telefonieren werden und unser Date ausmachen.*

Dann waren erst mal wieder Alaska-Wochen bei McCordero´s angesagt. Ich glaube, er brauchte immer wieder den kleinen Rückzug nach solch intensiven Gesprächen. Irgendwann war er damit fertig und es kam so etwas:

sorry dass ich nicht mehr angerufen habe ... habe alle deine lieben nachrichten erhalten ... habe heute tshirt losgeschickt mmmmmm werde treffen arrangieren wenn ich zurück bin ... du brauchst mir keine sms nach alaska zu schicken aber ich werde meine emails erhalten xxxxx k

danke dir, dass du mir mein shirt geschickt hast ... du wirst lange wieder zu hause sein bis es hier endlich ankommt haha aber es ist wert, darauf zu warten ... ich weiss dass du alle meine nachrichten erhalten hast, brauchst nicht zu antworten. ich mag es einfach, dir ab und zu ein bisschen meiner liebe zu schicken ... hab eine gute zeit in alaska xxx c.

17. Februar

Sein T-Shirt ist heute früh mit der Post gekommen!!!!!! Ich hatte Blitze vor den Augen, als ich mein Näschen das erste Mal hineingesteckt habe. Unglaublich!!! Ich bin im Himmel, dachte ich! Irgendwie gnädig vom Schicksal, dass ich ausgerechnet jetzt diese blöde Erkältung habe, denn sonst wäre ich wahrscheinlich auf der Stelle vor Verzückung ohnmächtig geworden. Gestern Abend im Bett dachte ich noch, es wäre typisch, wenn ich das Shirt ausgerechnet jetzt bekäme ... hahaha. Na siehste!
Ich habe seinen Geruch jetzt an mir, ich musste es mir ja auch über den Kopf legen; bei jeder Bewegung rieche ich ihn ganz schwach. Ich glaube, ich schwebe nur noch. Meine Güte, ist das ein intensives Erlebnis. Wie soll das erst werden, wenn er wirklich mal hierher kommt!!!!!

> *bekam heute dein tshirt ... fühlt sich an wie fliegen ... du weißt, himmel und hölle, darling. danke dir xxxxxxx*

Als wäre er die ganze Zeit bei mir! Merkt er wohl, wie ich mich jetzt damit fühle???? Ach ich wünschte, ich wäre nicht ausgerechnet jetzt so krank!!! Es fühlt sich an wie zu Hause, vermischt mit einer Spur aufregenden Fremdseins. Ich hab sie wirklich nicht alle! Er fühlt sich jetzt so viel näher an, wirklich, er ist dadurch realer, ich kann es schwer in Worte fassen.

> *habe heute nachmittag zwei stunden mit deinem shirt geschlafen und eine menge seltsamer träume von dir und mir gehabt. woher kamen die??? aaah Kris du bist so nahe, jetzt ... ich sage dir – es ist ganz viel himmel und nur ein kleines bisschen hölle. pass auf dich auf und komm bald nach hause xxxxxxx*

Keine Antwort.

Tage vergingen und ich stürzte unweigerlich wieder ganz tief ab:

Ich will diese Verantwortung nicht haben. Was soll ich denn nur tun? Was, wenn ich irgendwann feststelle, ich habe Jahre meines Lebens mit der Jagd nach einem Hirngespinst verschwendet? Aber ich muss ES erst herausfinden! Ich will manchmal einfach nur wieder ich sein, wie vorher. Manchmal ist das eben so. Morgen sehe ich das wohl schon wieder ganz anders. Manchmal aber wäre ich beinahe froh, wenn es vorbei wäre mit Kris, wenn er mir sagen würde, sorry, ich bin ab sofort mit einer anderen zusammen. Und dann wieder wäre das der furchtbarste

Gedanke meines Lebens. Ich komme aus der Nummer niemals wieder heraus! Jeden Tag passieren übersinnliche Dinge, es wird immer heftiger. Das macht mir Angst und ich möchte weinen. Und dann höre ich Kris wieder zu mir sagen, ich solle das Ganze positiver sehen, denn all meine Traurigkeit müsse er mittragen. Wie kann er so etwas zu mir sagen! Wenn es doch vielleicht gar nicht wahr ist – würde ein Mann so etwas Mystisches sagen? Noch dazu jemand wie Kris ... Ich habe immer noch Angst, den Wahnsinn als Realität zu akzeptieren, weil ich dann womöglich paranoid werde. Wer kann mir bloss dabei helfen??? Ich dachte immer, es aus seinem Munde zu hören, würde den Fall für mich klar sein lassen. Aber ich stelle fest, das ist er für mich immer noch nicht.

Meine Lieblins-Webseite ermahnt mich heute: „Es wird Zeit, dass du dein Schicksal erfüllst." Ach du lieber Himmel!!!

Ich habe heute einen der absolutesten Tiefpunkte erreicht. Ich werde alles wegpacken. Will kein Buch mehr schreiben. Will das alles nicht mehr. Es ist vorbei. Heute früh hatte ich ihm eine liebe SMS geschrieben, dass ich hoffe, er sei wieder heile zu Hause angekommen. Nichts. Ich bin einfach nur müde. Dieses Auf und Ab hat definitiv keinen Sinn. Ich will ein normales Leben haben, aber das werde ich nie wieder bekommen! Nein, ich geh den Weg nicht weiter, ich nehme den Schnellzug zurück. Ich kann so nicht mehr leben – zwischen zwei Welten hin- und herjonglierend. Mir reicht die reale Welt, die ist bescheiden genug. Feierabend.
Ich sagte vorhin am Telefon zu Maya, dass ich einfach mal wieder irgendwo herlaufen möchte, ohne auf Zahlen zu achten, und ohne zu überlegen, ob sie wohl eine Bedeutung haben, und ohne zu überlegen, ob es wohl einen tieferen Sinn haben könnte, das ich Person x gerade hier oder Person y gerade dort getroffen habe. Ich will Werbeplakate übersehen können, so wie früher. Natürlich machen sie es einem noch mal schwer, indem man z.B. 24,24 Euro im Laden bezahlen muss, so wie ich vorhin. Na und? Purer Zufall, selbstverständlich, was auch sonst! Draussen wird es Frühling, und ich will nicht hier sitzen und kaum verständliche Bücher anderer Leute über Dualseelen lesen, die derart gestelzt formuliert sind, dass es einem die Fussnägel aufkrempelt, wie das, welches ich gerade lese. Die haben das nie und nimmer erlebt, wie es wirklich ist. Ich will das alles einfach nur noch abhaken!
Sind wir jetzt endlich am Ende meines Buches angelangt? Alles, was erst so vielversprechend war, hat sich im Sande verlaufen, so wie es bisher IMMER war in meinem Leben. Wieder mal umsonst gefreut. In Wahrheit ist das alles nichts, gar nichts. Nur blanker Unsinn. Niemand will das alles wissen. Die Träume, die ich noch aufschreiben wollte, spar ich mir auch, hab keine Lust, sie festzuhalten. Wozu noch? Es wird nie was Gescheites draus, das ist die bittere Realität. Ich sollte einfach

versuchen, mein Leben so angenehm wie möglich umzukriegen. Ich räume jetzt mein Schreibzimmer auf, weg mit den Symbolbüchern und all dem Kram. Frühjahrsputz!
In 20 Jahren (wenn ich dann noch lebe) werde ich dies alles hier lesen und es so ultrapeinlich wie nur irgendwas finden. Ja, ich habe dieses Buch nur für mich selbst geschrieben. Nicht mal für ihn. Gerade für ihn nicht. Ach so ja, was Kris angeht: Ich werde ihn in Zukunft mit normalen menschlichen Maßstäben behandeln, sprich: schreibt er nicht zurück, ist er raus. Warum sollte er mehr Chancen kriegen als irgendein anderer? Ich habe noch immer nichts von ihm gehört oder gelesen. Werde ich es schaffen, konsequent zu sein?

Hatte Kris gerade eine SMS entlocken können, in der er sehr kurz ab sagt, er sei müde und habe viel Arbeit, also das übliche, vor allem wenn er aus Alaska wieder zurück ist. Das habe ich ihm dann auch geschrieben, dass ich meine, irgendwas machen die da drüben in Alaska mit ihm:

> *sage mir nur ob alles ok ist – ich habe 3 oder 4 gefühle gleichzeitig in mir – im selben moment. fühlt sich an als würde alles ausser kontrolle geraten. sage mir dass ich mich irre xxx*

alles gut hier babe. gestern nach hause. müde und muss arbeit aufholen. wir reden bald x

> *warte nicht zu lange denn ich brauche dich hier um dein tshirt auszufüllen xxx*

Darauf kam nichts zurück, daher wieder ich in meiner schwerlich unterdrückten Wut:

... wünschte ich wüsste, was alaska mit dir macht. scheint du bist jedesmal out of space, wenn du von dort zurückkommst. aber es ist ok, darling, ich werde auf dich warten. xxx

später

„Hallo nochmals, Kris!

Ich dachte mir ich sage dir lieber, dass die einzige Chance, uns zu treffen am Wochenende vom 07. bis 09. März wäre.

Du weisst ich habe meine kleine Tochter, und an dem Wochenende ist sie bei ihrem Daddy, wir würden also ganz allein sein. Ja ich weiss, du bist sehr beschäftigt, aber ich hoffe wirklich sehr, wir werden es hinkriegen ... oder hast du deine Meinung geändert, darling?
Also sage mir bitte was du denkst, denn ich werde eine Menge Dinge zu planen und zu tun haben falls du zu mir kommst und dieses kleine Dorf zum schönsten Ort auf der Welt machst (oder im ganzen Universum – wer weiss) ...
Bitte, Kris, halte dein Versprechen und mach es glücklich ... Und ich verspreche dir du wirst erstaunt sein über all die mysteriösen Dinge, die du in meinem Haus finden wirst. Vielleicht werde ich meine Karten für dich befragen – nur wenn du willst.
sending you love and kisses xxxxxxxxxx c."

Meine Lieblingsseite im Internet sagte dazu:
„Irgendwann sagst du in einem Augenblick des Nachdenkens zu dir selbst: Es muss mehr im Leben geben! Wir laden dich ein, die Antwort zu finden."

Bald schwebte der nächste Termin für unser Treffen im Raum. Es sollte der 3.3. sein, denn dort stand eine totale Mondfinsternis an. Mir schien es ultraromantisch, ausgerechnet dann mit ihm zusammen zu sein. Anstatt aber Pläne zu machen, zog Kris sich immer mehr zurück, je näher das Datum rückte.

Kris, warum ignorierst du mich? das tut weh ... weißt du, was du willst? x

Oh Mann, da wurde er aber wieder schnappig und hat mir eine megalange SMS zurückgeschrieben, ich wüsste ja gar nicht, wie viel Stress er hat und seine Tochter hat ihn auch wieder mit Beschlag belegt usw. Er habe meine Ideen für unser Wochenende gelesen und habe bereits nach Flügen geschaut. Und als Schluss der Knaller:
Be nice. x

Arrrggghhhh ich bin immer nice, mein Freund! Jedenfalls hab ich spontan das erste, was ich in meiner Aufwallung von Wut dachte/fühlte zurückgesimst:

I love you.

abends

... heute Abend habe ich alle Engel bei mir, ich fühle es. Diesmal wird Kris zu mir kommen, und zwar schon in wenigen Tagen. Ich werde mit Peter zum Flughafen fahren und ihn abholen. Und ich werde dort in seine Augen sehen ... und wir werden zusammen im Auto heimfahren – nach Hause, hierher, und dann haben wir endlose Stunden nur für uns, und wir werden es glücklich machen. Ja, wir werden alles wahr machen. Wir werden es tun. Diesmal bin ich dran, einmal im Leben bin ich dran. Kris kommt zu mir. Ich fühle, ich bin bereit!

Am nächsten Tag drehte sich jedoch erneut der Wind:

... jetzt schreibt er gerade, er kann nichts versprechen, vielleicht werde er bei einer grossen Show in London gebraucht, es sei alles so kompliziert mit Meetings und Gigs ... Wenn, dann käme er Freitag Nachmittag gegen halb 4 an und würde Sonntag Abend 19 Uhr zurückfliegen. Ich habe ihm geantwortet, er werde hier gebraucht, und das wisse er. Das sei unsere einzige Chance, uns zu treffen ...
Mir ist jetzt zum Heulen! Lieber, lieber Gott, lass dieses eine Mal ein Wunder geschehen, ich bitte dich!!!
Bitte, bitte, Mama, wenn du die Möglichkeit hast, dreh an allen Rädchen für mich, damit es klappt und er am Freitag hierher kommt, ich bitte dich! Kannst du mich überhaupt hören???????

Kommentar meiner Lieblings-Webseite: „Beenden Sie unzumutbare Zustände und schauen Sie nach vorn: Ihr Unglück von heute kann Ihr Glück von morgen sein.“

4. Kapitel

possible

Wie es sich für eine göttliche Komödie gehört, hatte im passendsten Moment ein neuer Darsteller seinen grossen Auftritt. Es war Jans, den ich im Winter vor meiner Begegnung mit Kris zufällig kennen gelernt hatte. Nun meldete er sich plötzlich wieder bei mir und kam mir in meiner neuerlichen Frustration wie gerufen. Ich nahm mir vor, mich für die Mondfinsternis mit ihm zu verabreden – falls meine Dualseele den Termin wieder platzen liess. Dieser Plan B gab mir ordentlich Rückenwind, und ich fühlte mich schlagartig besser. Und es kam, wie es kommen musste ...

26. Februar

Mann bin ich wütend! Monsieur ist krank (erkältet, das kommt davon wenn man nachts draussen schwimmen geht, hab ich ja gleich gesagt!) und entsprechend verdreht. Es kam diese SMS: huhuuhuuuu ich bin krank wie ein Hund. Darauf schrieb ich, ganz lieb, ich schicke ihm ganz viel Liebe, damit es ihm bald besser geht, und ... ob er denn am Freitag trotzdem komme? Darauf kam nach einer Pause dies hier:

> *weiss ich noch nicht. habe dir gesagt, ich habe erst 100 dinge zu regeln. stop pushing*

In dem Moment dachte ich, mir entgleisen die Gesichtszüge! Spinnt der? Gestern abend am Telefon noch hui, und heute - ... stop pushing?????
Ich habe geantwortet:

> *es tut mir leid. ich werde nicht wieder fragen. du wirst schon das richtige tun. xxx*

Ich werde ihn in meinem ganzen Leben nie wieder danach fragen. Wenn er herkommen will, wird er sich schon bemerkbar machen. Ansonsten kann er mich mal. Es ist ihm eben doch nicht so wichtig wie mir. Auch der weitere Verlauf des Vormittags wars nicht dazu geeignet, meine Laune zu verbessern. Das wird noch toll bis ich es sicher weiss, dass er zu feige ist, herzukommen! Ich bin gottlob viel zu wütend, um traurig zu sein. Wieso spricht er so mit mir???

Jetzt, wo ich mich so fühle, fällt es mir erst auf: Light of stars – L O St ... verloren! Womit wir definitiv wieder bei Lost in space sind. Das Licht der Sterne zeigt uns den Weg, ich kann es bald nicht mehr hören, ehrlich. Mir schwant, das knallt noch ganz gewaltig diese Woche ... Ich bin auf Krakeel und zu allem bereit! Samstag ist Mondfinsternis – das ist doch genau die richtige Kulisse für den nächsten Akt!
Ich bin ehrlich versucht, ihm zu mailen: „Ich will gar nicht mehr, dass du hierher kommst, mich macht das alles kaputt. Es ist aus, aus und vorbei." Aber ich will zu gerne noch wissen, wie er sich entscheidet, wenn er mit der Entscheidung allein gelassen ist.
Mein Gott, es muss doch möglich sein, aus der Sache auszusteigen!!! Ich wollte ihn doch überhaupt nie, warum kann ich ihn nicht mehr loswerden? So etwas gibt's doch gar nicht, ich habe doch den freien Willen! Oder soll ich noch einmal um ein Zeichen bitten? Soll ich ihm schreiben, oder nicht? Nein, was soll der ganze Unsinn mit den Zeichen überhaupt noch! Kris kann mich mal. Ich will nicht, dass er herkommt. Vielleicht empfängt er das ja und erlöst mich, indem er mir zuvorkommt!
Als ich gerade dabei war, ihm eine entsprechende Email zu schreiben, simste er mir:

> *immer noch im bett. morgen doktor. habe london abgesagt. rufe dich morgen an xxx*

Tja, diesmal bekommst du keine Antwort von mir, Kris. Der Walgesang ist zu Ende. Es geht nicht, und es hat in Wirklichkeit nie sollen sein. Was mache ich jetzt mit der Mail? Er hat gemerkt, dass ich auf dem Absprung bin. Ich habe die Email geschrieben – und bringe es nicht fertig, sie abzusenden. Ich drehe durch! Was soll ich tun? Bitte, bitte Kris, sag etwas! Es war alles ein ganz grosser Irrtum! Irgendwer da oben muss einen riesigen Fehler gemacht haben, ich bin absolut die Falsche für den Job! Vielleicht fällt dem lieben Gott ja was ein, was ich tun kann. Ich bin mit meinem Latein jedenfalls völlig am Ende.

27. Februar

nun, mein sexy liebling, muss dein herz erneut brechen. doktor sagt es ist ein böser virus und ich muss für die nächste woche im bett bleiben. so so so sorry. wir werden dies wahr machen. muss nach hause und tabletten nehmen. rufe heute abend an x

> *oh Kris, irgendjemand will nicht, dass wir zusammenkommen, was denkst du? ich bin traurig - aber voller liebe für dich. wann würde unsere nächste chance sein? mai? juni? xxx*

Danach blätterte ich desillusioniert ein Werbeblättchen durch und las gerade eine Artikel über Haarpflege, als mein Exmann an der Tür schellet und ein ausgefallenes Shampoo für die Kleine brachtet, das er beim Einkaufen entdeckt hatte. In dem Haarartikel stand dieser Satz über das Haargedächtnis: „es erinnert sich an alles". (im Gegensatz zum Gehirn, das gerne vergisst.) Auf der Rückseite des Blättchens war eine Werbung in Form eines krakelig geschriebenen Kinderbriefes. Letzte Worte: „Tschüss Christian". Synchronizität ...
Anscheinend sollen wir den Weg erst einmal getrennt weiter marschieren, also ok. Zu irgendwas wird's schon gut sein! Habe gerade eine SMS an Jans geschrieben, er soll mich anrufen wegen Samstag. Ich komm mir vor wie eine Verräterin, weiss aber auch, dass ich jetzt unbedingt nach vorne schauen muss! Unbedingt! Mein Weg muss anscheinend jetzt woanders entlang führen.

abends

Jans hat zurück gemailt, er ruft mich am Donnerstagabend an und sagt mir dann genau, wie wir das mit unserem Date machen. Das hört sich an wie ein normales Leben! Ich habe jetzt das Gefühl, vor einer seltsamen neuen Art Freiheit zu stehen. Werden wir uns je wieder in die Augen sehen, Kris und ich?

In der darauffolgende Nacht hatte ich den ersten Traum, in dem ich eine klipp und klare Durchsage meiner Geistführer bekam:

Da war eine Stimme, sie gehörte zu einem gesichtslosen Wesen, vielleicht eine höhere Instanz, und dann war da noch ein Mann, sein Gesicht sah ich aber nicht. Der Mann war zu unserer Überwachung eingesetzt. Die Stimme sagte von oben her zu dem Mann: „Du wirst ein Polaroidfoto bekommen! Von den Dualen. Es ist alles vorbereitet für *ihre Umarmung*. Alles ist auf dem Weg." Und der Mann sagte: „Gut, ich steck das Foto dann in meine Jeansjacke, die habe ich immer griffbereit hier hängen." Und während die beiden so sprechen, sieht man das Foto schon, während es aus einer Art Computer herauskommt. Es ist auf einem weissen, strahlend hell leuchtenden Blatt Papier gerade *am Entstehen*, die obere Hälfte entwickelt sich quasi gerade, man kann dabei zusehen; darauf sind aber eigentlich nur Wellenlinien, in weiss, wie eine Art mathematische Kurven. Ich sah neugierig darauf, und ich hatte gedacht, man könnte Personen erkennen, aber so war es nicht. Der Mann in der Jeansjacke sollte uns beschatten, wie ein Privatdetektiv.

Aus meinem Tagebuch:

Das Horoskop auf meiner Lieblingsseite hat es auch jeden Tag in sich, heute empfiehlt es mir: „Read between the lines!" Lies zwischen den Zeilen! Ich weiss ganz genau, vor welchem (selbstgemachten) Problem ich jetzt innerlich stehe: Soll ich mich anderweitig umschauen (Jans), oder ohne Netz und doppelten Boden auf Kris warten – auch auf die Gefahr hin, dass ich auf ewig umsonst warte und für immer alleine bleibe? Dieser Traum heute nachmittag ... ein Privatdetektiv, der mich beobachtet? Mein Innerstes sagt natürlich ohne jeden Zweifel, dass es nur den einen geben kann, eben Kris. Und wenn ich hundert Jahre warte. Dagegen steht meine weltliche Programmierung: Willst du denn immer alleine bleiben? Und nur von dieser Fernbeziehung leben? Ist das nicht verrückt, du bist doch noch so jung! Und am Ende findet er unterwegs 'ne andere, und du bleibst allein auf der Strecke und hättest schon längst eine glückliche Partnerschaft aufbauen können. Was, wenn das alles nicht von oben gesteuert wird, du einer Illusion aufgesessen bist und dir ein normales Leben vorenthältst? ... Meint Kris es wirklich ernst? Und vor allem: meinst DU es wirklich ernst? Das ist die Frage, die dahintersteckt. Und ich weiss, das ist das nächste Problem, das ich für mich lösen muss. Das kann ich wahrscheinlich nur, in dem ich mich am Samstag mit Jans konfrontiere. Dies muss getestet und geklärt werden. „Bist du bereit, für deinen Glauben und deine Liebe – nicht zuletzt zu mir – auf alles andere zu verzichten?", das fragt mich der liebe Gott. Ich weiss das. Vielleicht bin ich wirklich verrückt, aber genauso wahrscheinlich bin ich es nicht. Au Mann, Gott, du prüfst einen aber wirklich auf Herz und Nieren!!! Mein erstes Gefühl für Kris damals in Mannheim war: ich habe das dringende Bedürfnis, mich um diesen Menschen zu sorgen und zu kümmern. Denn er wirkte ja so traurig, so überschattet. Das sind alles Dinge, gegen die sich mein Verstand wehrt, aber das Herz und die Seele sagen, es ist wahr. Das Schlimme an all dem ist, dass es sich eben um eine reine Glaubenssache handelt; es gibt zwar spärliche Beweise bzw. Hinweise, aber ... die meisten Menschen würden jemanden wie mich für verrückt erklären. Es ist ein schwerer Weg, ehrlich. Wenn der Grund für alles nicht diese grenzenlose Liebe wäre, ich wüsste nicht, wie ich weitergehen sollte.

Ich würde noch öfter vor diesen Prüfungen in Gestalt anderer potentieller Partner stehen. Immer und immer wieder hatte ich mich zu entscheiden, und das allein auf der Grundlage meines (Gott sei Dank immer stärker werdenden) Glaubens. Glaube ich daran, dass Menschen füreinander bestimmt sind? Ist Liebe reine Illusion oder die letzte und einzige Wahrheit?

Sind solche Geschichten Märchen für kleine Mädchen? Oder sind es wahre Geschichten? Das Ego war immer schnell dabei, sich für die Konkurrenz zu entscheiden, die ein so viel leichteres Leben und eindeutig mehr schnelles Vergnügen versprach, aber das Herz liess sich am Ende doch nie täuschen.

Gerade beim Duschen fiel es mir wieder mal alles auf: Ich habe Johannes am 11.11. kennen gelernt, und Samstag ist der 3.3. (33 – dritter Buchstabe im Alphabet = CC). In dem Lokal, für das wir uns verabredet haben wird am Samstag eine Band namens Destiny Detectives spielen (DD!), was für ein blöder Name!
In der Nacht ist zudem noch totale Mondfinsternis, und eigentlich wäre Kris dann bei mir, aber so ... ist es Jans. Heute sagte Marion am Telefon zu mir: „Hast du schon in den Stadtanzeiger gesehen? Nein? Da ist ein Foto von dieser Band drin!" Und auf dem Foto haben sie alle hellblaue Jeansjacken an, wie der Ermittler in meinem Traum!
Ermittler, Beschatter, Detektiv! Ich könnte mir vorstellen, der Traum hatte irgendetwas mit Samstagabend zu tun. Wer wird mich eifersüchtig beobachten??? Das mutet jetzt alles seltsam an, sehr seltsam muss ich sagen. Welche Rolle spielt Jans in diesem Spiel? Wenn ich mich auf ihn einlasse, steige ich gar nicht aus—wie es aussieht, bleibe ich im Gegenteil gerade im Spiel. Das ist ja alles verrückt!
Ich gucke auch andauernd bei Doppelzahlen auf die Uhr, vorhin um 19:19, gerade um 20:20 ... Gestern um 17:17 und um 18:18 ... Wer lenkt unsere Blicke? Manchmal kann ich es gar nicht glauben, dass ich trotz aller Achtsamkeit so blind durch die Gegend laufe. Jans mailt die ganze Zeit, er gibt sich unheimlich Mühe, ich merke, dass er mich ganz schön um den Finger wickelt!
Jetzt kämpfen Herz (Jans) und Seele (Kris) gegeneinander, der Kopf hat schon lange das Handtuch geworfen und hält sich vorsichtshalber aus all dem heraus ... Eigentlich müsste ich Kris wirklich geradeheraus fragen – ob wir jemals eine Beziehung haben könnten. Oder ob wir uns einigen könnten, dass unsere Verbindung einfach in ihrer Besonderheit so „nebenher" laufen soll. Aber ich denke, das ist jetzt zu früh für derartige Fragen. Ich lasse die beiden Männer einfach mal machen, schauen wir mal, wie sie sich verhalten.
Mein Horoskop sagt mir: „Bleiben Sie dem Göttlichen in sich treu." Wie bitte, dem Göttlichen in mir???

Damals war ich also noch wirklich der Meinung, ich könnte mein Herz einem anderen schenken. Dass das zu keinem Zeitpunkt möglich war, seit ich Kris kenne, habe ich erst viel später verstanden. Nach meiner Vorstellung konnte ich mich sehr wohl in einen anderen Mann verlieben. Eigentlich suchte ich nur einen Ausweg aus der schwierigen Situation, eine

Möglichkeit, der Seelenachterbahn zu entkommen. Man will es nicht wahrhaben und versucht immer wieder, ein „normales" Leben aufzubauen. Doch die Dualseele **ist** unser normales Leben, und es wird niemals wieder so sein wie vorher. In jeder Hinsicht ... Heute weiss ich, dass Jans absolut in das Gesamtgeschehen passte, ebenso die Daten meiner Zusammentreffen mit ihm. 11.11 und 3.3., dazu die vielen Doppelbuchstaben. Meine Initalen (CC), die meiner Dualseele (KK), dazu die der Band (DD) – alles dies sind Hinweise auf die kosmische Ordnung, in die sich die Situation einfügt – aber auch die mahnende Erinnerung an die Zwillingsseelenschaft.
Passend zu meinem Männerdilemma tauchte die Frage auf: Was wäre, wenn Kris eine andere Frau vorzöge? Wir waren nicht in einer Beziehung, obwohl wir diesen unendlich innigen Kontakt hatten. Und schon befand sich weibliche Konkurrenz auf dem Plan! Mein Schatten namens Eifersucht musste selbstverständlich auch noch gespiegelt werden.

Ich stehe jetzt in Kontakt mit einer Frau, die auch Email-Verbindung zu Kris hat; habe sie über ein Fan-Forum kennen gelernt. Sie heisst Poulette und behauptet, er habe ihr schon allerlei Dinge geschrieben. Grrrrrr! Das bestärkt mich wieder mal in dem Gedanken, dass ich mir einen sehr schönen Samstag mit Jans machen sollte ... ich entferne mich zusehends. Willkommen in der Realität! Habe auch keinerlei Trieb, ihm zu mailen oder zu texten. Soll er sich mit der Tucke amüsieren, ist doch wahr. Vielleicht ist es eben doch alles nur Quatsch gewesen. Gerade wo ich hier schreibe, schickt mir Jans eine ganz liebe Email. Mensch, ich freu mich wie verrückt auf morgen Abend! Mein Noch-Ehemann schickte mir gerade ohne jede Vorwarnung den neuen Song von Nimm Mich (deren Musik ich immer schon sehr geliebt habe); wundert mich, dass er daran gedacht hat. Jedenfalls habe ich das sofort auf Kris bezogen, und jetzt sitze ich am frühen Morgen hier und weine. Der Song heisst: „ Hab doch Geduld" ... Ich stelle fest: Sie gehen seltsame Wege. Könnte wirklich jemals in diesem Leben irgendetwas zwischen mich und Kris kommen? Seine Seele war gestern abend wieder hier, so stark war es lange nicht, plötzlich kam er auf mich zu, es ist ein gleichzeitiges Empfinden von etwas-nähert-sich-im-Aussen und einem ruckartigen Ziehen in der Zwerchfellgegend im Inneren, sein Name formt sich dabei automatisch im Bewusstsein und er ist dann absolut präsent, in mir und um mich herum ....
Im Kinder-Fernsehen rief mir gerade jemand im Vorbeigehen zu: „ Es ist Zeit, dass du dein Schicksal erfüllst!" Wo hatte ich das neulich schon einmal gelesen?
Dann war es endlich Samstag und ich wurde ein wenig melancholisch trotz aller Vorfreude auf mein Date:

Also, wenn ich so darüber nachdenke – eigentlich sollte Kris jetzt hier sein ... Schade, dass es wieder einmal nicht geklappt hat. Seufz. Ist schon verrückt, oder? Es ist heute Mondfinsternis, da sollten wir eigentlich zusammen sein und in den Himmel schauen. Warum, weiss ich gar nicht. Es sollte so sein. Vorbereitet ... es ist alles vorbereitet. Die Umarmung der Duale. Alles ist auf dem Weg. Ich träume mir vielleicht was zurecht! Draussen hat ein Sturm angefangen, bin deshalb wieder von der Couch hoch, an Schlaf war nicht zu denken! Ich bin jetzt fürchterlich unruhig! Habe geduscht und die ganze Zeit mit Herzklopfen an Kris denken müssen. Und prompt bekam ich eine SMS von ihm! Mich wundert echt nichts mehr, deshalb war ich also so unruhig, weil meine Seele wusste, es kommt gleich eine Botschaft ...

> *hi sexy ... die sonne scheint hier und ich gehe zum ersten mal raus seit tagen. frische luft und ich habe auch meinen appetit zurück. hab spass am wochenende ohne mich x*

hi Kris, sturm und regen hier. totale mondfinsternis heute abend. wäre schön gewesen, sie mit dir zu beobachten xxx sende dir liebe

Walgesang? sun - I am - back ... moon – watch - you - Sonne, ich bin zurück . Mond, ich beobachte dich ... Und immer wieder dieses Gerede von Sonnenschein und Sturm, was soll das? Was wollen wir uns damit sagen? Wollen wir auf diese Weise die aktuelle Seelen-Wetterlage vergleichen? Als ich vorhin versuchte, etwas zu schlafen, habe ich ihm erzählt, dass ich für immer und ewig ihm gehöre, egal was in seinem oder meinem Leben noch kommen mag. Und ich habe ihm erzählt, dass er nicht unbedingt mein Herz, aber meine Seele besitzt. Bis in alle Ewigkeit. Denn wir haben uns wiedergefunden und ich bin wieder an seiner Seite. I am back. Er ist die Sonne, ich bin der Mond. Ich hoffe, er hört es, wenn ich so mit ihm rede.

Der Samstagabend verlief dann von Ende bis Wende ganz nach meinen Wünschen. Fast möchte ich sagen: das war ja klar. Dass sie die ganze Zeit dabei waren, das wurde mir erst heute früh bewusst.
Mittendrin sagte ich aus heiterem Himmel zu Jans: „Jetzt hätte ich Lust auf die Blues Brothers, die Lieder würde ich jetzt gerne hören!" Da erzählte er mir, einer der Betrunkenen, die dort herumsprangen, habe ihn auf der Tanzfläche angesprochen und ihm irgendwas erzählt von „unterwegs im Namen des Herrn", und er habe schon gedacht, der gehöre zu den Zeugen Jehovas, aber dann fiel der Name „Blues Brothers". Der Freund von dem betrunkenen Typen hatte mich angesprochen, in der seltsamsten Situation der ganzen magischen Nacht: Jans war kurz

weggegangen, um neue Getränke zu holen, so dass ich ausnahmsweise allein am Tisch stand. Ich sah auf mein Handy und hatte eine SMS von Kris bekommen:

ich liege auf meinem bett und beobachte den mond ... bist du verrückt, oder bin ich es? xxx

Mein Herz raste, alles schlug augenblicklich über mir zusammen. Es kam eine unendliche Traurigkeit mit über. Mond ich beobachte dich. In dem Moment begann die Band ausgerechnet „Only the lonely" zu spielen, und ich dachte an Kris und hätte auf der Stelle weinen mögen. Just da kam o.g. Freund des betrunkenen Blues Brothers an meinen Tisch (wir haben ihn Simply Red getauft wegen seiner roten Locken) und sprach ganz freundlich mit mir, so dass ich abgelenkt war. Ich war ihm richtig dankbar dafür. Später hat er uns noch Getränke ausgegeben. Sehr seltsam.
Es war überhaupt alles *sehr seltsam, ich kam mir zeitweise vor wie in einem dieser amerikanischen Spielfilme, mit der cowboybehüteten Band auf der Bühne, den altmodischen Songs von denen, mit den seltsamen Pärchen, die auf der Tanzfläche dazu herumschoben ...*
Der restliche Abend verlief wie folgt: Jans hatte mich mit dem Auto abgeholt, und wir kamen passend an, als die Band gerade den ersten Song spielte. Es war alles sehr romantisch und wie ein ganz normales Date. Ich hab mich unheimlich wohl gefühlt neben ihm, er ist sehr gross, und ich hatte immerzu den Impuls, mich an ihn anzulehnen. So ging das den ganzen Abend, er war immer bei mir. Ausser in den wenigen Minuten, als die SMS kam. Wir unterhielten uns mit Worten und mit Blicken, und irgendwie hatte ich plötzlich seine Hand in meiner, es war zum Sterben romantisch. Immer wieder dachte ich: das ist genau das, was ich will, das ist ganz genau das, was ich will! Auch wenn es sich nicht ganz so anfühlte wie bei Kris ... überhaupt nicht so! Trotz allem hatte ich das unbestimmte Gefühl, etwas bedrücke Jans, ich habe mittlerweile unheimliche Antennen für die Stimmungen anderer Menschen. Wir gingen nach draussen ins Freie und sahen uns Hand in Hand die Mondfinsternis an, aber ich konnte die ganze Zeit nur an Kris denken, und meine Seele weinte.

Ich bat Jans zum Abschied, er solle mir bitte eine SMS schreiben, wenn er heil zu Hause angekommen sei, was er um halb 5 nachts dann auch tat. Es kam ein nicht so gutes Gefühl mit über, ich weiss, er macht sich u.a. Gedanken über die 100 km, die an Entfernung zwischen unseren Wohnorten liegen ... Aber das ist sicher nicht alles ... Dass die Entfernung für mich keinerlei Problem, sondern im Vergleich zu Kris vielmehr eine Riesenerleichterung darstellt, das kann Jans ja nicht wissen. Ich habe also zum jetzigen Zeitpunkt keine Ahnung, wie das weitergeht.

Kris antworte ich erst mal nicht, ich weiss ausnahmsweise auch gar nicht, was ich ihm schreiben sollte. Das war ja noch nie da! Ich bin eine falsche Schlange! Irgendeine Stimme sagt mir, das Leiden hat noch kein Ende.
Gerade bekam ich wieder eine Nachricht von meinem brandheissen Kontakt (wir erinnern uns: die Dame, die angeblich intime Nachrichten per Email von Kris bekommt). Es dauert nicht mehr lange, dann kriegt er Ärger mit mir wegen der. Ehrlich. Die macht mir meine Entscheidung, mit der ich gerade kämpfe, wesentlich leichter. Soll er doch mit der Ziege gemeinsam den Mond anheulen! Ich habe das dumpfe Gefühl, Kris hat auch mehrere Eisen im Feuer. Wenn der ganze Kokolores von wegen Dualseelen stimmt, hat er nämlich denselben Charakter wie ich, na Prost Mahlzeit! Auch wenn das mit Jans nichts wird, werde ich die Geschichte mit Kris beenden. Niemand wird mir nämlich jemals mehr wehtun können in diesem Leben als Kris. (Aber es wird mich auch niemand glücklicher machen können ...) Aber das werde ich zu verhindern wissen! Es waren gigantische 9 Monate, und ich habe fürs Leben gelernt aus der Sache, ehrlich. Aber es muss jetzt ein Ende haben. Ich gehe sonst daran zugrunde, früher oder später.
So, endlich habe ich es auch geschafft, das dusselige Foto von Kris von meinem Handy wegzubekommen. Mist Technik! Basta.
Habe Kris gerade noch eine zweite SMS geschrieben, in Anspielung auf seine mondsüchtige Nachricht von letzter Nacht:

> *du bist nicht verrückt, aber ich schätze, ich bin es. lustiger film, und wir sind mitten drin. das ist unser leben x*

Ich werde definitiv Schluss machen. Ich werde es tun. Heute ist der Tag, an dem es endet. Ich glaube, er hat mich die ganzen 9 Monate betrogen und an der Nase herumgeführt! Und am Ende des Tages werde ich hier stehen und gar nichts mehr haben. Weder den einen noch den anderen. Und dann ...?Es ist Zeit, dass du dein Schicksal erfüllst ... Wahrscheinlich ist es mein Schicksal, niemals glücklich zu werden. Egal, was ich tue, in meinem Leben endet es immer so, jedes Mal. Jedes Mal.
Jans simste eben zurück – er fühlt sich gut. Na ist doch prima! Dasselbe habe ich doch schon einmal von Kris in einer SMS gelesen, damals im November: „Verstehe nicht, was du hast, mir gibt es ein gutes Gefühl. Können wir es nicht teilen?" Sie kommen in mein Leben, saugen mich aus und lassen mich halbtot auf der Strasse zurück. Und kein Hinweis von oben, der Himmel lässt es mich allein ausbaden. Mir geht's so schlecht wie ewig nicht mehr! Was soll ich denn jetzt bloss tun? Dies ist mein letzter Aufruf: Ich brauche dringend ein Zeichen, jetzt sofort! Sonst ist alles zu Ende.

Maya meinte am Telefon: „Sie holen dich sowieso zurück." Mir ist eisig kalt. Ich möchte ihm am liebsten die lange fällige letzte SMS schreiben: es ist aus. verschwinde aus meinem leben. ruf mich nie wieder an. P.S. grüsse an gackgack-Poulette! Habe ihm gerade gesimst:

kannst du mir sagen, warum ich dir nicht lebe wohl sagen kann? habe eine million gründe, kann es aber nicht tun.

weil es anders ist, etwas ganz besonderes und noch nicht erledigt x

ist das wirklich wahr?

ich würde dich immer noch gerne treffen, um das herauszufinden ... x

so werde ich irgendwie überleben bis zu dem tag ...
kris, du hast mich zurückgebracht, ich bin wieder auf meinem weg und du weisst das, nicht wahr? xxx

Meine Lieblingsseite sagt dazu: „Manche Neuigkeiten können eben nicht bis morgen warten!" Das ist doch komplett verrückt!!! Bleibt mir denn jetzt wirklich nichts anderes übrig, als bis Juni (oder wann auch immer) durchzuhalten???

Ich weiss nicht, wie ich das jemals überstehen soll! Kris hat sich wieder zu 100 % in meine Gedanken gedrängt, wir sind wieder da, wo wir vorher waren. Trotzdem möchte ich jetzt nicht sagen, das gestern war umsonst. Ich denke, es war sehr lehrreich und musste stattfinden. Und ich glaube nicht, dass Kris das alles der gackgack-Poulette auch schreiben würde. Basta.
Ich wusste nicht, wie viel Macht Kris über mein Leben hat, und mit jeder Rückkehr auf den Weg fühle ich, wie sie stärker geworden ist- und auch, dass ich stärker geworden bin. Ich fühle ihn ständig wie ein grosses Energiefeld, das mich irgendwo in meiner Nähe umkreist. Ich kann es nicht sehen und nicht anfassen, aber es ist da, immerzu, beständig. Wenn ich doch nur lernen könnte, bewusst telepathisch mit ihm in Kontakt zu treten!!! Ich versuch´s ja immer, vielleicht muss ich es nur richtig üben? Wenn so eine Fähigkeit doch erst mal erwacht ist, kann man sie dann nicht trainieren? Ich merke z.B., dass ich keinerlei Schwierigkeiten mehr habe, mich innerhalb von Sekunden gedanklich (oder gefühlsmässig) sehr tief zu versenken. Aber letztlich – was sollte das bringen? Ich glaube, ich möchte ihm einfach nur so nahe wie möglich sein, und somit die Zeit besser überstehen, bis wir uns vielleicht eines Tages wirklich wieder gegenüberstehen.

Er hat wahrscheinlich – wie immer – recht: es ist unfinished. Bevor es erfüllt ist werden wir keine Ruhe bekommen. Ist denn wohl wirklich alles auf dem Weg? Ist alles vorbereitet? Ein weiterer Artikel auf meiner Lieblingsseite weiss ausgerechnet heute dies: „Alles in dem uns bekannten Universum ist als unvollendet zu bezeichnen. Wirklich alles." Ich habe so ein furchtbares Gefühl, etwas unheimlich Schönes verpasst zu haben, weil ich gestern abend diese Mondfinsternis nicht mit Kris teilen konnte. Ich hab sie echt nicht mehr alle.

> *eine letzte mitteilung noch für heute: ich weiss nicht warum, aber ich fühle mich unendlich schuldig dass ich letzte nacht den mond nicht mit dir geteilt habe. wollte nur, dass du das weisst. x*

Der Gedanke bringt mich echt zum Weinen! Was ist das nun wieder? Schon o.k., Kris, ich würde mir auch nicht mehr antworten. Werde früh zu Bett gehen und hoffe, dass mich keiner der beiden Männer heute mehr anruft!

Wirklich bemerkenswert war die Tatsache, dass jeder andere Mann, der in dieser Zeit in mein Leben kam, mit irgendeinem bedeutsamen Zufall verwoben schien. Wenn es nicht der Umstand war, dass er eine Zwillingsschwester hatte, dann hatte er am gleichen Tag Geburtstag wie Kris, oder sein Name war die Verbindung zu meiner Dualseelengeschichte, wie bei Jans:

Spontan habe ich das in die Internet-Suchmaschine eingegeben, was ich schon vor Tagen nachsehen wollte: den Namen Jans. Die Idee dazu kam mir irgendwann, keine Ahnung wieso. Ich gelangte ziemlich schnell zu dem römischen Gott Janus, wo ich gar nicht hinwollte - und was ich dort las hat mich wieder schier umgehauen:
„Janus ist eine der ältesten römischen Gottheiten. Er ist der Gott der Tore, des Ein- und Ausgangs, im übertragenen Sinne jeglicher Art von Anfang. Janus hat zwei Gesichter und kann daher sowohl nach vorne als auch nach hinten blicken."
Zwei Gesichter – wie der Zwilling!!! Das darf doch alles nicht wahr sein!
Wer gibt mir ein, am frühen Morgen solche Dinge in eine Suchmaschine einzugeben? Warum heisst Jans nicht Dieter? Warum war ich statt mit Kris mit Janus-Jans zusammen in der Nacht, als die Mondfinsternis war? Zufall ist das alles nicht, soviel steht mal fest.
Jans rief schliesslich an und erklärte, er habe gemerkt, dass er noch nicht über seine letzte Beziehung hinweg sei, die vor einem Jahr endete. Ich sagte, ich wusste das schon in der Nacht, als ich seine SMS bekam und das mich das nicht wirklich erstaunt, und schocken könne mich schon lange nichts mehr. Wir plauderten dann

noch eine halbe Stunde munter wie immer, und wir kamen überein, dass wir auch weiterhin ab und zu telefonieren werden. Es passte am Ende alles wunderbar zusammen und niemand war der Verlierer.

Meine Nerven liegen heute blank. Ich bekam eine Mail von Maya, die auch völlig durch den Wind ist, weil ihr Seelenpartner ihr eine seltsame Email geschrieben hat, die u.a. völlig zusammenhanglos von Walen handelt. Das hat mir schon gereicht. Der absolute Burner aber war dies: Unterwegs vom Einkaufen nach Hause sah ich an einem Laternenpfahl ein neues Ankündigungsplakat: Blues Brothers Band ... unterwegs im Namen des Herrn. So habe ich jetzt das Gefühl, heute hätte ich unheimlich viel aufzuschreiben. Jetzt hat meine Tochter sich auch noch ein Zwillingspärchen aus ihrer Klasse zum Spielen hierher eingeladen! Was ist denn heute bloss wieder los???? Zwillinge von früh bis spät! Fehlt nur noch, dass meine Cousine anruft, die ist ja auch eine Zwillingsschwester. Irgendwie sind mir diese Menschen mittlerweile unheimlich und ich muss mich beherrschen, sie nicht unverhohlen anzustarren.. Alles sehr seltsam. Nichts wird je wieder so sein, wie es vorher war ... Kris´ Worte gehen mir auch nicht mehr aus dem Sinn: it is different, special and unfinished. Unfinished, das Wort macht mich ganz aufgeregt und nervös und aufgekratzt. Übrigens ist heute auf meiner amerikanischen Lieblingsseite ein neuer Artikel: „Mit Zwillingen gesegnet! Zwillinge sind wie alle anderen." Na, das ist mal eine beruhigende Aussage! Ich kann mich des Eindrucks nicht erwehren, dass es heute wieder extrem ist mit dem Thema „Zwillinge". Vielleicht sollte ich mein Buch „unfinished" nennen?! Brauche ich dann überhaupt einen Schluss?

Unsere Telepathie nahm also ebenfalls ständig zu. Nachdem ich anfangs nur ab und zu ein wirklich starkes Gefühl hatte, das Kris´ Seele unmittelbar im Raum zu schweben schien, dauerten diese Zustände nun länger, wurden häufiger, und dann fing das an, dass wir regelrecht unsere Gedanken lasen:

> *Kris ... blicke auf zu den sternen und denke über dich nach. du regierst meine welt- herz und seele ... weisst du das?*

du machst mir wieder angst ... bitte denke nicht mit so viel kraft babe. x

> *so habe ich dich also erreicht ... denkst du, wir werden lernen, es zu kontrollieren?*

Ich hatte eigentlich nur dagesessen und die Karten ausgelegt, nachdem ich in die Sterne geguckt hatte, und Mann und Frau sahen sich im Kartenbild direkt an. Ich fühlte mich ein wenig komisch und merkte wohl, dass ich wieder einen glühendheissen Kopf gepaart mit Eisfingern hatte, wie immer bei Kontakt oder Kontaktversuchen. *The light of stars – it shows you the way ... my soul can hear what words don't say ... I can read your mind ...* das ist aus seinem Song. Ich bekam sehr schnell heraus, dass man die Gedanken mit Gefühl denken musste, um sie dem anderen deutlich zu übermitteln. Dann kommt auf der anderen Seite ein klarer Eindruck über den gefühlsmässigen Inhalt der Gedanken an. Heute weiss ich, dass ein liebevoller Gedanke unendliche Macht besitzt, dass die Gedanken, die aus dem liebenden Herzen kommen, stärker sind als alle traurigen oder angstvollen Gedanken. Unser Walgesang, der ja ebenfalls Stimmungen von Seele zu Seele verschlüsselt transportierte, enthielt noch einen weiteren Code, der mit der Wetterlage zu tun hatte: wenn einer von uns innerlich aufgewühlt war, wurde von Sturm geredet, wenn einer eine Trennungszeit brauchte, sagte man: „die Sonne scheint hier". Ich frage mich nach wie vor, unter welchen mysteriösen Umständen wir diese Geheimsprache entwickelt hatten. Das habe ich bis zum heutigen Tag nicht herausgefunden ...

wünsche dir einen sonnigen Tag. sei bei mir. xxx c.

> *ich bin immer noch wach, war die ganze nacht auf und versuche arbeit nachzuholen von der zeit als ich im bett lag. sonnig wäre schön, aber hier ist die ganze nacht sturm. hab einen wundervollen tag x*

Dualseelen kommunizieren unentwegt miteinander, allerdings hauptsächlich am wertenden Verstand vorbei. Als ich diese Tatsache herausgefunden hatte, wuchs mein Respekt vor dieser ewigen Verbindung ins Unermessliche. Vor allem aber wuchs mein Respekt vor der weisen alten Seele, die den Kern meines Wesens ausmachte und die ihre liebe Mühe mit meinem Ego und meinem regen Verstand hatte. Dieser hinkte oft ganz schön hinterher und war oftmals komplett verwirrt, wenn eine Mitteilung von Kris kam, die nicht ohne weiteres einzuordnen war ...

guten morgen Kris darling. hab eine gute zeit in B. wann wirst du nach hause zurückkehren? schicke dir all meine liebe xxx bin im wald in Potsdam meilenweit weg von irgendwo, allein. show heute abend dann morgen zurück. sehr beschäftigt jetzt. be good x

Es kam ein Gefühl mit über, das mich in Zweifel und Verwirrung gestürzt hat, keine Ahnung wieso. Ich kam mit total ausgeschlossen vor von irgendetwas. Diese Nachricht ging in die Annalen unserer Geschichte ein als die berüchtigte Wald-SMS, da sie mich monatelang beschäftigte.

du in einem wald?? nun ok, viel glück für deine show. ich werde an dich denken xxx

Das sind so Mitteilungen von ihm, die ich nicht einordnen kann. Warum schreibt er mir so etwas? Er hätte gar nicht schreiben müssen. Oder er hätte schreiben können, heute abend show, sehr im stress jetzt. Aber warum der Wald??? Was ist Kris nur für ein einzigartig seltsamer Mensch! Jedenfalls heisst das für mich jetzt: kein Kontakt zu Kris mindestens bis Samstag, wenn nicht Sonntag. Na ok, kennen wir ja schon. Wir haben es schon 4 (!) Wochen ohne ihn ausgehalten! Kaum mehr vorstellbar für mich, aber auch das wird eines Tages womöglich wiederkommen. Ich bin gespannt, wann er das nächste Mal Alaska dazwischenschiebt ...

mehrere Tage später

Beim Lesen der SMS hatte ich ein fürchterliches Gefühl des Ausgeschlossenseins. Was ist los??? Ich komm nicht drauf! Wenn ich das wieder nicht kapiere, kriege ich wieder keine Bestätigung, d.h. keine neuen Nachrichten von ihm. Vielleicht bin ich auch verrückt, aber erfahrungsgemäss eben nicht. Ich erfasse den Sinn nicht, was ist der nächste Schritt? Es muss wichtig sein, denn unser Kontakt ist ja momentan wieder mal abgerissen. Was TUE ich hier eigentlich?

will dir nur ein fantastisches wochenende wünschen. be happy xxx

Irgendwas ist doch wieder seit dem doofen Wald! Vielleicht gibt es in Berlin Baumbestände, die aus Alaska importiert wurden? Warum ist jetzt Funkstille? Nach dieser mehr als euphorischen SMS, dass er versucht anzurufen, sobald er in Germany ist ... Was hab ich da eigentlich gesimst? Streichen wir mal wieder alle Füllwörter weg:
Just want to (.....) be happy.

Meine amerikanische Lieblingsseite hat als Hingucker folgende Überschrift auf der Startseite: „Soul Revival". Aber dies Zitat hier ist das allerbeste, was sie je über Kris und mich gebracht haben: "If the Phone Doesn't Ring, It's Me." -- Jimmy Buffett, Amerikanischer Sänger und Songwriter. Wenn das Telefon nicht klingelt, bin ich es. Also damit kann eindeutig nur Kris gemeint sein! Und du lässt mich doch allein. I am alone. tonight-tomorrow-now. Das steht in der Wald-SMS. Das hatte ich schliesslich herausgelesen. Ja, genau so fühlte es sich an. Ohne dich bin ich allein, heute abend, morgen und jetzt, in diesem Moment. Selbst wenn ich 30 andere Männer hätte, ohne dich bin ich allein. Just want to be happy. Warum lösten diese Gefühle bei ihm Funkstille aus? Sollte ich grad wieder etwas daraus lernen? Ich dürfte sicherlich mehr vertrauen und glücklich dabei sein. Das ist nicht leicht, vor allem in Zeiten des Schweigens wie jetzt gerade. Mache ich mich zu sehr von dem Gedanken abhängig, dass Kris mir endlich das Glück bringt? Manchmal ist ES so schwer, so schwer zu tragen. Warum müssen wir anders sein! Gerade telefonierte ich mit Maya, das beschert mir bekanntlich immer neue Einsichten. Also: Ich stelle fest, dass ich eigentlich glücklich ohne Ende sein müsste, dass Kris mich so an der langen Leine laufen lässt. Er könnte auch (wie die Graupen von den Singleseiten im Internet) alle 5 Minuten nachfragen, was machst du gerade, wo bist du gerade? Warum meldest du dich nicht? Denkst du auch an mich? Ich sollte das ganze vielleicht (wie die Karte „Der Gehängte" im Tarot aussagt) einmal vom umgekehrten Standpunkt aus betrachten. Nicht das sehen, was ich nicht habe, sondern das sehen, was ich habe. Das er mich einfach sein lässt. Let it be! Gerade bekam ich eine ganz aufgeregte Nachricht von Poulette: Kris hat ihr geschrieben, ganz von sich aus, er komme im Mai nach Deutschland. Ich dachte, ich explodiere auf der Stelle und verfasste unverzüglich die folgende SMS an ihn:

> *so kommst du also im mai nach deutschland ... Poulette hat es mir gerade erzählt. hab einen schönen tag und viel spass*

Ich zitterte vor Wut und fragte laut: Soll ich die SMS jetzt abschicken oder nicht??? In dem Moment war der Akku leer und das Handy aus. Aber ich werde ihm schreiben. Ich MUSS es tun. Hat sie wohl eine Email von ihm bekommen? Oder schreiben sie sich auch per Handy Kurznachrichten? Ich maile ihm jetzt oder ich krieg das Zittern nie mehr in den Griff! Oh ich wünschte, ich könnte das beenden. Besser ist eine SMS, denn wer weiss, wie weit er wieder von seinem PC weg ist.

Das gibt Knatsch, ich ahne es. Ich würde ihm gerne schreiben, dass ich keinen Bock mehr habe, dass ich aussteige. Jeden Sonntag dasselbe Theater!!!

Und ich blöde Kuh penne mit seinem ollen Tshirt! Hab ihm die SMS geschickt. Ich habe keine Lust mehr, ich will ein Ende damit. Mache mich permanent zum Idioten, und das allein ist die Wahrheit. Ich schicke ihm mit jeder Nachricht mein Herzblut, und IHR schreibt er, aber mir nicht. Nein, ich werde mich nicht weiter für den Kerl kaputt machen. Feierabend, Ende, Aus. Basta.

Wie immer, wenn ich mit der Ego-Nase schon beinahe den Fussboden berührte, kam himmlische Hilfe des Weges. Früher glaubte ich, dass Engel kleine dicke Jungs mit Flügeln seine, aber im Verlauf meiner Dualseelen-Geschichte erkannte ich, dass sie machtvolle Energien sind, die uns Menschen wirklich und wahrhaftig hilfreich zur Seite stehen.

Gerade finde ich auf dem Fussboden des Kinderzimmers einen Flyer aus dem Kindergottesdienst: „Und sollten wir noch so tief sinken – auf dem Grund des tiefsten Abgrunds wartet auf uns deine rettende Hand. Danke, Gott, für deine wunderbare Treue." Ich bin fix und fertig und am Ende und heule wie ein Schlosshund. Ich bin just am Boden dieses Abgrunds. Und meine Tochter, die nicht aufräumen will, sagt gerade „Scheiss bekackte Mama" zu mir. Ein perfekter Tag in meinem perfekten Leben. Kris wird sich nicht melden, werweisswielange wieder, und ich kann sehen, wie ich mit meiner angeknacksten Seele den Sonntag umkriege. Andrea meint, ich soll ihm nicht schreiben, dass Schluss ist. Das würde ich danach bereuen. Ich würde es aber zu gerne tun, dann würde es mir besser gehen. Ich will nicht mehr, ich will nicht mehr!!! Kann schon wieder nix essen und heule hier rum. Das ist er doch nicht wert!!! Und er amüsiert sich mit Gacki, soll er die doch anrufen! Ich wünschte, er würde mir schreiben, er will mich anrufen. Dann würde ich antworten: ruf doch das Hühnchen an! Aber solch eine Goldgelegenheit bekomme ich natürlich nicht. Jetzt kommt just eine passende Werbung per Email: „seine Welt ist voller Antworten". Ja, schön für ihn.

hi, sonniger tag hier. wir spielen in hamburg am 11. mai. kommst du? x

> *nein, werde nicht kommen. hast du meine nachrichten erhalten?*

war nicht zu Hause seit berlin. war unterwegs ... ist es beendet? gut. freu dich.

> *weiss nicht, ob es beendet ist ... es tut so weh manchmal. habe vergessen, wo wir gestartet sind und warum. ich liebe dich so sehr Kris. gibt es einen weg für uns?*

bin nicht sicher meine süsse. bin so beschäftigt, aber ich halte mein versprechen und komme um dich zu sehen x

> *kann nicht mit dir leben und nicht ohne dich- with or without you. manche songs sind wahr. wirst du mich anrufen?*

sobald ich nach hause komme x

Meistens schrieb ich nach solchen aufwühlenden Dialogen abends noch abschliessend eine lange Email an ihn. Es war manchmal sehr schwer, meine überquellenden Gefühle und Einsichten in die fremde Sprache zu übersetzen. Kris war in jeder Hinsicht eine Herausforderung für mich. Oft fragte ich mich, ob wir anders miteinander gesprochen hätten, wenn er Deutscher wäre. Aber da ich die englische Sprache seit meiner Kindheit über alles geliebt habe, stellte sie in gewisser Weise das I-Tüpfelchen auf dieser Liebe dar, den kleinen besonderen Reiz für mich. Seine englischen Worte lösten tausendmal mehr Gefühle in mir aus als es irgendein deutscher Mann mit seinen Worten je vermocht hätte.

ich denke du verstehst sehr gut, Kris ... und du hast recht. ich weiss, etwas ist schiefgelaufen in den letzten tagen, aber ich könnte nicht sagen, was es war. ich fühle mich irgendwie schuldig und sehr traurig. es begann mit deiner wald-sms am freitag. ich fühlte mich durch sie verloren. dann ist da Poulette die mir erzählt sie bekommt tausend nachrichten von dir, während ich in der luft hänge und auf ich-weiss-nicht-was warte. werde dennoch gut schlafen, ich habe immer noch dein tshirt, das mir durch die nacht hilft. ich könnte das gefühl nicht ertragen, dass du nicht mehr in meinem leben wärst. oh Kris – wohin gehen wir? xxx

> *oh schlaf gut C ... was Poulette angeht sie ist verrückt und ich bekomme alberne nachrichten von ihr und habe nur 4 mal geantwortet glaube ich ... bitte bleib ruhig sie bedeutet nichts xx*

> *ja, ich weiss, aber sie ist immer da, wenn ich mich traurig fühle ... scheint so, als ob jemand sie schickt haha. ich werde dir einen stern schenken – es sind ganz viele am himmel heute abend xxx sehe dein foto an und weiss, kein anderer würde jemals so sein wie du. du bist etwas besonderes. xx*

Ab und an war selbst ich seelisch völlig überfordert, und wenn dann eine Nachricht von ihm kam, konnte ich nicht gleich antworten. Das passierte selten, aber es tat jedes Mal sehr weh. Vermutlich stand dann wieder etwas zwischen den Zeilen, das zuerst eingeordnet werden musste ...

> *hi again. schlechte nachrichten wegen ticket verkauf also viel promo. im stress. denke an dich in jeder lebenslage. sorry dass deine gefühle für mich wehtun. wünschte sie könnten dich zum lächeln bringen. x*

Kris, das sind wirklich schlechte nachrichten. sei nicht besorgt, alles wird gut enden. das sagte ich dir bereits ... meine gefühle tun weh, aber ich bin glücklich dich zu kennen und glücklich, dass wir uns getroffen haben. du bist immer bei mir, fühle dich mit jedem schlag meines herzens. xxx es ist magie

Die Werbungen auf meiner Lieblingsseite kommentierten die aktuelle Situation wie folgt: *„kleine Wunder“, „Es ist schwer, zu gehen, leichter ist es zu bleiben – deine zweite Chance“*

abends

Betr.: liebe

Kris, ich habe eine frage. ich weiss, du bist sehr im stress, aber es ist wirklich wichtig.
du weisst ich war argerlich wegen poulette - vielleicht eifersüchtig. deshalb habe ich mich gefragt, was würde passieren, wenn du (oder ich) jemand anderen kennen lerntest und eine wahl treffen müsstest. ich denke, wir sind beide frei - und doch haben wir diese spezielle verbindung. was würdest du tun? was würde ich tun? ich gehöre dir für immer, du weisst das. aber im wirklichen leben - was ist richtig? was ist falsch? ich würde auf dich warten bis in alle ewigkeit wenn du das willst, und das ist die wahrheit. aber ich weiss ich hätte nicht das recht, dasselbe von dir zu verlangen. würde es wehtun zu wissen da ist jemand anderes?
(natürlich!!!!!! haha) ... oder vielleicht wäre es kein problem wenn ich fühlen würde dass es dich glücklich macht. bitte denk darüber nach (ich weiss du hast das bereits getan) und sage mir deine sicht der dinge. ich war nie zuvor in solch einer situation. wer würde so etwas glauben! ich habe es dir schon sehr oft gesagt (ich sollte vielleicht nicht): du bist die liebe meines lebens und niemand wird meine seele

jemals so sehr berühren wie du Kris
xxxxxxxxxxxxxxxxxxxx c.

Würde er mir antworten? Wenn ja – was? Aber wen hätte ich sonst danach fragen sollen – wenn nicht ihn selbst??? Du hast es sicher schon erraten – auf solch eine gefühlsbetonte Nachricht konnte Kris natürlich nicht antworten. Sie schienen alle im luftleeren Raum zu verschwinden. Aber er hat sie alle gelesen, jede einzelne.

5. Kapitel

promise

Das glaubt jetzt wieder kein Mensch!!! Um 22.22 sah ich gestern abend auf die Uhr und beschloss urplötzlich, ins Bett zu gehen. Ich gehe nicht ran, wenn Kris anruft, sagte ich mir. Basta. Vielleicht kommt ihm eh wieder etwas dazwischen. Ich will mich nicht wieder enttäuschen lassen. Ich war mir plötzlich sehr sicher, dass er nicht anrufen würde, schaltete also die Telefone auf stumm und ging ins Bett. Und ich dachte noch, guck genau auf die Uhr, sicher versucht er zu einer besonderen Zeit anzurufen, 22.27 oder so. Zahlenmagie, du weißt schon. Nachts gegen 3 Uhr wurde ich kurz wach und sah auf meine Telefone. Kein Anruf, aber eine SMS von Kris, und jetzt halt dich fest:

> *mist, das ist wahnsinn! jetzt musste ich noch einmal zu meiner schwester, und du bist eine stunde in der welt voraus! crazy. sorry. forgive me.*

Mein erster Gedanke war: Wow, ich bin ihm EINMAL zuvorgekommen und habe mir eine Enttäuschung erspart, weil ich nicht gewartet habe. Die SMS hat er nach SEINER Zeit um 22.24 abgeschickt ... Ich sah um 22.22 auf die Uhr, er schrieb um 22.24- ziemlich genau eine Stunde später nach meiner Zeit! Ich war ihm tatsächlich voraus – eine Stunde um genau zu sein ... Ich kann dir gar nicht sagen, wie tief ich jetzt für Kris empfinde, weil mir unsere permanente absolute Verbindung extrem bewusst ist. Es ist kaum auszuhalten. Daher habe ihm nicht geantwortet. Es ist alles dazu gesagt, finde ich.

abends

> *falls du heute abend zu hause bist, rufe ich dich in einer stunde an x*

ja, Kris, ich bin zu hause

Nach dem Telefonat, im Chat mit Andrea:

C: er: du bist tagsüber hier, ich fühle es, ich weiss dann, das ist Cathie ... und er hat direkt nach dem telefonat noch gesimst, das hat er noch NIE getan!
ich: hast du meine email also gelesen. was tun wir, wenn jemand anderes plötzlich in unser leben kommt?

er: ich sehe mich nach niemand anders um ... du musst wissen, ob du es fortführen willst oder nicht. es macht dich mehr traurig als happy
ich: nein nicht wirklich traurig

A : oh mann, du hattest es geahnt, dass so ein telefonat kommt!

C: er: du denkst jedes mal so *powerful,* das ist anstrengend für dich, nicht wahr? Anti, wir haben über telepathie geredet wie andere über kochrezepte! ich: hast du im internet meinen kommentar in deinem gästebuch gelesen? er: ich gehe gerade mal online und lese
... und er liest laut! Antilein, wie oft hatte ich mich gefragt, ob er meine kommentare liest, und nun war ich live dabei!
dann wieder ich: ich brauche ein neues tshirt, ich kann ohne nicht mehr schlafen
er: (lachte) hahaha; ja du bekommst eins.
ich: was reden wir hier eigentlich? das glaubt uns doch keiner was wir hier reden!
er: aber wir beide wissen, dass es passiert
ich: ja, und es ist *different*
er: ja *different*
so ging das in einer tour Andrea!
ich denke immer an dich, sagte er, wir sind verrückt - machen liebe am telefon ...

Andrea : unfassbar!

C: ich: das ist alles, was wir im moment haben

Andrea, ich hab schon am telefon das weinen angefangen. Ich weiss wirklich nicht, was ich tun soll. Am liebsten würde ich weiterhin nur für Kris leben. Aber dabei gehe ich kaputt, und davon hat Kris auch nichts. Es ist nicht mehr lange bis Mai ... aber wenn das wieder nicht zustande kommt und es bis August dauert, bis wir uns wiedersehen? So lange hält mein Körper das nicht mehr durch!

18. März

Andrea und ich haben gerade im Chat spontan beschlossen, dass wir nach Hamburg zu Kris´ Auftritt fahren. Überraschung!!!!!!!!!!

So langsam lernte ich, dass nach jeder Annäherung erst einmal ein Abstand folgen musste. Er braucht diese Pausen – und ich vielleicht auch, er machte also alles richtig, wie immer ...

lieber Kris, sende dir liebe und viele, viele engel zur begleitung. viel glück für deine tour, und denk manchmal an mich, wirst du? xxxx wünschte ich könnte kommen und dich singen hören x

Wenn es diese Erde in hundert Jahren noch gibt, findet vielleicht irgendjemand dieses Buch und sagt sich, hey, die Ärmste, natürlich ist das alles so gewesen. Wie schrecklich muss sie sich mit dieser Ungewissheit gefühlt haben!

Eins hatte ich mittlerweile jedenfalls verstanden: Viel wichtiger als die Kontaktzeiten waren eigentlich die Phasen, in denen wir getrennt waren, denn dann kamen meine besonderen Fähigkeiten erst richtig zum Einsatz. Ja, wir sollten sogar dankbar dafür sein. Am nächsten sind wir Dualseelen uns, wenn wir physisch weit auseinander sind. Weil dann die Sehnsucht grösser wird, sind wir angespornt, alles **in** uns zu aktivieren, um auf andere Weise und mit anderen Sinnen näher an den anderen heranzukommen.

21. März

Andrea mailte mir gerade die Buchungsbestätigung unseres Hotels in Hamburg. Jetzt wird es wohl Realität:

Ihre Buchung wurde vorgenommen. Vielen Dank.
Ihre Buchungsnummer lautet 41118844.
Telefon-Nr. des Hotels: 44 27 444.

Diese Zahlen!!! Alles klar! Ich will einfach nur noch einmal in seine Augen sehen. Das ist es, was ich mir mehr als alles in der Welt wünsche.

Soweit hatte ich also alles auf die Reihe bekommen und verstanden, was diese Dualseelen-Geschichte angeht. Ich für meinen Teil stellte fest: alles ist sonnenklar und es wird von mir zweifelsfrei akzeptiert. Aber ich konnte nach wie vor nicht glauben, dass es auf der gegenüberliegenden Seite auch nur eine Sekunde lang genau so aussah. Kris konnte mich anscheinend komplett von seinem Erleben abkoppeln und mich tagelang vergessen. Er hatte nicht diesen Drang, zu schreiben, diese unbändige Sehnsucht nach

Kontakt. Heute weiss ich, dass es immer eine Hälfte ist, die die Handlung vorantreibt, die impulsiv und leidenschaftlich vorgeht, während das Gegenüber besonnener ist und somit ausgleichend wirkt.
Meine nächtlichen Träume trieben derweil weiterhin drollige Blüten:

Ich war mit drei anderen Personen in einer Art Wüste unterwegs, allerdings in der Antarktis, und während wir so daherwandern sehe ich, wie von oben das Triebwerk eines Flugzeugs angesaust kommt, welches einen Pinguin aufgegabelt hatte, und ich wusste was passieren würde, und tatsächlich: die beiden crashten mitten in der riesigen Wüste ausgerechnet bis vor genau meine Füsse, wohin auch sonst, und alle lachten, weil das wieder typisch für mich war. Es tat nicht weh, als die beiden an meinem rechten Fuss zu stehen kamen. Das Triebwerk hatte, als es vor mir lag, auch nur noch etwa die Grösse einer Sporttasche.

Am nächsten Tag bekam ich eine Email von Maya:

„Moin Süsse!

mir erzählte heute morgen ein arbeitskollege von piguinen in der wüste. gestern war wohl eine sendung darüber im fernsehen. er hat sie leider nicht gesehen … sonst wüsste ich mehr. alles sehr seltsam ... was träumst du da eigentlich immer??"

Von meiner Lieblings-Webseite: „Könnte man die Zeit anhalten, für wie lange „stünde" dann die Zeit?"
Haha, ist doch ganz einfach! Jede Dualseelenbegegnung (Auge in Auge) lässt die Zeit stillstehen. Und wie lange? Doofe Frage! Die Ewigkeit lang natürlich!

Wie lustig: gerade las ich in einem anderen Artikel, dass der Begriff Kosmos (griechisch kósmos - die (Welt-) Ordnung) auch Schmuck bedeutet. Kosmos bedeutet Schmuck? Na wie passend! In meiner Geschichte dreht sich alles um Schmuckstücke. Jetzt sehe ich, dass eins meiner Bücher schief im Regal steht: „Unsichtbare Kräfte", von Johannes v. Buttlar. Also gut, denke ich, was willst du mir sagen?, schlage irgendeine Seite auf und lese dies: Überschrift des Kapitels: „Die Fackel des Eros." Der Text dazu lautet wie wir wissen: „Die Turmstube ist dunkel, ..." Rilke.

25. März

habe beim aufwachen an dich gedacht ... tour läuft hervorragend und gigs sind ausverkauft. xxx habe sehne im finger gerissen also sende bitte heilung. x

> *sehne gerissen! was machst du nur? werde dir liebe und heilung senden ... und kannst du nun gitarre spielen? xxx*

Meine amerikanische Lieblings-Website weiss heute: „Wer sagt, dass nichts für die Ewigkeit ist?"

Wenn es Kris körperlich und vor allem nervlich schlecht ging, bekam ich die Auswirkungen auch in meinem Alltag zu spüren. Auch dies sollte mit der Zeit stärker werden. Anfangs wusste ich nicht, warum ich aus heiterem Himmel mit den Nerven am Ende war oder Herzrasen hatte. Heute frage ich mich zuerst, ob es in meinem Leben einen konkreten Grund für die Symptome gibt, und wenn dem nicht so ist, weiss ich, dass es „von drüben" kommt:

Heute ist der absolute Horrortag, nicht genug, dass ich vor Sorge um Kris beinahe umkomme, nein - meine Tochter zieht wieder alle Register! Wir mussten anderthalb Stunden mit Geschrei Hausaufgaben machen, währenddessen habe ich den kompletten Haushalt geschmissen. Mir ist vor Wut im rechten Auge eine Ader geplatzt, und jetzt könnte ich hier sitzen und nur noch heulen. Hoffentlich ist bald Wochenende, wenn ich es bis dahin überhaupt noch schaffe. Habe beständig Herzstolpern. Und dazu ihr Dauerhusten! Es ist nicht auszuhalten. Und gestern auch nur Rennerei. Ich habe das Gefühl, ich kann mich niemals mehr entspannen.
Von wegen ruhig und zufrieden – ich fühle mich wie hundert Jahre alt und dreissig mal durch die Mangel gedreht! Kein Wunder, dass Kris sich nicht meldet. Das passt dazu wie Faust aufs Auge. Also kurzum: Alles prima.

später

... jetzt weiss ich, warum ich so fix und fertig war! Kris hat mir gerade gesimst, sein kompletter Haushalt stehe Kopf und der ganze Tourstress mache ihn fertig, und obendrein sein gebrochener Finger ... er könne es nicht mehr alleine schaffen. Sein letztes Wort hat mir die Tränen in die Augen getrieben: Hilfe.
Ich habe mich noch nie so hilflos gefühlt wie jetzt gerade! Habe ihm zurückgesimst:

jetzt weiss ich, warum ich mich den ganzen tag lang so gestresst und hilflos fühle. alles was ich tun kann, ist in gedanken bei dir zu sein. oh Kris! sei stark xxx

Ich kann es nicht ertragen, wenn ich ihn schwach und hilflos erleben muss. Gebe Gott, dass ich ihn niemals weinen sehen muss, das wäre mein Ende!!! Ich friere jetzt mit einem mal so sehr, dass ich zittere! Wenn ich nur irgendwie könnte – ich würde mich ins nächstbeste Flugzeug setzen, zu ihm fliegen und sein Leben wieder heile machen. Aber das geht ja nicht. Es geht ja nicht. Oh Gott, bitte hilf ihm, ich kann es nicht. Warum setzt er sich nicht ins nächste Flugzeug und kommt hierher und macht eine Woche Germany-Urlaub? Er bräuchte nichts zu tun – nur sich den ganzen Tag ins Bett legen und sich pflegen lassen. Oh Mann, ich würde ihn dermassen verwöhnen, dass er für immer hier bleibt!

wenn meine persönliche situation anders wäre, wäre ich jetzt auf dem weg nach england, glaube mir ... würde deinen finger heilen und dein herz und deine seele ... wünschte ich könnte xxx

In diesem Moment wünsche ich mir wirklich nichts sehnlicher. Er braucht mich. Er wartet so auf Hilfe ... das waren die Worte der Hellseherin! Das macht mich fertig. Wir brauchen uns. Warum durften wir uns finden und sind jetzt so weit entfernt? Zeit und Raum ... wenn sie nicht dazwischen wären! Jeder muss sich weiterhin alleine durch seinen Alltag kämpfen. Wie schön wäre das Leben, wenn wir immer zusammen wären! Wir würden alles schaffen, alles. Ich fühle es.

30. März

ferien!! mehr zeit zum träumen, schreiben und für meinen Kris ... wünsche dir einen sonnigen tag xxx

gehe jetzt schwimmen wenn auch mit bandagiertem finger. muss fit bleiben, denn das hilft meinem geist ... hab grossartige ferien x

stelle mir dich im wasser vor ... hmmmm scheint auch meinem geist zu helfen xxx

Mein Horoskop bemerkt dazu:
„Eine SMS ist nicht das, was Sie brauchen. Sie möchten den Ton einer geliebten Stimme in Ihrem Ohr hören. Telefonieren und einladen!“

Und meine Lieblingsseite meint: „Was macht Sie glücklich? Was wollen Sie wirklich tun? Wer wird Sie glücklich machen?" und:
„Niemand sagte mir, dass es leicht sein würde, aber wenn es leicht wäre, würde jeder es tun, oder nicht?" Woher kennen die immer meine Gedanken?

abends

... es endet doch immer damit, dass ich furchtbar weinen muss. Mama hat gedacht, ich sei jetzt in guten Händen. Sie würde wie immer gewollt haben, dass ich nur das Beste bekomme. Oder den Besten. Und jetzt habe ich doch gar nichts. Immer alles alleine durchstehen, niemand, der einen mal in den Arm nimmt und sagt, dass alles gut wird. Wie lange hält man das durch? Kris schrieb dasselbe in dieser hilflosen SMS: „Kann es nicht alleine schaffen."
Was soll das ganze Schauspiel? Welchen Sinn soll das alles haben? Warum tun wir uns das an, Kris? Warum tue ich mir das an? Wie lange kann ich noch alleine herumhampeln? Wie lange noch? Es ist alles auf dem Weg ... was denn? Wo denn? Wann denn? Ich habe eigentlich gar kein Leben mehr, nur noch Illusionen. Ich gehöre nirgendwo mehr richtig dazu, die meisten alten Bekannten verstehen mich nicht mehr, meine Erlebnisse sind ihnen unheimlich. Habe ich jemals überhaupt dazugehört? Und was soll ich mit diesem Buch machen? Wer sollte das alles lesen wollen? Welchen Sinn hat es überhaupt? Warum kann Kris sich nicht jetzt melden und mein Leben wieder gut und richtig sein lassen? Wer hat sich bloss diese Spielregeln ausgedacht? Gibt es überhaupt Spielregeln? Gibt es überhaupt ein Spiel?
Jetzt gerade erreicht mich eine Werbe—Email: „Ein Spiel verbindet die Welt". Ich habe zu Maya gesagt, ich spare mir demnächst das Telefonieren, sie soll einfach zwischendurch auf meiner Lieblings-Website nachlesen, da stehen ja all meine Gedanken.

Im April begann der Endspurt der ersten Runde, das wusste ich zu der Zeit natürlich noch nicht. Aber es war tatsächlich alles auf dem Weg, genau wie sie es gesagt hatten. Vorher waren noch einige Ego-Hürden zu überwinden. Ebenso wie mein Schatten namens Eifersucht, den ich mir an Poulette abwetzen musste, gab es nämlich noch eine entscheidende Eigenschaft zu bezwingen, bevor er wirklich zu mir kommen konnte.
Im April fing auch das mit den Rosen an ...

Jetzt sitze ich hier, bin in diesem Leben wahrscheinlich „erwachter" als in allen vorhergegangenen ... aber was soll das jetzt? Was tue ich damit? Muss ich wieder

erst etwas verstehen, bevor die Kommunikation mit Kris erneut in Gang kommt? Ist doch alles nur einseitige Einbildung?
Die Werbung der Schmuckfirma Isis&Osiris auf meiner amerikanischen Lieblingsseite behauptet heute hartnäckig: „Ist es nur Fantasie? Nein, es ist Realität."
Aber mehr kann ich damit in dieser Welt leider auch nicht anfangen. Ich muss irgendwie jetzt leben, jetzt und nicht irgendwann in irgendeinem Mai – und dann wäre es ja auch nur für wenige Stunden. Ich lebe aber auch schon im April. Und im Juni immer noch. Als ich gerade wegen meiner Unfähigkeit so weinen musste und zum wiederholten Male jammerte, ich sei die Verkehrte für den Job, schoss mir plötzlich der Satz durch den Kopf: „Du bist genau richtig für den Job – weil du ihn so unendlich liebst." Ich hab sie doch nicht mehr alle. Wer sagt mir so etwas?

„Wünschen, das soll man nicht aufgeben." (Rilke)
Er gibt mir doch immer wieder Antworten, der Herr Rilke, manchmal auf Umwegen. Dies ist ein Zitat aus einem Buch, das ich mir heute bestellen wollte, und ich hab den Satz gerade unter den Rezensionen im Internet gefunden.
Habe am Telefon mit Maya festgestellt, dass unsere Tageserlebnisse sich mittlerweile lesen wie unsere Träume. So etwas erleben andere gar nicht! Oder zumindest fällt es ihnen nicht auf. Maya sprach am Freitag auch mit einem Schmetterling. Wir tun nur noch bebirnte Dinge. Nun ja, es schadet ja niemandem. Ich glaube, wir sollten wirklich dankbar sein, denn wie arm und farblos wäre unser Leben ohne DAS alles. Hier rufen englische Rockstars an, meine beste Freundin spricht mit Pfauenaugen, und ich rede mit Herrn Rilke. Was soll´ s!

3. 40 Uhr nachts, Email an Maya:

„habe mein buch - also mein eigenes - vorm einschlafen noch mal von vorne angefangen zu lesen, habe laut gelacht und war dann wieder erschüttert. bin dann eingeschlafen. just da kam eine sms von kris:

denke an dich, babe, auf vielerlei art und weise xxx

ich war im halbschlaf, es war schon 3 Uhr in der früh. und ich fühlte mich so 100 % mit ihm verbunden, so glücklich, totale übereinstimmung, du kannst es dir nicht vorstellen. dann musste ich die sms dreissig mal lesen und jetzt bin ich wach. ich könnte zerspringen, so sehr liebe ich ihn.
gehe jetzt wieder ins bett und schreibe ihm eine SMS, danach lese noch ein bisschen mein buch weiter und später schreibe ich dir den traum, den ich vorher hatte.

es ging um mehrere arten, irgendwohin in sicherheit zu gelangen, die alle unsicher waren. auf vielerlei art und weise eben. das ist walgesang, Maya!!! wir haben dieselben gedanken.
bis nachher; drück dich ganz dollig"

später am Morgen, noch eine Email an Maya:

„huhuuuu Maya!

als ich Kris anfang november in einer sms angedeutet habe, ich müsse ihm irgendwann „die andere hälfte der geschichte" erzählen (das mit dem kettenanhänger und der Zahl 18, die immer wieder vorkam, du weisst schon), da kam als antwort: „schlaf jetzt, morgen ***18*** *h autofahrt."*
er hat vom ersten tag an alles gewusst, Maya!!! er hat alles gewusst. und ich habe ES auch vom ersten tag an gewusst, alles. wir wissen auf anderer ebene ganz genau, was wir hier tun! wir stehen beständig in verbindung!
und es hatte einen sinn, dass ich gestern mein buch mit ins bett genommen habe. ich hatte plötzlich den gedanken: wieso suchst du nach einem buch, das du abends lesen kannst, um weiterzulernen? du hast das BESTE aller bücher doch im haus!
das war so einer der gedanken, den SIE einem als antwort schicken, ich habe es gestern lesen müssen. *und heute werde ich weiterlesen.*
ebenso weiss ich, warum ich es schreiben musste und weiter schreiben muss.
ich bringe mir alles selbst bei, denn ich weiss es alles selbst, die antworten sind in mir und deshalb schreibe ich es für mich auf ... ich hole sie aus meinem inneren hervor.
in dem masse, wie ich mir der ganzen sache mit den dualseelen im laufe des buches immer bewusster geworden bin, in dem masse hat Kris sich immer mehr geöffnet, das fiel mir erst richtig auf, als ich es am stück im fortlaufenden zusammenhang las. es baut alles aufeinander auf, es ist gar keine lose aneinanderreihung von einzelerlebnissen, es ist unser wohlgeordneter WEG.
Kris hat immerzu alle meine einsichten empfangen, wie auch meinen traum.
ich war mir noch nie zuvor so sicher wie heute, dass vom ersten tag an alles auf dem weg war. ehrlich gesagt - ich bin fassungslos. Wie kann man nur jemanden so sehr lieben, den man nie sieht?"

Email an Andrea:

„... das buch, das ich mir bestellt hatte, ist gekommen, ‚Das Buch der Sehnsucht´, und weisst du, was mit in dem karton war?das dritte werbeschild von der bank, knallrot, und nur ein wort in weisser Schrift darauf: WUNSCHERFÜLLER.
mir ist ganz anders geworden."

abends

Eine Million Fragen toben kreuz und quer in mir herum. Habe zwei Stunden lang mit Schwung das Kinderzimmer aufgeräumt. Aber innerlich bin ich immer noch unaufgeräumt. Vermisse Kris und frage mich, ob wir uns eines Tages wiedersehen. Ich möchte unbedingt noch einmal in seine Augen schauen. Dieser Wunsch tut fast schon weh. Von dem restlichen Wunsch mal ganz abgesehen: eine Nacht mit ihm. Einmal keine Zeit und keinerlei Raum mehr zwischen uns haben. Das wünsche ich mir mehr als irgendwas. Und ich hatte recht: das dritte Schild ist tatsächlich rot, und es steht wirklich nur ein Wort in weisser Schrift drauf. Wie lustig, dass es nicht separat im Briefkasten war, so wie die beiden anderen. Es steckte mit in dem Buchkarton. Das Buch muss demnach für mich wichtig sein.
Heute früh fiel mein Blick auf den Papiermüll, und direkt über dem leeren Buchkarton prangten die Worte: „Angel Spiel". Meine Tochter hatte sich gestern im Laden ein Mini-Angelspiel gekauft, dessen Verpackung mich jetzt anlachte. Wieso haben die das nicht als ein Wort geschrieben? Angelspiel. Engelspiel! Seltsam. Habe mich total erschrocken, weil ich nur Angel = englisch für Engel las!
Aber die Sternstunde hatte ich gestern Abend, als ich im Bett das neue Buch angefangen habe: Anselm Grün, Bleib deinen Träumen auf der Spur - Das Buch der Sehnsucht:
Der Begriff Sehnsucht wird beleuchtet, es wird erklärt, dass sie der Anfang von allem ist, und wenn das Verhältnis von Ruhe und Anspannung nicht gewährleistet ist, dann reisst die Sehne.
Ich sass auf der Stelle senkrecht im Bett! Warum steht in dem Buch etwas, was uns passiert? Warum habe ich es bestellt? Ausgerechnet jetzt, da Kris´ Sehne gerissen ist! Das sind Momente, die ich nicht fassen kann. Und ich rede seit Tagen mit Maya darüber, dass Kris sich Ruhe gönnen soll, sie zeigen es ihm, aber er ignoriert es. Vielleicht soll er sich mehr Ruhe für unsere Sache gönnen, aber er tut es nicht.
Ich lag an dem Abend weinend im Bett und dankte Gott, dass ich durch Kris im Zeitraffertempo den Weg gefunden habe, den andere erst mühsam suchen müssen, eben durch solche Bücher. Alles, was der Autor dort beschreibt, kannte ich schon. Ich tat bereits, was er den Lesern rät, und ich

war so unglaublich schnell dorthin gekommen. Maya meinte, ohne mich wäre sie ja auch nicht so schnell so weit gekommen. Und ich sagte, Andrea hatte bereits Jahre hinter sich, aber erst seit wir uns kennen, hat sie eine Eingebung nach der anderen. Was sollte das??? Warum waren Kris und ich so weit? Warum durften ausgerechnet wir uns dann nicht wiedersehen? Seit mir alles bewusst geworden war, also seit dem 04.11., hatte ich keine Gelegenheit mehr gehabt, ihm in die Augen zu sehen, zu überprüfen, ob ES wirklich da ist. Das Wiedersehen mit ihm war wirklich mein allergrösster Wunsch.

Kris, vergiss nicht, ab und zu nach innen zu schauen wenn du draussen in der welt bist und so beschäftigt. dein körper sagt dir, wann es zeit ist, langsamer zu werden. fühlte sich so an, als wenn ich dir das sagen sollte. höre auf deine seele. ich bin immer bei dir xxx

fahre morgen früh los. finger ist fest gebunden aber ich fühle mich gut. liebe es mit der band zu spielen. ich werde dich an meiner seite fühlen- jede nacht. xxx

viel glück für teil zwei der tour. ja sicher werde ich bei dir sein darling. bitte lass mich wissen wie du dich fühlst, wirst du? das bin ich ... immer sorgend ... vermisse dich Kris xxx

Ich bin festgebunden ... Es ist kaum mit Worten zu erklären. Marion meinte immer wieder, sie könne damit nicht umgehen, und warum er denn nicht endlich einfach hierher käme? Ich sagte, weil es in 3D so wäre ... man setzt sich ins Flugzeug wenn gerade Zeit ist und fliegt los. Aber Kris und ich lebten *unsere Realität* in 5D – da fliegt man erst, wenn *die Zeit dafür gekommen ist.* Es geht nicht darum, dass zwei Menschen sich treffen, sondern um die *Konfrontation zweier Seelen!* Sie sagte, sie verstehe es, könne es aber nicht nachvollziehen, und sie werde jetzt immer ihren Pony beiseite kämmen, damit ihr drittes Auge besser sehen könne. Und das mit 3D und 5D – das ist wirklich der Knackpunkt. In 3D fragt man sich gleich zu Anfang aus: woher kommst du, was arbeitest du? hast du Geschwister? was isst du am liebsten? In 5D schreibt man sich: *ich werde dich an meiner Seite fühlen jede nacht.*
Und alles ist gesagt. Alles. Denn man kommuniziert in Wahrheit auf einer ganz anderen Ebene.
Ich wurde ständig an meinen Traum erinnert, in dem ich im Urlaub war, und ich hatte zwei Aspekte dieses Traumes dann auch endlich verstanden:

Meine Mutter zog den Vorhang weg, damit *das Licht* herein kann, das ist völlig klar. *Bewusstwerdung*. Und daraufhin erinnerte (!) ich mich an den Balkon und beschloss, ihn auch endlich zu nutzen, denn schliesslich hatte ich ja Urlaub – die *Erlaubnis*! Das Wort Urlaub entstammt dem alten Wort *Erlaubung*. Ich habe daraufhin *den Ausblick* gewagt. Und unter mir die Strasse gesehen. *Den Weg*. Und ich brauchte gar keine Tabletten mehr. *Heilung*. Dieses Thema wurde gerade jetzt aktuell ... Kris hatte es anlässlich seiner Verletzung aufgeworfen. Wer sonst! Was ich allerdings noch nicht deuten konnte: Warum um alles in der Welt hatte ich das Licht zuerst nicht hereinlassen wollen? Mein Gedanke in dem Traum war: ... *damit es nicht so warm ist, wenn ich abends wieder zurückkomme*. Warum sollte es nicht warm sein? Woher zurückkommen und wohin? Hatte ich Angst, es würde dann *zu* warm sein in meinem Raum? Aber wenn Mama meinte, es sei ok, dann war es ok, denn sie wollte immer nur das Allerbeste für mich. Kris ist die Sonne. Ich hatte ihn hereingelassen, und mit ihm *das Licht*. Ich hatte dem Licht erlaubt, in mein Leben zu kommen. *Wir alle haben unseren freien Willen*. Ich sass auf der Terrasse und las in einem Buch über Engel, als mir plötzlich die Antwort präsentiert wurde:

Habe gerade beim Weiterlesen die Antwort auf meine obige Frage bekommen, ich hab das Gefühl, alles dreht sich hier!
„Bis in den letzten Winkel unseres Seins sollen wir bewusst erkennen, wer wir sind. Dazu gehören die Schattenseiten (...), aber auch die Lichtseiten – und manchem fällt es schwer, seine eigene Grösse und Fähigkeiten anzunehmen. (...)
Nelson Mandela sagte treffend: „Es ist nicht unsere Dunkelheit, die wir fürchten, sondern unser Licht.“ Das kann es nicht geben!
Meine Güte! Ich habe die komplette Anleitung die ganze Zeit gehabt! Welch ein genialer Traum! Licht reinlassen, nach draussen schauen, den Weg sehen, die Unvollkommenheit akzeptieren, das eigene Licht strahlen lassen und - heile werden. Ich hab es kapiert. So einfach ist das. Im Grunde ist alles ganz, ganz einfach!

Meine neue grosse Leidenschaft zu der Zeit war es, in einem Dualseelen-Forum im Internet zu schreiben. Ich stellte schnell fest, dass ich weiter war als die meisten der Anwesenden, was Erkenntnisse und Verständnis der Dualseelen-Begegnung anbelangte. Natürlich hackten viele auf mir herum, da ich mitunter unbequeme Wahrheiten verbreitete, ausgehend von meiner Erfahrung, dass alles in uns selbst begründet liegt, alle Herausforderungen und auch alle ihre Lösungen. Es war ja so viel leichter, sich über „die Umstände“ zu beschweren, als das Angebot, in den eigenen Seelenspiegel zu schauen, auch wahrzunehmen und mit der Arbeit an sich selbst zu beginnen. Das tut oftmals sehr weh, denn man sieht sich selbst gern in schönerem Licht. Später bekam ich urplötzlich die Durchsage meiner Geistführer, dass ich mich umgehend aus dem Forum abmelden sollte. Eine andere Betroffene erhielt zur selben Zeit dieselbe Botschaft. Leider ist es mir nie wieder gelungen, mit ihr in Kontakt zu treten. Sie war wie vom Erdboden verschluckt. Vielleicht liest sie ja eines Tages dieses Buch!

Habe gerade wieder im Dualseelen-Forum geschrieben, und zwar auf das Thema „Was hilft gegen Liebeskummer in Dualseelen-Beziehungen":

„Hallöchen!
Ich kann mal wieder nicht verstehen, dass so viele hier sich von ihrer Dualseele trennen wollen. Und ich vermute, dass die betreffenden Verbindungen deshalb so schwierig (zu ertragen) sind. Man kann doch ein Geschenk Gottes nicht zurückgeben! Wieso sollte man sich wünschen, dass die Sehnsucht aufhört??? Ich kann euch zu dem Thema bei Bedarf ein Buch empfehlen. Die Sehnsucht ist der Motor, der unsere spirituelle Entwicklung am Laufen hält. Sie beenden würde heissen, seine eigene Entwicklung stoppen zu wollen. Wir sind aber genau aus diesem Grunde hier in dieser Welt. Vielleicht dies als Denkanstoss."

Ich erwartete nur immer irgendwann eine Grenze, wo es nicht mehr wahr sein konnte. Und wenn es diese Grenze nicht gab, weil wir sie einfach immer wieder überschritten? Bisher war es alles schon so unglaublich und phantastisch, wo war das Ende? Und wenn es kein Ende geben würde? *unfinished*?

So sehr ich es Andrea gönne, dass sie gestern Abend mit ihrem Dualseelenmann zusammen war ... umso deutlicher zeigt mir das, dass all dies mit Kris und mir totaler Quatsch ist. Wir werden niemals zusammenkommen, niemals. Wie „nett", dass sie mich jetzt auch noch an Andreas Erlebnis teilhaben lassen ... so schön KÖNNTE es sein, ätschibätschi. Ich bin schlichtweg begeistert, ehrlich.
Andrea hat ihr Buch geschrieben und ihre Belohnungen dafür unterwegs bekommen. Die doofe Cordero schreibt auch ohne Belohnungen immer weiter. Und wenn sie versucht, damit aufzuhören, lassen wir IHN eine SMS schreiben oder servieren ihr ein paar „Zeichen", und schon macht sie weiter. Die ist superdoof, so eine können wir am besten gebrauchen. Schönen Dank, ich fühle mich geehrt, ehrlich. Und ich werde auf der Stelle aufhören, irgendwem etwas über Dualseelen-

Beziehungen erzählen zu wollen. Ich kann doch gar nicht wirklich mitreden. Es hat doch alles keinen Sinn.
Die heutige Werbung auf meiner Lieblings-Website verspricht:
„Du bekommst alles, was du erwartest. Aber viele Dinge wirst du nicht erwarten."
Ich merke, dass ich wieder bockig werde! Warum soll ich dauernd anderen helfen, die es dann gut haben, die es eigentlich sowieso schon supergut haben, und ich bleibe auf der Strecke?
Ich bin die einzige, die GAR NIX hat. Ich will auch das Buch nicht mehr weiterschreiben. Es ist letztlich alles nur ein riesengrosser Irrtum, und dies Buch ist einfach nur peinlich. Wie gut, dass mir das alles heute so sternenklar wird! Andreas Seelenbegegnung hat mir unheimlich geholfen. Nämlich mir bewusst zu machen, dass bei mir alles falsch läuft.
Ich bin tatsächlich endlich aufgewacht. Ich brauche einen Schluss für dies Buch!!! Der Ordner ist eh voll. Und Kris werde ich nie wiedersehen, er wird es niemals lesen, und anderen helfen will ich auch nicht mehr. Basta.

Dies war eine meiner üblichen Schwankungen, und als es mir wieder besser ging, wusste ich ganz genau, wo mein Problem lag; eigentlich hatte ich es die ganze Zeit gewusst, aber man will manche Tatsachen vor sich selbst nicht wahrhaben. Schatten wollen erst mal akzeptiert werden, und das ist gerade am Anfang nicht so leicht!

... habe mich wieder einmal im Dualseelenforum eingeklinkt:

„... auch auf die gefahr hin, dass ich mich wiederhole: ich möchte noch einmal darauf hinweisen, dass der sinn einer dualseelen- verbindung nicht eine irdische partnerschaft ist! das ziel ist ein anderes, und der sinn der seelenbegegnung auf erden ist es, gemeinsam schneller an dieses ziel zu kommen, denn nie wird man als mensch schneller geistig wachsen als in der spannung einer solchen verbindung. ich denke, dass hier viele noch zu sehr in einer 3D-denkweise verhaftet sind. daraus resultieren viele probleme und unnötiges leid. mich wundert wirklich, dass so recht keiner darauf eingehen will."

"Die Leute wollen helfen, aber sie wollen genau wissen, was du von ihnen möchtest." sagt meine Lieblingsseite. Die Engel müssen schon genau wissen, was man von ihnen will, damit sie das Richtige tun können. ICH muss genau wissen, was ich will ... Mein Vater kam heute zu mir, und seltsamer Weise erzählte er im Zusammenhang mit einer Geschichte um eine Frau, die Zwillingsoma ist, das er einmal in Urlaub gefahren sei und seine Tabletten vergessen hatte, dann aber

feststellte, dass er die Tabletten dort gar nicht mehr brauchte ... Ganz genau wie in meinem Traum mit dem Urlaub und dem Vorhang und meiner Mutter. Hier geschehen heute wieder die unglaublichsten Dinge! Wie kam mein Vater nur plötzlich darauf?
Eine meiner heutigen Emails war vom Dualseelenforum, ein Hinweis auf einen neuen Beitrag. Ich musste ihn sofort beantworten – und bin wieder kurz vorm Weinen. Jemand schrieb: „Nur etwas ist da noch: dieses Verlangen, ihn zu beschützen, oder zu retten! Was kann ich dagegen unternehmen?"

Meine Antwort:

„Mein aller erster Gedanke bei unserer ersten Begegnung war: was kann ich tun, damit dieser Mann nicht mehr so traurig ist? Was kann ich tun, damit er für immer dieses unbeschreibliche Lächeln auf seinem Gesicht hat?, und ich dachte, woher kommt denn dieses Gefühl? Du kennst den Mann doch gar nicht! Was soll denn das sein?????? Ein paar Tage später verstand ich es: ich liebe diesen Menschen bedingungslos, wie mein eigenes Kind. Und es wird nie mehr aufhören. Es ist, wie es ist."

11. April

"Hallo Cathie,
hattest du ein schönes Osterfest? wir können leider nicht nach Hamburg kommen ...
Sag Kris einen schönen Gruß von uns. Er hat mir gestern eine Email geschrieben und hat durchblicken lassen, das er mich im Sommer vielleicht besucht ...
Viele Liebe Grüße vom Klaus-Peter"

Na toll, mir kann Kris nicht schreiben. Es ist jedes Mal dasselbe. Es wird noch oft so sein, dass ich dich links liegen lasse ...

„Hallo Cathérine,
danke für deine Hilfe. Es ist schön zu sehen, dass man nicht alleine ist. Dieser Austausch mit dir hat mir sehr gut getan.
Im Moment geht es mir wieder besser. Ring frei für die nächste Runde! Aber es stimmt schon, dann wenn es uns am schlechtesten geht, sind wir auch bereit, das meiste zu lernen."

Einmal muss der Knacks kommen, das weiss ich von Andrea und den anderen. Es ging bisher jedes Mal gut aus. Aber einmal ... ist immer das erste Mal. Würde Kris

denn so kurz vor dem Ziel aufgeben??? In einer so wichtigen Sache? ... und wenn er die Sache nun gar nicht so wichtig findet? Heute Abend schreibe ich ihm und wünsche ihm viel Glück für die letzten beiden Auftritte. Vielleicht wird es wieder besser, wenn er am Samstag den Stress erst einmal hinter sich hat.
Mein Tageshoroskop verspricht: „Ein Wunsch wird sich erfüllen und Sie werden Freudensprünge machen." Meinen die MICH? Das muss ein Irrtum sein, da müsste sich ja ALLES ändern, was gerade ist!

> *wollte dir nur viel glück wünschen für die nächsten zwei shows. denke die ganze zeit an dich xxx c.*

danke babe. gebe gerade interviews für ausverkaufte show morgen in meiner stadt xxx be good and safe ... hugs xxx

Mein Horoskop auf meiner amerikanischen Lieblings-Website sagt: "Vertraue auf dein Talent und du wirst grossen Eindruck machen!"

„moin Maya,

ich habe deutlich erkannt, was ich nie haben werde. es ist schön für all die anderen, die mal fliegen durften. ich darf nicht mal in seine augen schauen. die da oben wollen mich nicht im himmel haben. bin sehr, sehr traurig."

Es mag Dualseelen geben, die Berichte der anderen mögen wohl wahr sein. Dass es sich bei Kris und mir nicht um dasselbe handeln kann, sieht man daran, dass die anderen Männer ebenso verzweifelt wie die Frauen versuchen, mit dem Partner zusammenzukommen. Kris will das nicht, nicht wirklich. Daran sieht man es. Er würde NICHT alles versuchen. Wir haben es ja erlebt. Es gibt vielleicht auch gar keine Engel, die irgendwelche Wege freimachen. Und ich quatsche noch in dem doofen Dualseelenforum dummes Zeug, gestern den ganzen Tag lang! Ich gehöre doch gar nicht dazu. Ich würde das nur auch gerne erleben, aber es ist nicht wahr. Andrea hat mich noch nach Kräften in die Illusion hineingeredet. Kein Lichtstreif am Horizont.
Ich habe monatelang einen Traum gelebt. Es ist aber auch nicht mehr – ein Traum, der niemals Realität wird.

Der letzte Satz in einer weiteren Email von Kevin lautet:

„Wir mögen beide sehr die Songs von Rosenstolz, kennst Du: ‚Wenn du jetzt aufgibst´?“ Das berührte mich sehr seltsam. Er konnte nicht ahnen, dass das in meiner augenblicklichen Stimmung sehr passend kam.
Ich glaube, ich sollte wirklich durchhalten, vielleicht bin ich meinem Ziel näher als ich es ahne? Ich wüsste schon gerne ALLES, worum es in den Gesprächen mit den anderen (die es irgendwie alle schon haben durften) geht ... Ist man wirklich im Himmel? ... warum tue ich mir diesen Roman von Nicholas Sparks an? Die beiden in dem Buch sehen sich endlich nach langer Zeit wieder. Warum tue ich mir das an? Ich kann noch nicht mal weinen. Ich bin innerlich so leer.

noch später

Email an Andrea:

„Andrea, ich bin fix und fertig. ich sass seit heute mittag draussen auf der terrasse und hab das buch von nicholas sparks gelesen. wie die beiden sich endlich, endlich wiedersehen. zwischendurch kam ein kleiner wunderschöner hellblauer schmetterling und setzte sich auf meinen grossen zeh. später hatte ich gerade die stelle gelesen als sie du-weisst-schon, es war kaum zu ertragen. ich dachte, ich halts nicht aus das zu lesen, weil ich so sehr an Kris denken musste. dann huschte ein gedanke durch meinen kopf - ob der schmetterling ein zeichen war, aber ich würde es erst glauben wenn er noch einmal wiederkäme. plötzlich flatterte etwas um mein gesicht herum.
der kleine blaue schmetterling war wieder da! ich öffnete meine linke hand - und er setzte sich auf meinen daumen. ich sitze hier und weine und kann nie wieder aufhoren.“

Tun Schmetterlinge so etwas? Ist das vielleicht normal und ich bilde mir jetzt nur wieder was darauf ein? Ich weiss nie, was ich denken soll. Kann ich meinen Hoffnungen vertrauen?
Am Ende weine ich dann noch mehr, wenn sich herausstellt, dass es nie hat sein sollen. Ich merke, dass ich innerlich eine Mauer um mich herum errichtet habe. Deswegen konnte ich gestern nicht weinen, trotz des schönen Videos und all dem romantischen Kram, deshalb konnte ich nicht weinen - bis vorhin.
Denn dann kam dieser kleine blaue Schmetterling, aber ich weigere mich, ein Zeichen DAFÜR darin zu sehen. Ich werde niemals das bekommen, was ich mir mehr als alles in dieser Welt wünsche. Niemals. Ich habe Kopfschmerzen. Ich will mir nicht mehr ständig Gedanken darüber machen, ob ich Kris jemals wiedersehe.

Und auch nicht mehr darüber, ob ES nun wahr ist oder alles Einbildung. Ich kann nicht mehr, irgendwann kann auch ich nicht mehr. Es ist wieder einmal soweit. Er meldet sich wieder nicht, ich habe auch keinerlei Lust, ihm zu schreiben. Fühle mich uralt und müde.

Wenige Tage später ging es mir schon wieder besser. Ich rappelte mich immer wieder hoch, mobilisierte in mir die neu entdeckten Kraftquellen und sah mutig nach vorne:

Ich sagte dem lieben Gott, wenn es so sein soll, dass ich es tue, dann werde ich es auch sicher eines Tages tun. Ich habe es in Gottes Hand gelegt. Vielleicht wird dies der Sommer, in dem ich mein Buch fertig stelle, Sanft wie Schafe ... ich habe nie herausgefunden, warum es diesen Namen haben soll. Soll es diesen Namen noch haben? Ich bin hier um zu schreiben. Ich schreibe die Antworten auf meine eigenen Fragen – und auf die Fragen all der anderen, die genau wie ich den Sinn und das Ziel suchen! Gerade lese ich folgenden Satz in einem weiteren Roman von Nicholas Sparks: „Fragen und Antworten wie in der TV-Spielshow Das ist Ihr Leben." Hey, das ist mein Spruch! Das kann doch jetzt nicht sein, oder????? Mich wundert nichts mehr.

Immer wieder jedoch kam ich an den Punkt, dass ich mich aus dem Drama befreien wollte, aber wirklich konsequent war ich nie, wie du wohl schon festgestellt hast. Erst etwa ein Jahr später schaffte ich es, den einen grossen Schritt für mich selbst zu tun, als meine Entwicklung stagnierte und mein Körper krank wurde.

Ich habe beschlossen, den Kontakt zu Kris abzubrechen. Was soll der mit so einem Aschenputtel wie mir? Am Ende denkt der noch, ich will sein Geld. Nein, danke. Besser, er erfährt nie, wie es hier in meinem tollen Leben aussieht. Ich bin froh, dass ich dem Impuls, ihm eine SMS zu schreiben, heute früh nicht nachgegeben habe. Dann ist eben alles zu Ende und ich fange auf allen Ebenen neu mit nichts an. Da waren wir ja schon des öfteren ... Es ist bei uns wie in dem Film gestern abend nach dem Roman vom Sparks: Noah ist arm, sie ist reich. Das hallte mir schon gestern immer im Kopf nach. Und heute wurde es umso wahrer. Nein, das geht gar nicht. Zudem ist Kris weder ein Noah, noch ein Kevin (der mir heute früh wieder eine Email geschickt hat), die ihre Dualseelenfrau so sehr lieben. Er merkt es doch noch nicht mal, dass gerade alles unter meinen Füssen wegbricht. Wir haben definitiv nicht diese intensive Verbindung, wie sie die anderen augenscheinlich alle haben.

Fast schäme ich mich, dass ich wie eine Irre in dem Dualseelen-Forum geschrieben habe. Ich erlebe das selbst gar nicht, etwas ähnliches vielleicht. Mehr aber auch nicht. Reset. Neustart. Es ist diesmal leider zu Ende. Let it be.
Ich bin sehr, sehr traurig.

19. April

Im Kinderprogramm singen sie gerade: *„Irgendwooo ist ein Weeeeg vertrau darauf dass du es schaffst lalalala irgendwoooooooooooooo ...“* Ächz.

Email an Maya:

„ich merke, dass ich so langsam auf meinen weg zurückkomme. diese zweifel müssen ab und zu sein, das habe ich mittlerweile gelernt. ER will, dass wir ganz sicher sind, und zwar aus uns selbst heraus, und nicht, weil die dualseele sich gerade mal gemeldet hat oder so. auch in den finsteren zeiten weiterglauben, das soll ich wohl gerade lernen. und ich vermute, wenn ich da allein wieder rausgekrochen bin, dann erneuert Kris auch den kontakt wieder. mag sein - mag nicht sein. ich habe das schlimmste hinter mir - den absoluten tiefpunkt von samstag bis dienstag ... es geht ja schon wieder bergauf. trotzdem, es ist so schwer, wirklich.
gestern fingen auch die sogenannten zufälle so langsam wieder an, siehe die beiden tv-sendungen. das zeigt mir, dass es wieder besser wird.

sei gaaaanz lieb gedrückt!
p.s. habe heute früh schon mehrere beiträge im Dualseelenforum verfasst. ich werde meine "arbeit" nicht aufgeben, ich mache weiter. auch wenn ich wahrscheinlich nie erfahre, ob es nur einbildung ist, dass ich das tun muss. glauben heisst eben nicht wissen!“

Meine amerikanische Lieblings-Website hat heute eine ganzseitige flash-Werbe-Anzeige, die erscheint, wenn man die Seite aufruft, wieder von der Schmuckfirma Isis&Osiris: wedding weekend. Na toll! Hochzeits-Wochenende … „Es geht immer weiter… zweifle nicht so viel.“ Das hat mir Kevin heute gemailt. Nein, ich meine: zweifeln ist wichtig! Wichtiger als einfach nur "so" glauben, denn wenn man aus den Zweifeln zurückfindet, dann hat man etwas Wichtiges geschafft, dann weiss man den Glauben viel mehr zu schätzen und er ist umso stärker. Man selbst ist umso stärker!

Letztlich geht es bei dem Spiel darum, die eigene Sicherheit zu finden, den Frieden und nicht zuletzt das Glück, das nur in einem selbst verborgen ist. Man sucht so lange im Aussen, bis es nicht mehr weitergeht, dann beginnt man notgedrungen, den Weg nach innen zu beschreiten, und erst dann wird das Leben leichter und zufriedener ... Auf meinem Weg habe ich immer wieder gezweifelt, manchmal tagelang und so heftig, dass ich dem Verzweifeln nahe war. Aber ich bin stark, und ich ging aus diesen Phasen mit neuer Kraft hervor, und es brauchte jedes Mal mehr, um mich umzuhauen. Als Gott einmal an meiner Seite aufgetaucht war, verlagerten sich die Diskussionen und Argumentationen auf meine Gespräche mit ihm. Denn es ging in Wahrheit nicht um Kris und mich, sondern um meine Beziehung mit Gott.

Hier etwas Neues aus dem Dualseelen-Forum:

„Hallo,
was das Spiegeln der Persönlichkeit angeht - er spiegelt dir in dem Moment doch gerade eine deiner Eigenschaften, die du ablegen sollst: Besitzdenken, Klammern vielleicht, auf jeden Fall aber diese: ***Haben-Wollen****. Das muss dir gleichgültig werden (gleich-gültig). Du hast gewisse Hoffnungen gehabt und willst sie jetzt erfüllt sehen. Du hast lange Zeit für ihn gewartet, gelitten, gehofft - jetzt willst du endlich deine "Belohnung", aber so funktioniert das nicht. An dem Punkt war ich selbst auch schon: ich will jetzt endlich mal eine Belohnung für die lange Leidenszeit, wann kommt er endlich zu mir? Wahre Liebe jedoch erwartet nichts, sie braucht keine Bestätigungen und keine Belohnungen. Das sollst du wahrscheinlich gerade lernen.“*

Ich nämlich auch. Es ist immer noch ein Problem für mich, aber ich bin ganz davon ab, er müsse herkommen, oder in Hamburg müsse etwas passieren. Ist mir jetzt egal, gleichgültig. Ich möchte ihm nur noch einmal in die Augen sehen. ES noch einmal sehen. Das ist alles. Ansonsten sollte ich mein Leben leben.
Seltsam – ich habe es jetzt gerade begriffen – wodurch die Krise letzten Samstag ausgelöst wurde ... mein Haben-Wollen war auf dem Höhepunkt angelangt, vervielfacht durch diesen Roman von Nicholas Sparks, durch die Schilderungen von Andrea und Kevin ... und dann ist die Welle über mir zusammengeschlagen. Jetzt bin ich da durch, fast vollständig, es ist noch nicht 100%ig ausgestanden, aber das ist ja wahrlich auch nicht leicht für einen Menschen. Hätte Kris sich weiterhin andauernd gemeldet, wäre ich da gar nicht hingekommen. Er tut immer genau das Richtige ...

Es wird immer unheimlicher ... Ich habe innerhalb einer Stunde „zufällig" sechs Emails mit Rosen bekommen – von verschiedenen Leuten. Ich hasse Rosen, und wenn ein Mann mich ärgern will, schenkt er mir welche. Das ist selbst mir zu kitschig!!! Als ich zu Maya am Telefon sagte, was wollen all die Rosen von mir? Steht Kris gleich mit einer Rose zwischen den Zähnen vor meiner Haustür? - in genau dem Moment schickt mir eine Freundin ein Foto von einem kleinen Hund mit einer Rose in der Schnauze. Das war übrigens wieder die berühmte Stelle zum Lachen ... die gibt es immer.

Am verzweifeltsten suchten im Forum diejenigen nach Sinn und Ziel, die dort alles hämisch in Frage stellten. Sie halfen mir persönlich auch am meisten, meine Gedanken und Erkenntnisse zu sortieren. Ich *musste* mein Buch veröffentlichen, sicher wird es vielen Betroffenen helfen, wenn sie meinen Weg nach verfolgen. Bücher sind auf dem Weg so wichtig! Warum nicht auch meins?!
Ich machte mich also mit neuem Elan wieder frisch ans Werk.

Meine Tochter und ich sahen gestern im Kinderprogramm wieder einmal die Sendung "Kim Possible", und am Ende wurde der berühmte Spruch eingeblendet: „ to be continued", und die Kleine fragte, was das bedeute. Ich antwortete: Fortsetzung folgt. Und darauf sie: Und was soll das? Und ich sagte: Das machen die, damit die Kinder morgen wieder einschalten ... Andreas Lieblingsspruch lautet: Geht weiter, gelle! Ja, sie sorgen dafür, dass auch ich immer wieder den Dualseelen-Kanal einschalte!

> *guten morgen sugar. rufe dich heute abend gegen 6 an x*

hi darling. ja, ok, ich werde auf dich warten xxx

später

... er wird doch wieder nicht anrufen. Habe gerade eine SMS bekommen. Ich lach mich kaputt. Was sind denn das wieder für Umstände? Aber ich nehme es hin, früher hätte mich das in Tränen ausbrechen lassen.

> *sorry. muss überraschend mit meiner schwester ins krankenhaus, infektion nach einer grösseren operation. weiss nicht, wie lange das dauern wird. hab eine gute nacht x*

ok Kris. du kannst morgen anrufen wenn du magst. wirst du bei mir sein? ich werde die ganze nacht an dich denken. xxx

Meine amerikanische Lieblings-Website hat wie immer auch einen praktikablen Ratschlag für mich: "Vertraue dem Universum! Entspann dich, es wird gut ausgehen. Das Universum kümmert sich um alles. Let it go. Let it be. Let it happen." Das darf doch wohl nicht wahr sein!!!!! Let it be ... schon wieder!
Ich erwarte neuerdings keine weiteren Nachrichten aus England. Werde wirklich immer besser! Auf dem Rückweg vom Einkaufen las ich auf einem werbe-lackierten Wagen der ansässigen Versicherung: „in guten Händen". Als ich gerade kurz aus dem Fenster schaute, fuhr ein LKW vorbei mit der Aufschrift: „Wir sind für Sie da!" Na also!
Eben war Kris plötzlich hier, ich habe ihn gefühlt. Und dann habe ich ihn immer ganz extrem in meinen Gedanken und kann mich nicht mehr auf etwas anderes konzentrieren, er reisst mich mit sich fort.

Als ich mit Maya telefonierte und ihr gestand, dass ich nicht will, dass Kris mich heute abend anruft, denn ich bin auch so schon durcheinander genug, weil er andauernd hier ist und ich alle möglichen Gefühle von ihm habe, die definitiv nicht zu mir gehören können (unterschwellige Angst, Sorge, Ärger), in just dem Moment bekam ich eine SMS von ihm:

> *unglaublich. verrückter tag. alle wollten etwas von mir. fühle mich komplett durcheinander und liege nun im bett. sende mir heilung und wenn ich kann werde ich dich in den nächsten 2 stunden anrufen. vergib mir x*

... ich hab dich hier gefühlt und ich hatte seltsame empfindungen, also kam es wirklich von dir dort drüben. verrückt! du hast grosse kräfte, bitte versuche dich zu entspannen darling. xxx

> *ich wunderte mich schon ob du das warst die mich verhext hat sugar. bleib bei mir x*

Die Bücher, die mir in die Finger gerieten, passten immer perfekt zu meiner aktuellen Situation. Wenn dir also jemand ein Buch empfiehlt, dann gehe dem Hinweis nach! Das Universum bringt uns die richtigen Hilfen zur rechten Zeit, damit wir unsere Antworten finden können. Sobald wir eine Frage haben, setzt sich die Maschinerie in Gang, um uns die Lösung zu präsentieren. Ich habe sehr viele sehr unheimliche „Zufälle" mit Büchern erlebt, heute erlebe ich sie immer noch, aber sie sind mir nicht mehr unheimlich; vielmehr bin ich dankbar für sie.

Ich habe gerade die erste Seite des ersten Kapitels aus dem neuen Buch („Die heilende Kraft des Dankens") gelesen und weine schon.

Überschrift: „Ihr Traumpartner wartet auf Sie!" Dann wird aufgezählt, was Frau sich im allgemeinen so wünscht in Sachen Mann,wie z.B. bedingungslose Liebe, geduldiges Warten, originellste Liebeserklärungen usw.
Und ich dachte bei jedem Wort: den habe ich bereits gefunden. Er heisst Kris. Und weinte und weine immer noch, denn auf der nächsten Seite steht überraschender Weise: „Gibt es so jemanden überhaupt? Oh ja, es gibt ihn! Er heisst: Gott!"
So ist Kris für mich. Und genauso bin ich zu Kris. Wir üben hier auf Erden Gottes Liebe zu den Menschen. Deshalb sind wir hier, deswegen haben wir uns hier verabredet. Ich habe eine Gänsehaut nach der anderen und ich bin dermassen innerlich bewegt, dass ich mich kaum zu lassen weiss. Wir bekommen durch unsere Verbindung ein anschauliches Beispiel, wie Gott uns Menschen liebt. Das sollen wir daran lernen. Und es weitersagen! Trage dein Licht in die Welt ... Ich bin fix und fertig und habe erst anderthalb Seiten in dem Buch gelesen. Das kann ja was werden! Ich könnte platzen vor lauter Dank, oh ja, welches Geschenk ist das, was wir da bekommen haben! Ich liebe Kris noch tausendmal mehr als gestern, falls das möglich ist. Und ich habe das Gefühl, er ist jetzt bei mir. Das hatte ich den ganzen Tag noch nicht, aber jetzt ist er hier. Es ist dasselbe. Es ist ganz genau dasselbe. Wir sollen lernen, wie Gott zu lieben, und es tut so weh, weil wir Menschen sind und uns selbst überwinden müssen. Wenn wir das geschafft haben (und wir werden jeden Tag ein bisschen besser), dann haben wir alles erreicht. Ob Kris das alles auch weiss??? Und dann steht in dem Buch noch: „Lassen Sie sich überraschen. Gott ist originell." Oh ja, DAS ist er!!!!! Denn gerade als ich die Stelle in dem Buch gelesen hatte, an der die Autorin erzählt, wie sie Jesus gebeten hat, ihr beim Öffnen ihrer inneren Tür zu helfen, ruft mich meine Tochter: „Mama, machst du mir mal bitte die Tür auf?" Ich kann keinen Satz in dem Buch lesen ohne zu weinen. Das geht mir alles durch und durch, jedes Wort! Ich bin so gespannt und voller Vorfreude, was jetzt Schönes mit uns passieren wird!!! Gerade probierte ich es aus: Auf dem Weg zu meinem Daddy dankte ich im voraus: „Danke, dass mein Papa mir gleich konzentriert zuhört." Und er hat tatsächlich den Fernsehton abgestellt, als ich ins Zimmer kam und zu reden anfing. Ich war total baff! Das tut er sonst nie! Auf meiner amerikanischen Lieblings-Website haben sie heute einen Titelseiten-Bericht – nein, das glaubt mir doch jetzt wieder kein Mensch!

Der Schluss des Artikels lautet:
„Ich öffnete mein Notebook und schrieb: „An den Himmel. Dafür danken, was ich habe. Um mehr bitten. Oder sonstwas. Amen." Wie kommt so etwas zustande? Niemand in Amerika kann wissen, dass ich gerade dieses Buch des Dankens lese!

später

Ich habe das Buch des Dankens durch. Anfang und Ende sind wie Anfang und Ende von meinem Buch: es fängt an mit der bedingungslosen Liebe (die mich so überrascht hat in meinem Leben) und endet damit, für wen das Buch geschrieben wurde. Ich sitze hier mal wieder völlig gebügelt. Damit hatte ich nicht gerechnet, als ich gestern anfing, es zu lesen. Ausserdem wurde die Autorin auch mehrfach aufgefordert, sie solle ihr Buch weiterschreiben, wie unheimlich! Jetzt weiss ich, warum sich die Zufälle extrem häuften sobald ich beschlossen hatte, mein Buch wegzupacken und warum "sie" mich immer wieder dazu trieben, es weiter zu schreiben. Auch ich hörte eine innere Stimme, die mich dazu aufforderte. Sie machen das anscheinend öfter so. Und den Titel kriegt man auch von Anfang an vorgegeben, das war bei der Frau Schäfer genau dasselbe. Wie bei mir: Sanft wie Schafe. Es kann niemals anders heissen! Ausgerechnet auch noch Schafe - Schäfer. Und nun weiss ich auch, wer mir die Buchstellen zeigt, die ich immer "zufällig" aufschlage und die mir immer weiterhelfen beim Schreiben ... Es ist alles wahr. Genau so wahr wie der Walgesang!
Als ich gerade mit meinem Vater über Freude am Lesen sprach und sagte: „Mir könnten sie alles wegnehmen, aber bloss nicht meine Bücher! Eines Tages schreibe ich selber eins!" ... in dem Moment sagten sie laut und vernehmlich in der Radiowerbung: „Wir machen den Weg frei!"

Abends im Bett schrieb ich:

schlaf gut darling. ich vermisse dich xxx

danke C. denke an dich in tausenderlei hinsicht :-) bin durcheinander, muss grosse entscheidungen fürs leben treffen x schlaf gut sexy

Ich schlief dann wieder ein und hatte einen furchtbaren, furchtbaren Albtraum: Kris rief mich an und erzählte mir von Tokio und drittem Weltkrieg, das Gespräch war ganz komisch. Ich stand auf einem weiten Feld (rechts fing der Wald an, ganz dunkel) während wir telefonierten. Ich war aber gleichzeitig in meinem Schlafzimmer im Bett.

Dann kam meine Tochter in mein Bett und ich dachte, steh mal lieber auf, und tastete nach dem Lichtschalter über meinem Bett und fühlte, der Schalter war nass, das Wasser lief bereits die Wand herunter, und da wusste ich, etwas Böses ist da - und in dem Moment wurde ich wach. Meine Tochter lag friedlich in ihrem Zimmer. Ich war total verwirrt und stand auf. Habe Kris zurückgesimst:

> *das klingt sehr ernst. las deine nachricht und hatte einen sehr schlimmen albtraum. kann nicht wieder einschlafen. rufst du mich morgen an bitte? wünschte alles wäre einfacher*

yes yes yes yes streichle deinen kopf damit du einschlafen kannst

> *thank you love*

do you want to make love?

> *ja, aber ich will es tun und dir dabei in die augen sehen ... will wissen wie es sich anfühlt im himmel ... du weisst ich bin immer bereit für dich.*
> *aber ich werde warten bis zu dem tag an dem du mir zeigst wie es ist, wenn man fliegt. und du weisst es wird sein wie fliegen x*

ich verstehe sugar. habe gerade noch besuch im haus. möchtest du ein neues foto?

> *yes yes yes foto und tshirt, und dich. liebe dich mehr als je zuvor x*

27. April

Gerade als ich eine Email an Andrea schrieb und ihr das Buch des Dankens empfahl, fiel es mir schlagartig auf: Ich hatte doch vorgestern abend gesagt: „Danke, dass mein Papa mir gleich konzentriert zuhört", und es hatte ja sofort geklappt. Und gestern sagte er auf einmal, er hörte die letzten Tage sehr schlecht auf dem rechten Ohr, und deswegen habe der Arzt ihm einen riesigen Pfropfen aus dem Ohr entfernt, und jetzt hört er wieder bestens ... Unglaublich, was der liebe Gott alles aus so einer Bitte macht! Sicher war Papa damit schon länger herumgerannt ohne es zu wissen. Ich krieg mich nicht mehr ein! Was hat das nun wieder zu bedeuten??? Ich weiss gar nicht so wirklich, was ich davon halten soll, was zwischen mir und Kris gestern nacht abgelaufen ist.

Als ich nicht wollte, wie er wollte, hatte er plötzlich das Haus voller Leute. Und wenn er heute abend hier anrufen würde, würde mein innerer Widerstand dahinschmelzen wie Schnee in der Sonne!

Do you want to make love ... das war der Moment als mir mein Herz überging. Ich weiss gar nicht, warum. Er muss grosse Entscheidungen treffen für sein Leben. Verrückt! Ich mache mir Gedanken über Hamburg. Werde versuchen, sie an die Engel abzugeben.

Meine amerikanische Lieblings-Website fragt mich heute:
„Können Rocksongs die Zukunft vorhersagen?"

später

Kris hat natürlich kein Foto gemailt, er hat auch nicht gesimst, und ob er anrufen wird? Ich weiss es nicht. Mir ist es egal. Wenn es einem erst mal gleich-gültig ist, ist man auf einem guten Weg!

Damit hatte ich nebenbei eine durchschlagende Erkenntnis niedergeschrieben: es ist wirklich von entscheidender Bedeutung, das man an den Punkt kommt, wo einem gleichgültig wird, was als nächstes passiert.
Denn mit dieser Einstellung lässt man seine Wünsche los, und Gott kann sie in Empfang nehmen und für ihre Erfüllung sorgen. Je mehr man einen Wunsch festhält, desto weniger kann sich das entfalten, was sich entfalten möchte. Diese spezielle Form der Gleichgültigkeit ist der Schlüssel zu innerem Frieden und letztlich zur Erfüllung dessen, was schon lange als Geschenk auf uns wartet.

Letzte Nacht hatte ich einen Traum:
Ich war auf dem Rückweg von irgendwoher, und direkt vor mir auf dem sandigen Weg lag ein wunderschöner glatter, tiefblauer glänzender Stein in Form und Grösse einer Weinbrandbohne, er sah aus wie die Glassteine, die man zur Dekoration verwendet, und in der Mitte liefen zwei dünne weisse Linien um ihn herum. Ich hob ihn auf und gleich ein paar Zentimeter weiter lag noch einer, der war anders, nicht so glatt, er war dunkel, aber auch schön, und ich sagte zu den beiden Jungen, die neben mir standen, „Hey, habt ihr hier schöne Steine!"

Und dann fand ich den dritten, es war eine Art Kristall, unten glatt und an der Oberseite unbehauen, gezackt, in der Grösse einer Streichholzschachtel, und als ich ihn aufhob und hineinsah, war darin ein wunderschöner Engel, und ich rief den Jungs zu: „Ein Engel, kommt mal her und seht euch das an!"
Als ich den Stein drehte, sah man aus der Seitenansicht noch einen anderen Engel, in einer anderen Position, und wenn man zurückdrehte, wieder den ersten Engel. Wunderschön sah das aus, und als ich genauer hinsah, war in der Mitte des Kristalls ein Mensch dargestellt, der hilfesuchend die Arme zu dem ersten Engel ausstreckte, und ich hoffte, mich darin zu erkennen, aber es war einfach nur irgendein Mensch.
Dann sagte eine gesichtslose Stimme: „Es wird beendet und vollendet, was nicht vollkommen war." Der Satz lautete eigentlich anders, er war länger, aber in der ersten Hälfte steckte irgendein Widerspruch, den ich mit meinem Wachverstand nicht begreifen kann, deshalb musste ich ihn kürzen.

Den Stein hatte ich einige Monate später tatsächlich in der Hand: ein Kristall, unten glatt und oben zackelig – er gehört der Leiterin unseres Lichtkreises, an dem ich im Spätsommer das erste Mal teilnehmen würde. Ich nahm ihn in die Hand und war sprachlos. Sie allerdings auch, als ich ihr meinen Traum vorlas.

29. April

Ich habe mir gerade Kris´ erste Emails noch einmal durchgelesen. Natürlich musste ich weinen. Er hatte geschrieben: all dates are now in May. Ja, da hatte er wohl recht, unsere Termine sind tatsächlich jetzt alle im Mai. Wie verrückt, dass das wieder so passt. Ich bin so traurig. Was ist mit uns passiert seit Laichlingen?
Andrea sagte etwas von „extreme Stimmungsschwankungen kurz vor einer Begegnung sind normal" und „wart mal ab bis wir erst in Hamburg sind".
Keine Ahnung was ich jetzt tun soll. Wenn ich wenigstens noch meine Mama hätte, die sagen würde: Kind, das wird schon alles wieder gut.
Mein Kontakt zur höheren Ebene verstärkte sich zusehends. Zu keinem Zeitpunkt hatte ich dabei Angst, ich war nur immer sehr erstaunt, und es kam mir auch niemals verrückt vor, den Anweisungen „von oben" Folge zu leisten. Es erschien mir auf gewisse Weise als völlig normal, und ich weiss, dass diese Unvoreingenommenheit eine meiner grössten Stärken war. Sie hatten es leicht, mit mir in Kontakt zu treten. Mein Herz und mein Geist waren offen, und so bekam ich eine unschätzbare Hilfe auf meinem Weg:

Gestern Abend, als ich da im Halbdunkeln weinend auf meinem Sessel sass und dicke Augen sowie den Kopf voller Watte hatte, sah ich die Osterkerze aus dem Kindergarten im Schrank stehen, mit dem Kreuz darauf und Alpha und Omega, und auf einmal hatte ich den Gedanken im Kopf, du musst dein Kreuz von der Kinderkommunion tragen! Ich ging wie ferngesteuert ins Badezimmer, kramte die Schmuckschachtel hervor, legte mein Kreuz an und fühlte mich sofort viel besser.

Habe die Kette heute Nacht umbehalten. Wenn Jesus meint, ich solle meinen Glauben an ihn nach aussen zeigen, ok, tue ich mit Freuden. Als ich gerade das Intro von Light of stars hörte wusste ich plötzlich, dass es gut ist, nach Hamburg zu fahren. Ich weiss es einfach. Ich werde ihn wiedersehen. ICH WERDE.

Danach rief mein Noch-Ehemann Michael an und fragte mich, ob die Kleine am 18. (!) Mai schulfrei habe. Silke, eine Bekannte, heirate an dem Tag. Und was denn Christi Himmelfahrt eigentlich bedeute, sei das nicht auch Muttertag? Nein, entgegnete ich, Muttertag ist am 13. Mai, an Christi Himmelfahrt gehen die Kinder zur heiligen Erstkommunion. Weiterhin sprach er mich auf unseren Scheidungstermin, den 18.06. an. Lauter bedeutungsvolle Daten und immer wieder die 18! Erstkommunion … mein Kreuz. Kris´ Geburtstag ist am 18.06. Als ich Andrea das alles eben im Messenger erzählte, kam mir plötzlich der Gedanke, ich müsse ins Kinderzimmer laufen und das Kreuz von der Taufe meiner Tochter von der Wand nehmen. Ich lief also hoch, drehte es um und las den Taufspruch: „Er hat seinen Engeln befohlen, dass sie dich behüten auf allen deinen Wegen." Ich war vollkommen überwältigt und fing sofort an zu weinen. Mir fiel ein: Wo ist bloss mein eigenes Wand-Kreuz von meiner Kinderkommunion? So etwas tut man doch nicht weg? Dann machte ich mich auf die Suche nach meinem Kreuz, obwohl ich weiss, dass da nichts hinten drauf steht, aber vorne steht drauf „Herr bleib bei uns". Ich zog die erstbeste Schublade auf, und darin lachte mich eine Schmuckkiste an, Aufschrift: Juwelier CHRIST. Juwelier Christ ... mir fiel sofort mein verlorener Kettenanhänger ein, all diese Ohrringe, und der Kosmos – Schmuck. Meine Mutter, der Kettenanhänger, 13. Mai Muttertag, 16. Mai Christi Himmelfahrt, 11. Mai ist Hamburg, 18. Mai Hochzeit ... ALLE TERMINE SIND JETZT IM MAI. Was hat das nur alles zu bedeuten?

Juwelier Christ, das finde ich am allerbesten. Kettenanhänger, Ohrringe, Uhren ... Gerade schweift mein Blick über mein Regal, immer noch auf der Suche nach meinem Kreuz, und ich sehe dort meine Jahresbibel liegen, die ich mir vor Jahren mal gekauft hatte, ich hatte den überwältigenden Drang, sie aufzuschlagen, und für den heutigen Tag steht darin eine Bibelstelle über Johannes den Täufer. Meine weltliche Hochzeit fand am 24.06. statt, am Namenstag von Johannes. „Am Anfang war das Wort, und das Wort war bei Gott, und Gott war das Wort. (...) Alle Dinge sind durch dasselbe gemacht. (...) In ihm war das Leben, und das Leben war das

Licht der Menschen. Und das Licht scheint in der Finsternis (...). Er hat uns gemacht und nicht wir selbst zu seinem Volk und zu Schafen seiner Weide." Schafe ... Schreib dein Buch weiter ... so viel wie heute hatte ich lange nicht zu schreiben!!! Einen Moment mal - ich sollte mein Kreuz umhängen ... Oh ich verstehe! Jetzt TRAGE ICH MEIN KREUZ! Ich soll meine Dualseelengeschichte annehmen ... auch wenn es erst einmal für mich Leid bedeutet.

nachmittags

... habe gerade mein Buchcover entworfen. Mir wird ganz anders! Ich glaube, am besten bekomme ich die Zeit bis Hamburg um, indem ich an meinem Buch weiterarbeite.
Kevin hatte dies wunderschöne und wahre arabische Sprichwort für mich: „Ärgere dich nicht, dass die Rose Dornen hat, sondern freue dich, dass der Dornenbusch Blüten trägt."
Schon wieder Rosen!

6. Kapitel

remarkable woman

Die Zeichen begannen sich zu häufen, immer mehr und immer deutlicher. Der Himmel unterstützte mich die ganze Zeit! Als ich mitten darin steckte, konnte ich es nicht immer wahrnehmen, aber heute weiss ich, sie lassen uns niemals allein. All die Erlebnisse mit den Zahlen und den Rosen geschahen gehäuft, wenn ich abzudriften drohte, als wollten sie mich daran erinnern, dass alles auf dem Weg war ...

Wenn ich das Intro von Light of stars anhöre, weiss ich, das ist die Musik der Engel, und es macht mich glücklich, und ich stelle mir vor, wie wir uns in Hamburg wieder in die Augen sehen. Es ist das Lied, das über all diesen Dingen schwebt, die passiert sind. Dieses Lied ... die Sterne. Etwas besonderes ist damit, ich kann es nicht in Worte fassen. Kris hat einmal gesagt, es sei Magie. Da kannten wir uns noch nicht. Sehr schade, dass er mich so ausgrenzt, das tut mir unendlich weh, und ich wünschte, es wäre wieder anders. Englisch – die Sprache der Engel. Gerade beim Kochen hörte ich einfach so diesen Gedanken:
„Hamburg ist ein Versprechen." Nanu? Wieso Versprechen? Von wem??? Wer hat das gesagt???
Ich fragte Andrea heute, ob ich Kris eine weitere SMS schreiben soll, von wegen ob er mich überhaupt noch wiedersehen will, aber sie meinte, nein, lass es, sonst ist er beleidigt, weil du ihm nicht vertraust. Ok, ich sage mir selbst: er will mich mehr als irgend etwas auf dieser Welt wiedersehen! Weiterhin positiv denken!!!

abends

Vorhin kam aus heiterem Himmel eine Email von Kris!!

> *wie gesagt, ich hoffe mein versprechen nicht zu brechen und denke an uns zusammen. immer noch beim planen. nenne mir heute abend die wochenenden an denen du da bist x*

ok. ich weiss du wirst dein versprechen halten. wir werden uns bald treffen ... ich weiss es. xxxxx

Danke lieber Gott für diesen genialen Tag! Das hast du alles wieder super hingekriegt, ich bin total begeistert, und du weißt, dass ich es ehrlich meine. Ich werde noch dein grösster Fan! Und ob Kris kommt, ist mir jetzt egal.
Gott hat uns Menschen sein Versprechen gegeben. Das ist phantastisch! Und Kris hat mir seines gegeben. Es ist dasselbe. Als ich Marion die Geschichte mit den Rosen von gestern erzählte, da meinte sie: „Du erlebst immer so schöne Sachen!" Das alles passiert erst, seit meine Mutter den Vorhang weggezogen hat. Ich laufe nur noch staunend durch die Welt und kann kaum fassen, dass ich das alles früher nicht gesehen habe. Wie konnte ich nur leben ohne all diese wunderbaren Dinge wahrzunehmen???? Aus dem Dornröschenschlaf erwacht ... Der Prinz ist gekommen und hat mich aufgeweckt ... Alles passiert nur wegen Kris. Ich liebe diesen Mann, ich kann es nicht beschreiben, es ist unbeschreiblich. Für die Tage voller Leid und Tränen bekommt man solche wunderschönen Erlebnisse, die alles wettmachen. Und doch wird es immer wieder tiefe Täler geben. Wenn ich es schaffen könnte, die Täler immer weniger tief werden zu lassen ...? Und wenn sie irgendwann gar nicht mehr auftauchen?

02. Mai

Heute im Forum:

„Hallo,
für die seele bedeutet leid eine möglichkeit der weiterentweicklung.
das schlimmste wäre ein völliger stillstand, denn die seele ist etwas, das immerzu im werden begriffen ist. wir haben uns unseren weg bereits ausgesucht, bevor wir in dieses leben getreten sind. das leiden wird weniger in dem masse, wie wir dazulernen. eines tages hört es sogar ganz auf, dann macht sich innerer frieden breit. also wehr dich nicht gegen das leiden-lernen, dann dauert es umso länger!"

Heute bekam ich ausserdem eine wunderschöne Email von Maya, im Anhang war eine Präsentation, untermalt von einem wunderbaren Song namens „Heaven". Ich musste gleich wieder weinen. „Wenn Gott dir etwas schenken will, verpackt er es in ein Problem." Lauter solche Sätze standen darin, und eine rote Rose war auch dabei. Ich hörte den Song, und in meinem Kopf klingelte der Satz: Hamburg ist ein Versprechen. Ich arbeite heute den lieben langen Tag an meinem Buch weiter. Kris ist schon die ganze Zeit in meiner Nähe, ich fühle es. Seit gestern ist irgend etwas anders. Ich fühle ihn so sicher bei mir, ich bin mir selbst so absolut sicher über diese Liebe, es gibt keinerlei Zweifel mehr. Keinen einzigen. Alles ist anders, intensiver, schöner. Ich liebe ihn mehr als je zuvor. Ja, es ist der Himmel.

Im Chat mit Andrea:

A: lass dich NUR berühren und du wirst wissen was ich meine
C: ich habe ihn umarmt, das war seltsam. er fühlte sich so unendlich zerbrechlich an, so als wäre ich die stärkere
A: als wenn *du dich selbst umarmst* gelle so in der Art
C: ich war sehr überrascht, denn so wirkt er gar nicht ... Andrea, du hast recht! ich fall um! so hab ich das nie gesehen. mir wird gerade ganz schlecht. das gefühl passte nicht und ich wusste nicht warum es sich so seltsam anfühlte ... ich fall um! also ist es wahr!

Das ist jetzt der absolute Wahnsinn: Gerade hatte ich das Gefühl, Kris sei bei mir gewesen, so intensiv, dass ich weinen musste, es war kaum auszuhalten, und ich flehte ihn an, bitte, bitte schreib mir jetzt, dass ich einmal weiss, dass es wahr ist, dass du wirklich gerade bei mir warst. Ich ging an meinen Computer - und es kam in genau dem Augenblick eine Email:

morgen ... schaue nach flügen ... wie ist es mit ankunft Freitag 18. gegen 18.30 und abflug Sonntag 20. um 18.45? antworte per sms bitte xx versuche immer noch dies hinzukriegen ... sind wir verrückt?

Ich antwortete ihm zitternd:

guten morgen. kann es nicht glauben. ich fühlte, du warst hier. sagte: bitte schreib mir, damit ich weiss, dass es wahr ist und bekam deine email. ja wir sind verrückt. datum ist perfekt. xxx

Zuletzt war ich mit meiner Mutter in Hamburg – diesmal werde ich mit Kris dort sein. Am Freitag, dem 18. ist sie in demselben Jahr gestorben. Nun kommt Kris in demselben Monat, in dem unsere Begegnung in Hamburg sein wird, am Freitag, dem 18. - das Datum IST perfekt. Und diesmal wird er kommen. Es wird alles ganz genau so sein, weil ich diesmal keinerlei Zweifel mehr habe, keinen einzigen. Wir machen es wahr. Diesmal geschieht es. Alle Daten sind jetzt im Mai ... am 18. Mai heiratet die Bekannte von Michael. Hochzeit. – Wedding weekend. Ich habe es wieder ... dieses Gefühl, dass ich alles, alles schaffen kann, das hatte ich lange nicht mehr. Jetzt habe ich es, und ich könnte den lieben Gott mal wieder knutschen, dass er alles so perfekt aufeinander abstimmt!

also ist der flughafen in E. der richtige?

ja der ist richtig. es ist wunderbar verrückt zu sein, nicht wahr xxx

*alles ist gebucht und ich werde von dir aus zum studio weiterfliegen
also mach mich nicht so fertig x*

alles was ich will ist dich lächeln zu sehen, erinnerst du dich? x

Ich habe immer nur an Hamburg gedacht, hatte gar nicht mehr erwartet, dass er überhaupt hierher kommt, es war mir gleich-gültig ... und jetzt bekomme ich das als Zugabe dazu ... wenn der liebe Gott etwas schenkt, dann macht er keine halben Sachen, das steht fest!!! Ich bin ihm mit all meiner Seele dankbar, und das weiss er auch. Denn er kennt mich besser als jeder andere.

04. Mai

guten morgen Kris ... wie würdest du mich wohl aufwecken wenn du hier wärest ... hab eine schönen tag xxx

ich freue mich auch darauf, dich zu sehen. muss jetzt zum krankenhaus wegen finger. x

Und jetzt kommt der Hammer: Michael rief mich an, um mit mir über zwei Dinge zu sprechen: a) Er müsse heute ins Krankenhaus, er habe sich auf der Arbeit die Sehne am rechten Zeigefinger durchbohrt. (!) Und b) wegen der Hochzeit um 18. Mai. Kris behandelte auch genau diese 2 Themen in seiner SMS heute früh: den 18. Mai, und dass er ins Krankenhaus müsse wegen seines Fingers ... Synchronizitat total!

Eine Woche vor dem Hamburg-Termin besuchten meine Tochter und ich Andrea und ihre Familie zu Hause. Wir wollten unseren Trip planen und uns ein bisschen einstimmen, denn uns war klar, dass sich die unglaublichen Synchronizitäten häufen würden, sobald wir beiden Verrückten zusammen etwas unternahmen - und es passierte wie erwartet von der aller ersten Minute an so viel ... lustige Zufälle noch und nöcher!
Gleich als wir am Bahnhof standen, drückte meine Tochter den S.O.S.-Knopf am Automaten, oh wie peinlich! SOS -*Save our souls.*
Im Zug wimmelte es von schriftlichen Mitteilungen, u.a. „*Wir kommen*!" auf einem Flyer. Kurz vor Endhaltestelle sagte die Computerstimme: „Dieser Zug endet hier. Alle müssen aussteigen." Das klang wie in einem Endzeit-

Film! Ich musste an meinen Traum denken, dass alles beendet und vollendet wird. Unmittelbar vor dem Bahnhof las ich ein riesiges Reklameschild: AEG , und dachte spontan: *Alles endet gut*. Na wunderbar!
Ich lernte erstmalig ihren Mann persönlich kennen, und wir sprachen von Orten und Postleitzahlen und kamen auf die alten dreistelligen Telefonnummern, die man früher hatte, und ihr Mann sagte, er kenne auch noch jemanden mit einer dreistelligen Nummer, und zwar: 333.
CC – 33. An dem Tag wimmelte es von Dreien! Zusammen gingen wir dann etwas essen. Die beiden suchten ein nettes Lokal aus, wir konnten draussen in der Sonne sitzen. Hinter dem Platz, auf dem ich sass, stand ein Rosenbusch mit drei roten Blüten. Ich hatte ihn selbst gar nicht gesehen, aber Andrea machte immerzu verschwörerische Gesten in die Richtung und zwinkerte hektisch mit dem linken Auge, so dass ich mich irgendwann umdrehte und die Rosen sah. Als Andrea zwischendurch kurz mit ihrer Tochter in das Lokal hineinging, hörte sie drinnen einen Gesprächsfetzen einer Fussballübertragung im Fernsehen. Das Gespräch handelte von einem Spieler namens *Rose*.

Nach dem Essen besuchten wir das örtliche Feuerwehrfest. Unterwegs sahen wir in einem Schaufenster ein völlig mit Rosen übersätes Kaffeegeschirr, drei Meter weiter lagen in einem Auto zwei einzelne Rosen hinten auf der Hutablage. Was ich alles sehe! Früher wären mir Rosen niemals aufgefallen. Auf dem Fest angekommen stolperte ich als erstes über einen überdimensionierten Kinderwagen, der zu Drillingen gehörte. Die Eltern hatten drei Namensschilder daran angebracht. Das mittlere Schild trug den Namen: Kristian. Und mein Zeh wurde deswegen sicher blau. Als wir an der Strasse standen und auf die Abfahrt des Feuerwehrwagens warteten, mit dem die Kinder eine Runde durch den Ort drehen konnten, sahen wir innerhalb von 5 Minuten zwei eineiige Zwillingspärchen vorbeigehen. Später suchte ich meine Tochter und fiel förmlich über ein drittes Zwillingspärchen. Kopfschüttelnd ging ich zurück zu den anderen und hörte eine Frau zu ihrem Mann sagen: „Wo sind eigentlich die Kesslers?" (siehe Kessler-Zwillinge!) Ziemlich gebügelt gingen Andrea und ich schon früher als die anderen zurück zu Andreas Wohnung, um das Finale einer beliebten Castingshow im Fernsehen anzuschauen.
Der Favorit sang den Lieblingssong seiner verstorbenen Mutter (!), und im Hintergrund waren dutzende roter Rosen zu sehen ... Mir kamen die Tränen. In der Pause vor der Bekanntgabe des neuen Superstars lief eine andere Sendung, während derer zu den gezeigten lustigen Homevideos

bekannte Songs gespielt wurden. Als ich gerade zu Andrea gesagt hatte: Morgen sind es nur noch 5 Tage bis Hamburg, plärrte mir aus dem Fernsehgerät wie auf Kommando entgegen: „Five days.... lalala ... five nights ..." Wir sahen uns an und konnten es mal wieder nicht fassen, wie perfekt alles zusammenspielte. Die Moderatorin der Sendung fragte ihren Kollegen, welchen Song er denn wählen würde wenn er vorsingen müsste, und er sagte ausgerechnet: „*Der Weg*". In der Werbepause wurde Reklame für einen Kinofilm gemacht: „*Das doppelte Lottchen*". In dem Moment kamen Andreas Kinder und ihr Mann von dem Fest zurück; sie hatten beim Loseziehen einen überdimensionalen *Playmobil*-Karton gewonnen – Aufschrift: *Airport*. Andrea meinte nur grinsend: „Kris kommt ja auch bald zu dir!" Ich konnte kaum schlafen, weil mir all diese Begebenheiten immer wieder durch den Kopf gingen. Solch eine Anhäufung von Zeichen!

Im Fernsehen lief dann in der Früh eine amerikanische Kirchensendung, der Pastor hiess Robert (wie „der sympathische Moderator" – aus meiner „Sesamstrasse"-Lieblingsshow *Das ist Ihr Leben*!) und predigte davon, dass Gott uns alle gerufen hat und wir eine Lebensaufgabe zu erfüllen haben. Ich hätte mir nie träumen lassen, dass ich einmal mit echtem Interesse eine solche Sendung im Fernsehen anschauen würde!
Andrea hatte in einer Kiste alte Kinokarten aufbewahrt, die wir uns gemeinsam in Erinnerungen schwelgend ansahen. Ich besitze auch so eine Kiste, ebenfalls voller Andenken an meine Teeniezeit. Sie war mit ihrem ersten Freund zum ersten mal im Kino am 12.08, und ich war laut Ticket das erste Mal in Hamburg am 12.08. desselben Jahres! Wir hatten das Datum beide damals handschriftlich mit Kugelschreiber in der gleichen Weise auf die Tickets gekritzelt.
Desweiteren waren in meiner Kiste übrigens ungefähr 20 alte Kinokarten, hab es zu Hause natürlich gleich überprüft - alle von einer Firma hergestellt, die in Hamburg ansässig ist. Daher steht auf jeder einzelnen dieser Karten „Hamburg"... so viele Tickets habe ich für Hamburg! Na, dann kann ja nix mehr schiefgehen! Andrea fand in ihrer Kiste auch ein altes Urlaubsfoto aus den 80ern: 4 Schafe, grasend auf einer Wiese am Meer. Ich habe also jetzt mein lizenzfreies Coverfoto! *Schafe am Meer*, das ist kaum zu verstehen, oder? Warum bewahrt sie so etwas all die Jahre in dieser Kiste auf?
Andrea brachte uns nach dem Frühstück mit dem Auto heim, und ich warf sofort den PC an. In meinem Postfach war eine Email von Kris!!! Er hatte mir die Bestätigung seiner Flugbuchung gemailt: *Confirmation*. Airport ...

„my flights xxxx" hatte er dazu geschrieben.

Bitte lieber Gott, ein Wort von ihm würde mir reichen ... na gut, zwei Worte!

... ja Kris, wir machen es wahr ...

Ich war unendlich froh, dass Andrea noch ein paar Minuten bei mir bleiben konnte, denn mir wären fast die Beine weggeknickt! Ich nahm immer und immer wieder den Computerausdruck seiner Email in die Hand und traute meinen Augen einfach nicht. Später, nachdem Andrea sich lange verabschiedet hatte, ging ich in mein Schlafzimmer und sagte beim Wäschefalten: Ich werde Kris so sehr zeigen, wie lieb ich ihn habe, dass die Engel im Himmel weinen. *Ich habe dich so furchtbar lieb, Kris*! In genau dem Moment kam meine Tochter herein und sagte: „Hab ich dir heute eigentlich schon gesagt, wie lieb ich dich habe?" Die Liebe, die wir aussenden, kehrt zu uns zurück, heisst es. Aber ich hätte nicht gedacht, dass das auch postwendend funktioniert!!! Dann lief just in dem Moment folgende Radiowerbung: „Denn wir alle brauchen einen Partner, der Träume wahr macht. Ihr Ziel ist unser Weg."

Meine Tochter erinnert mich jetzt permanent: „In 4 Tagen bekomme ich meinen DS!" (Sie meint die Nintendo-Spielkonsole, die ihr Papa ihr versprochen hat). Der liebe Gott erinnert mich also jetzt über mein Kind quasi stündlich an meine versprochene Dualseele (DS).
Gerade habe ich es mir laut vorgesagt, wirklich laut: „Kris liebt mich genau so unendlich wie ich ihn. Er will mehr als alles andere auf dieser Welt bei mir sein. Er liebt mich, seit dem ersten Augenblick. Und jeden Tage mehr, jeden Tag. Er will bei mir sein. Deshalb hat er diesen Flug gebucht. Deswegen kommt er zu mir." Ich werde es mir jetzt immerzu laut vorsagen. Er liebt mich ganz genau so wie ich ihn liebe.

nachmittags

Während ich gerade am Telefon mit Andrea sprach und im Zuge dessen eine alte Single raussuchen wollte, fiel mir eine Schallplatte von Depeche Mode entgegen: Enjoy the silence. Und eine einzelne Rose vorne auf dem Cover. Deshalb bekomme ich heute keine Rosen und keine Zufälle und keine Nachrichten von Kris: geniesse die Ruhe ... Wie unheimlich ist DAS denn??? Die Ruhe vor dem Sturm???

Gerade stelle ich wieder einiges fest, während ich mein Buch bearbeite und die Zusammenhänge erkenne: Sobald mir etwas gleich-gültig wurde, bekam ich es, das funktioniert also tatsächlich. Kris soll nicht dauernd nach Alaska fliegen. Tut er es noch? Nein. Ich brauche seine Adresse nicht, denn ich WEISS und vertraue darauf, dass wir uns wiedersehen und ich ihm die Geschenke, die ich hier für ihn habe, ***persönlich*** *überreichen kann. Gestern bekam ich seine Adresse. Egal, ob er herkommt, ich fahre einfach hin. Und jetzt kommt er her ...*

abends

Ich bekomme heute so gut wie keine Emails, nicht mal die üblichen dreissig unerwünschten Werbemails. Aber es liegt nicht am Mailprogramm, hab den Emailserver beim Provider überprüft. Es kommen tatsächlich seit dem Tageshoroskop heute nachmittag keine Nachrichten mehr hier an. Enjoy the silence. Das Universum hat wieder tief eingeatmet und hält jetzt voller Spannung die Luft an, bevor es zum grossen Schlag ausholt!
Gerade fand ich einen Text im Internet, als ich etwas über Rosen nachschauen wollte, und der haut dem Fass förmlich den Boden raus:

„Anekdote um Rainer Maria Rilke

Gemeinsam mit einer jungen Französin kam er
um die Mittagszeit an einem Platz vorbei,
an dem eine Bettlerin saß und um Geld bat.
Sie hielt sich immer am gleichen Ort auf
und nahm die Almosen entgegen,
ohne auch nur einen Blick auf die Geber zu verschwenden.
Rilke gab ihr nie etwas,
während seine Begleiterin der Frau öfters Geld gab.

Als die Französin eines Tages fragte,
warum Rilke der Frau nie etwa gebe,
erhielt sie zur Antwort,
dass man ihrem Herzen und nicht ihrer Hand etwas schenken solle.

Einige Tage darauf brachte Rilke
der Bettlerin eine schöne, frisch erblühte Rose
und legte sie in die um Almosen bittende Hand.

Da geschah etwas Unerwartetes:
Die Bettlerin blickte zu dem Geber auf ,
erhob sich mühsam vom Boden und ging mit der Rose davon.

Eine Woche war die Bettlerin nicht mehr zu sehen.
Dann sass sie wieder wie zuvor an ihrem gewohnten Platz
und wandte sich weder mit einem Blick
noch mit einem Wort an ihre Geber.

Auf die Frage der Französin, wovon die Frau während der Zeit,
in der sie keine Almosen erhalten habe, gelebt habe,
antwortete Rilke:

"Von der Rose."

An einem Tag kurz vor dem grossen Termin geschah etwas, was mich zunächst in absolute Tiefen riss – aber sich dann als schönste Liebeserklärung der Welt entpuppte ...

08. Mai

Heute ist draussen Sturm. Wie gestern bereits vermutet ... Enjoy the silence ... Die Ruhe vor dem Sturm.
Mir fiel vorhin ein, dass Kris ja bereits am Donnerstag auf dem Weg nach Deutschland ist, weil er an dem Abend bereits einen Auftritt hat, und plötzlich hielt ich es nicht mehr aus und dachte, schreib es ihm sofort, worauf warten. Dann hast du es hinter dir. Ich schrieb ihm also eine SMS:

> *guten morgen. was würdest du sagen, wenn ich dir erzähle, dass ich am freitag in hamburg sein werde ... um in deine augen zu schauen bevor du zu mir kommst xxx*

Seine mehr als knappe Antwort kam postwendend und beschreibt zu einhundert Prozent mein Gefühl beim Lesen:

you have woken me up *– du hast mich aufgeweckt.*

Das war alles. Nur diese Worte. Seitdem stehe ich irgendwie unter Schock. Das war alles. Mehr nicht. Du hast mich aufgeweckt. Spinnt der???

Ich habe ihm schon zig mal morgens eine SMS geschrieben, da hat er sich auch nie beschwert. Mann, ist der nett!

später

Zuerst habe ich alle Zettel zerrissen – den Plan von Hamburg und seine Confirmation. Dann habe ich geweint. Und dann habe ich ihm gesimst:

I am sorry.

Und ich sagte spontan laut zu mir selbst: Wie gut, dass ich weiss, dass alles gut ausgegangen ist, denn ich war ja bereits in Hamburg, und alles war perfekt, und er war ja bereits hier, und alles ist so gewesen, wie wir uns das erträumt hatten.
Wie gut, dass ich mir keine Sorgen machen muss, weil ich das ja alles schon weiss. Gott sei Dank. Gerade bekomme ich eine SMS von meiner Freundin Angie aus der Kur: „so ein sturm - zu viele gedanken heute. pass auf dich auf!"
Ich breche gleich zusammen! Als ich gerade die Antwort in mein Handy tippte, kam im selben Moment diese SMS von Kris:

> *morgen. du musst bedenken, dass ich lange arbeite und es in UK eine stunde früher ist. hoffe dazu zu kommen hallo zu sagen in hamburg, denn wir fliegen um 4 uhr früh heim. madness. hoffe du bist glücklich.*

hoffe in die erste reihe vor der bühne zu gelangen bei all den vielen menschen. wie ich sagte – nur um deine augen zu sehen. bin ich glücklich? werde glücklich sein in genau dem augenblick xxx

später

Habe nachgedacht. Und ich kann dir ganz genau sagen, wie es gewesen ist: Monsieur trug sich bereits mit Fluchtgedanken bezüglich des 18.5. und deswegen hatte ich es so eilig, ihm zu simsen. Und jetzt weiss er, dass ich auf jeden Fall vorher zu ihm komme, und er sitzt in der Falle. Das hat ihn völlig überfordert heute morgen! Er weiss er kann mir am Freitag nicht ausweichen. „Ich hasse Konfrontationen." Ich weiss genau, dass es so ist, ich weiss es einfach. Er ist nämlich ganz genau so wie ich. Wir sind eins.
Gerade beim Einkaufen sah ich auf dem Parkplatz neben meinem Fahrrad ein Auto mit dem Werbeaufkleber einer orientalischen Tanzschule: „Träume nicht dein Leben - lebe deinen Traum!" Und das Horoskop auf der amerikanischen Seite sagt mir:

"Die Liebe klopft an deine Tür. Öffne deine Augen – du kannst Unmengen gewinnen in dieser Verbindung!"
Andrea meinte: „Ich hatte mich schon gewundert, dass bisher vor dem Treffen keine Höllenphase eintrat ... man muss übermenschliche Anstrengungen unternehmen, um dem Seelenspiegelbild in die Augen zu sehen! Das ist typisch für eine Dualseelen-Begegnung!" Au Mann, gerade wollte ich den Fernseher ausmachen, den meine Tochter wieder einmal angelassen hatte, und in dem Moment sagte da eine weibliche Stimme: „ ... oder vielleicht die Liebe seines Lebens? Nintendo DS!" Wenn ich es recht überlege, kann ich eigentlich glücklich sein, dass Kris mir das gesagt hat: du hast mich aufgeweckt- spirituelles Erwachen! Das ist wahrscheinlich die schönste Liebeserklärung, die man sich wünschen kann! Wenn ich mein Ego ablege und das unter Dualseelen-Gesichtspunkten betrachte, lese ich diesen Satz mit ganz anderen Augen ... Mein Papa hatte heute übrigens einen Ordner auf dem Tisch liegen, Aufschrift: „unerledigt". Unfinished! Derselbe Ordner steht genau vor mir hier auf diesem Tisch und enthält die Urfassung meines Buchmanuskripts! Zwillinge ... verrückt!

ganz spät

Ich kam auf die Idee, mir die DVD von den Time Travellers noch einmal anzuschauen, als Einstimmung auf Freitag. Jetzt stehe ich völlig neben mir nach dieser Überdosis Kris! An den richtigen Stellen zuckten draussen die Blitze, und als Light of stars anfing, donnerte es draussen - wie in einem Kinofilm! Ich hörte das Gitarrenintro und bin in Sekunden abgedriftet, irgendwohin ganz weit weg. In meinem Wohnzimmer war ich jedenfalls nicht mehr. Und danach war er auf einmal hier, und ich dachte völlig durcheinander: ich sehe dich im Fernsehen an, und deine Seele schwirrt gerade hier bei mir herum! Wie verrückt ist DAS denn? Ich geh jetzt lieber ins Bett.

Die Eingebungen und Durchsagen kamen immer öfter. Ich erkannte die Stimme immer gleich wieder. Sie war klar und bestimmt, aber immer sehr liebevoll. Ich weiss heute, wer es ist, der mich leitet und führt. Menschen, die das nie erlebt haben, bekommen Angst, wenn man es ihnen erzählt. Aber man fühlt, ob es gut gemeint ist, was man empfängt. Das Herz ist dabei wie immer der beste Ratgeber!

09. Mai

Ich sass heute früh hier mit Maya in der Küche und erzählte ihr gerade, wie schön der Moment war, als meine Tochter vorgestern in mein Schlafzimmer kam, als ich ja gerade gedachte hatte, wie lieb ich Kris doch habe und mich fragte: „Hab ich dir heute schon gesagt, wie lieb ich dich habe?" Mitten im Satz fiel mein Blick auf meinen Tischkalender, aufgeschlagen für Mai, und da ist unten rechts in der Ecke eine Rosenblüte abgebildet. Ich hatte sie auf dem Kalender nie bewusst bemerkt. Und Angie hatte mir heute am Telefon ebenfalls erzählt, sie habe zu ihrem Sohn gesagt: „Habe ich dir heute schon gesagt wie lieb ich dich habe." Dieser Satz verfolgt mich! Jedenfalls - als ich eben die Rose in DEM Moment gefunden habe, kamen mir die Tränen, ich fühlte mich in dem Augenblick über alle Massen geliebt.

viel glück für deine show morgen. sehe dich am freitag. xxx love c.

thanks babe. sorry kann nicht anrufen. schon wieder im studio. komm hallo sagen am freitag. ich werde mein handy dabei haben. travel safe x

ok werde dir eine nachricht schreiben wenn ich in hamburg bin. werde in der ersten reihe stehen und mit dir singen darling x

10. Mai

Mir geht dieses Erlebnis gestern nicht aus dem Sinn: Hab ich dir heute schon gesagt, wie lieb ich dich habe? ... und dann die Rose. Das geht mir immer noch dermassen nahe, ich kann es nicht beschreiben. Ich bekomme Rosen geschenkt, die nicht wirklich existieren, und sie machen mich glücklicher als jede Rose, die ich jemals real bekommen habe. An diese Rosen werde ich mich bis in alle Ewigkeit erinnern! Meine Horoskop sagt: „Sie warten auf das Neue? Sie werden es bekommen! Die Begegnung, die Ihnen bevorsteht, wird unerwartet, verwirrend und aufregend sein und Sie mit sich selbst konfrontieren."

... es ist noch nicht wirklich bei mir im Kopf angekommen, was ich da morgen vor mir habe. Ich werde Kris wieder gegenüber stehen! Ihm in die Augen sehen ... und ihn wahrscheinlich sogar berühren, denn vielleicht kommen wir dazu, uns zu begrüssen, und dann könnte es sein, dass wir uns umarmen. Der Himmel!!!!! Vielleicht wird es aber auch so sein wie in Laichlingen, dass er mich gar nicht beachtet.

Ich kann es mir zwar eigentlich nicht vorstellen, aber wenn es diesmal so sein sollte, werde ich einfach an meinen Traum denken: Es wird noch öfter so sein, dass ich dich links liegen lasse ... In mir tobt es, es wird immer lauter, und morgen werde ich in totalem Aufruhr sein. Gerade kam ich ins Wohnzimmer, und da waren WALE im Fernsehen. Und als der eine Wal abtauchte, sah seine Schwanzflosse aus wie ein Herz. Mir wird ganz schummerig, wie soll das gehen bis morgen abend 22 Uhr!!!

11. Mai

Es ist früher Morgen und ich schlottere nur so vor mich hin. Ich stehe dreiunddreissig Meter neben mir und weiss nicht, ob ich mich freuen soll oder durchdrehen. Ich versuche es mal mit freuen. Ein halbes Jahr lang habe ich auf diesen Tag gewartet. Und habe Null Ahnung, was heute passieren wird. Wahrscheinlich nicht viel, aber ich werde IHN sehen, und vor allem werde ich seine Augen sehen, und das ist das einzige, was zählt. Kris, ich liebe dich. Träume nicht dein Leben – lebe deinen Traum.

12. Mai

Es GEHT weiter ... Bevor ich meinen Bericht des Wochenendes beginne, muss ich direkt schon wieder die nächsten Erlebnisse aufschreiben. Zunächst einmal habe ich fast vier Stunden mit dem eigentlich leeren (!) Telefonakku telefoniert. Ich musste meinen Freundinnen ja unbedingt alles berichten, da bekommt man schon mal himmlische Unterstützung! Dann ging ich zu meinem Papa runter, und jetzt geht´s los:

Ich sprach mit ihm über Kris und schwärmte, wie gut er auf mich aufgepasst hat und wie perfekt alles in Hamburg war, und mein Vater hörte mir zu und stellte wiederum den Fernsehton ab. Das erste, was ich auf dem Fernsehbildschirm sah, als ich mich in sein Wohnzimmer setzte, war die Bandenwerbung eines Fussballspiels: YOU´LL NEVER WALK ALONE. Ich nahm mir sogleich einen Notizzettel und schrieb während unseres weiteren Gesprächs klammheimlich mit. Mein Vater schaltete um auf das 3. Programm, es lief dort ein Spielfilm, und es standen da überall Rosen in Vasen, sie waren auf den Tapeten, auf allen Kleidern der Frauen, *einfach überall, und* bevor mein Vater weiterschaltete, sah man ein Bild der Hauptdarstellerin im roten Kleid, Überschrift: HOCHZEIT IN ROT, und ihr Brautstrauss war aus lauter roten Rosen. Das alles sah ich, nachdem ich innerlich gerade anfangen wollte zu zweifeln, ob Kris vielleicht doch nicht

herkommt, nach einer Sekunde war ER da und überschüttete mich mit diesen Rosen ...
Aber jetzt der Knaller: In dem Film hing in einem Zimmer ein riesiges Poster an der Wand: ein Poster von einer Wal-Schwanzflosse, wie sie aus dem Wasser guckt, darüber aufgrund der Kameraeinstellung nur ein Wort des dazugehörigen Schriftzugs lesbar: SAVE (the whales, nehme ich an) ... Rette mich. Als ich wieder oben in meiner Wohnung war, konnte ich kaum mit Maya telefonieren, weil ich in Tränen ausbrach. In der Post hatte ich einen Werbeflyer mit dem bedeutungsschwangeren Text: „ persönliche Garantie für Frau Cathérine Cordero: Um eine schnelle, reibungslose Abwicklung kümmere ich mich persönlich!"
Ich telefonierte noch einmal mit Maya, als ich mich soweit wieder gefasst hatte und erzählte ihr von dem kleinen Mädchen, dass in der Raststätte nach Hamburg im Vorbeigehen jeden einzelnen Buchsbaum berührt hat, und da fiel mir auf: vor mir war sie stehen geblieben! Ich musste direkt wieder weinen und hörte plötzlich in meinem Kopf die Worte: "DU BIST MEIN KLEINES MÄDCHEN". Ich dachte, ich breche zusammen. Ich fühle mich so unglaublich geliebt und getragen - ich halte es fast nicht aus. Nun kommt er aber endlich, der beinahe unfassbare Bericht meines Wochenendausflugs mit Andrea und dem lieben Gott nach Hamburg:

Auf der Hinfahrt nach Hamburg begegneten uns natürlich wieder einige LKW mit passenden Beschriftungen, aufgrund des scheusslichen Wetters (Sturm und Regen) fiel uns auf den ersten Metern gleich einer besonders auf, Aufschrift: „STURM". Ich schrieb Kris eine SMS, dass ich jetzt auf dem Weg sei. Es kam natürlich keine Antwort. Wenn man eine erwartet, kommt eh keine ... Als wir rechts auf einer Wiese das Hinweisschild einer Fastfood-Kette sahen, das befahl: DURCHHALTEN!, waren Andrea und ich merkwürdig berührt. Zuerst lachten wir noch darüber, bis wir in den Stau gerieten, der drei Stunden dauern sollte ...
Maya hatte uns vorsorglich eine Raststätte empfohlen, und wir hatten eigentlich vorgehabt, diese aufzusuchen, sie kam und kam aber nicht, und als wir einen Hinweis auf eine Raststätte sahen, einigten wir uns, dass wir nicht auf diese besagte warten sondern spontan an der Stelle abfahren würden. *Zufällig* waren wir genau in der Raststätte gelandet, die Maya uns empfohlen hatte! Wir mussten laut lachen, es war wirklich klasse. Als Andrea die CD aus- und das Autoradio einschaltete, rief uns eine Frauenstimme entgegen: „*Bis gleich*!" und wir mussten schon wieder laut lachen. Im Radio spielten sie dann ausgerechnet den Song „*Enjoy the silence*",

und unmittelbar darauf folgten erneut gleich zwei LKW der Firma „Sturm“. Und ich sagte: Wahnsinn – das war wahrhaftig die Ruhe vor dem Sturm! Das passte so eindrucksvoll, zudem galt ja wie immer im Leben „wie innen – so aussen“, so dass wir während unseres gesamten restlichen Aufenthalts in Hamburg immer wieder auf dieses eindrucksvolle Beispiel zurückkamen. Das ist Gottes Timing – perfekt!
Die Tränen schossen mir zum ersten Mal in die Augen, als ich gerade von Mama sprach und in genau dem Moment ein Schild am Strassenrand sah: *drENGEln*? Engel ... das war schon mehr als heftig! Andrea und ich beschlossen, niemals mehr ohne den lieben Gott irgendwo hin zu fahren, weil man dann nämlich das Beste verpasst.
Es war eine absolut unglaubliche Reise, und Gott erteilte uns eine ganz besondere Lektion, als wir versuchten, den Stau zu vermeiden und von der Autobahn herunter fuhren, um an der nächsten Auffahrt wieder taktisch klug aufzufahren. Wir fuhren in die vermeintlich richtige Richtung entlang der Autobahn weiter, aber das Navigationsgerät sagte uns mehrfach eindringlich: *Wenn möglich, drehen Sie um!!!* Wir waren aber der Meinung, wir hätten recht und das Gerät nicht. Nun, es kam, wie es kommen musste, wenn man nicht hören will: wir landeten kilometerweit zurück an einer Stelle der Autobahn, die wir schon längst passiert hatten, was uns eine zusätzliche halbe Stunde zurückwarf. Wir verbrachten die zusätzliche Zeit, die uns somit „geschenkt“ worden war, damit, über den Sinn dieser offensichtlichen Lektion zu philosophieren und kamen zu dem Schluss, dass wir in Zukunft mehr Vertrauen in Gottes Führung auf unserem Weg haben und keine Extratouren mehr versuchen wollen. Es wird schon seinen Sinn haben, wenn man mit solchen Problemen wie einem Stau auf dem Weg konfrontiert wird! Als wir später erneut versuchten, es besser zu wissen als ER, wurde es ganz schön haarscharf für uns ... Aber alles der Reihe nach!
Ich schrieb Kris wiederum eine SMS, dass wir jetzt, nach sage und schreibe acht Stunden, endlich angekommen seien und es eine total verrückte Reise war. Es kam wieder keine Antwort, was mich schon ein wenig traurig machte. In mir keimten gleich wieder Zweifel auf, ob er sich immer noch freute, dass ich dort hin gekommen war. Wir fuhren schliesslich mit der U-Bahn Richtung Landungsbrücken. Von der U-Bahn aus sahen wir den schwarzen Himmel und rechneten mit allem, aber es fiel kein Tropfen Regen mehr. Im Gegenteil, der Himmel klarte immer mehr auf und der Sturm legte sich. Morgens am Telefon hatte Marion mir gesagt, sie habe dem lieben Gott bereits gedankt, dass wir so ein Traumwetter in Hamburg hatten ...

Ich bedankte mich dann ebenfalls bei ihm, dass es bis Mitternacht trocken geblieben ist. Und wie immer hat er mehr gegeben, als ich mir gewünscht hatte ... es blieb nämlich *die ganze Nacht* trocken – und sternenklar! Ich war wie elektrisiert und dachte unablässig – so nah warst du Kris seit einem halben Jahr nicht mehr, er ist hier irgendwo, ganz in der Nähe! Wir warteten also unter klarem Himmel in der Abenddämmerung vor der Bühne, und unsere einzige Sorge war, unseren Platz in der ersten Reihe nicht zu bekommen. Direkt links an der Strasse in der Häuserzeile befanden sich zwei Gebäude, die jeweils einen Stern am Giebel aufgemalt hatten, wie seltsam. Die ersten Sterne kamen dann auch am immer dunkler werdenden Himmel heraus, und der Sirius war dort, und ich sagte zu Andrea: „Da ist er! *Mein Stern für Kris.*" Und ich fügte in Gedanken zu diesem Stern gewandt hinzu: „Bitte, sag Kris, wie sehr ich ihn liebe."
Um 22 Uhr geschah es dann – ein *Feuerwerk* fing an. Ich stand inmitten fremder Menschen und musste weinen. *Wenn wir uns das nächste Mal sehen, das wird sein wie Feuerwerk* ... es war so unglaublich und so wunderschön. Feuerwerk für uns! Es war mittlerweile kurz vor halb 23 Uhr – und mit einem Schlag WUSSTE ich es: wir standen vor der falschen Bühne! Ich rannte sofort los, ohne zu überlegen, in absoluter Panik, wir könnten den Anfang des Konzerts verpasst haben! Andrea folgte mir im Laufschritt. Unterwegs liefen wir an einem riesigen Werbeplakat vorbei: *Nintendo DS.* Das hab ich in meiner Panik sogar noch wahrgenommen, und ich dachte flüchtig: ja, ich bekomme jetzt endlich meinen DS! Wir kamen an der richtigen Bühne an, direkt über ihr leuchtete mein Stern für Kris, und die *Time Travellers* waren bereits dort, aber sie hatten noch nicht angefangen zu spielen, Gott sei Dank! Kris sah suchend in die Zuschauermenge und widmete sich dann wieder seiner Gitarre. Und ER hatte mir meinen Platz in der ersten Reihe vor der Absperrung doch tatsächlich freigehalten. Den letzten freien Platz ... ich schämte mich beinahe, dass ich ihm wieder einmal nicht vertraut hatte, weil ich mich so sehr um diesen Platz gesorgt hatte, aber durch unser dummes Versehen hat er mir bewiesen, dass ich den Platz bekomme, wenn er es mir versprochen hat. Ich stand wie gewünscht DIREKT vor Kris, Andrea hinter mir. Ich war so erleichtert und so ausser Puste, mein Herz schlug mir bis zum Hals! Zuerst sah Kris uns gar nicht, aber irgendwann kniff er mir ein Auge zu, und ich wusste, er hatte mich entdeckt. Mein Herz machte wilde Freudensprünge. Kris war so gut drauf wie ich ihn noch nie erlebt habe. Andrea behauptete, das sei deshalb, weil ich da sei.

Dann passierte die nächste Unglaublichkeit: Mitten während eines bestimmten Songs, in dem er von Jesus singt, zeigte Kris auf einmal auf meinen Stern über uns am Himmel, er hatte ihn von seinem Platz auf der Bühne im Leben nicht sehen können, und er musste auch an den Bühnenrand gehen, um darauf zeigen zu können. Verrückt! *Er weiss alles,* schoss es mir durch den Kopf, er hat auch das mit dem Stern wieder mitbekommen. Die *Time Travellers* spielten danach *Light of stars,* und da passierte ES: Ich merkte plötzlich, dass etwas an der Atmosphäre sich änderte, wie wenn man gleich einen Kreislaufkollaps bekommt, nur ohne Übelkeit, irgendwie wurden die Seiten meines Blickfeldes zusammengeschoben, ich bekam den Tunnelblick, sah wie magnetisch angezogen zu Kris, der in gerade Linie vor mir auf der Bühne stand, und als unsere Blicke sich auf der Hälfte trafen, *stand die Zeit wieder still.* Die Zeit stand wieder still, es durchfuhr mich wie ein Blitz. Ich hatte Tränen in den Augen und dachte: es ist also wahr, *es ist dort,* in *seinen* Augen!!! Es war ein wundervoller Abend, die schöne Musik, die beleuch-teten Schiffe, die funkelnden Sterne am Himmel ... Immer wenn ich mich zu Andrea umsah, grinste sie mich selig an. *Danke lieber Gott, dass du alles wahr gemacht hast, was wir uns erträumt haben.* Kurz vor Mitternacht sagte Kris in sein Mikro, seine Tochter habe gleich Geburtstag. *Er ist nicht bei seiner Tochter an ihrem Geburtstag,* er ist mit mir zusammen, schoss es mir durch den Kopf. Genau wie damals in Mannheim, als meine Tochter Geburtstag hatte und ich nicht bei ihr war, sondern bei Kris. *Wir erleben dasselbe ...*

Nach dem Konzert war ich zunächst etwas unentschlossen, was jetzt zu tun sei. Diesmal war kein Peter dabei, der uns hinter die Bühne lotste. Andrea und ich liefen links herum zu dem abgesperrten Backstage-Bereich und dann stand ich da, vollkommen ratlos, was jetzt passieren musste. Ich wurde furchtbar nervös und zweifelte und dachte, Kris will uns gar nicht sehen, ich hau ab, der kommt nicht, ich gehe nach Hause, meine beiden SMS hatte er ja auch nicht beantwortet, was soll das alles! Andrea sah mich verzweifelt mit grossen Augen an und sagte immer wieder eindringlich: „Du würdest es bereuen, wenn du jetzt gehst, bleib hier, geh zu dem Wachhund und frag ihn nach Kris."
Mein Fluchtinstinkt war übermächtig, meine Gedanken rasten und ich war gleichzeitig wie gelähmt. Auf einmal hörte ich wieder diese Stimme in meinem Kopf: *Die Zeit läuft dir weg! Die ZEIT läuft dir weg!* Das rüttelte mich auf, ich fasste mir ein Herz und sprach den Security-Mann an, der da am Zaun stand, jemand solle bitte Kris Bescheid sagen, dass er herkommen soll,

er wisse dass wir kommen. Ja, ja machen wir, lautete die genervte Antwort. Ich war mit einem Schlag auf 180 als sich meine Fluchtenergie in Angriff verwandelte und war bereit, den Kerl umzuhauen, falls er nein sagte. Dann schob er uns beiseite und schloss die Absperrung, so dass wir nicht mehr sehen konnten, was dahinter passierte. Ich dachte, ich drehe durch.
Erst einmal passierte gar nichts. Wir warteten mittlerweile mit mehreren Fans vor diesem Zaun und *nichts* passierte. Meine Nervosität war grenzenlos! Ich fragte noch mehrmals nach, aber die tun sich ja immer so unheimlich wichtig. Irgendwann nach endlos scheinenden Minuten kam Kris an den Zaun. Er sah uns und kam sofort herausgelaufen, wir umarmten uns, er küsste mich auf die Wange, wie damals in Mannheim, wie in Warstein – mein Herz, mein Herz! „Ich habe deine beiden Nachrichten gelesen!" sagte er als erstes. Und er freute sich so sehr, dass ich wirklich nach Hamburg gekommen war. Die Security machte den Zaun wieder dicht und Kris lachte, weil sie ihn mit ausgesperrt hatten. Er gab Autogramme und unterhielt sich mit den Umstehenden. Dann kamen die anderen Bandmitglieder heraus und wir begrüssten uns ebenfalls herzlich. Kris winkte mich und Andrea schliesslich hinter den Zaun, und die Fans sahen uns verblüfft nach.
Wir bekamen etwas zu trinken und fanden uns schliesslich mit Kris in einem Wohnwagen wieder. Ich glaube, das war der Moment, als die absolute Irrealität einsetzte und ich einfach auf Autopilot schaltete. Er kramte herum und machte Schranktüren auf und zu, er war ganz furchtbar nervös und hektisch, genau wie ich in solchen Situationen immer bin, wenn z.B. unangemeldet wichtiger Besuch eintrifft. Es war köstlich, denn ich sah *mich* in dem Moment. Schliesslich setzte er sich doch neben mich auf die kleine Sitzbank und zeigte mir seinen verletzten Finger: „Nun, mach ihn bitte heile für mich." Ich nahm spontan seine Hand und gab ihm einen Kuss auf den Finger, es war elektrisierend, seine Hand zu halten. „Das reicht, meinst du?", fragte er, und ich antwortete: „Ja, das reicht vollkommen."
Er fragte uns, ob wir gleich noch mitgehen würden, irgendwo etwas trinken, und so kam es, dass wir mit dem Tourbus zum Hotel fuhren. Ich sass da mit Andrea und war von einer Flasche Bier im Wohnwagen bereits betrunken, es kam mir vor wie ein Spielfilm. Aber wir waren wirklich dort. Andrea versuchte verzweifelt, mit ihrem Verstand zu folgen, aber irgendwann strich sie die Segel. Es waren noch zwei Deutsche mit dabei, Bernd und eine arrogante Blondine namens Hanna, die eindeutig ein Auge auf Kris geworfen hatte und ihn permanent belagerte.

Wir gingen in eine Karaoke-Bar und setzten uns dort an einen Tisch. Kris wollte, dass ich mich neben ihn setze; es war alles so normal, dass wir mit den *Time Travellers* dort sassen und etwas tranken. Er berührte immer wieder mein Gesicht, ach er war so lieb zu mir! Wir sangen dann alle lautstark die Karaokesongs mit, es war komplett verrückt, und Andrea und ich mittendrin. Kris sang Arm in Arm mit der Blondine, als *Something stupid* angestimmt wurde, ausgerechnet dieses Lied, aber es machte mir nicht wirklich etwas aus, denn ich dachte nur, er ist immer so zu anderen, aber sie sind nicht seine Dualseele. Der Schluss des Songs nahte, und auf einmal schob er die Blonde von sich, sagte irgendwas von wegen: das muss ich jemand anders sagen, und als er „I love you" sang, sah er mir direkt in die Augen. Er hat mir nicht gesagt „Ich liebe dich", er hat es mir *gesungen.* Walgesang. Ich hörte somit in dieser sagenumwobenen Nacht alles, was ich mir gewünscht hatte, bekam innerhalb weniger Stunden alle Antworten, die ich gesucht hatte. Tatsächlich hatte ich zum ersten Mal, seit ich Kris kenne, keinerlei Fragen mehr. Dieser Moment war unglaublich. Er bedankte sich immer und immer wieder bei Andrea, dass sie mich zu ihm gebracht hatte, und zu mir sagte er: „Das war so eine tolle Überraschung, als du mir schriebst, dass du doch nach Hamburg kommst." *Du hast mich aufgeweckt ...* Als wir ihn fragten, ob er noch etwas trinken wolle, antwortete er: „Ich brauche nichts mehr zu trinken, ich bin glücklich." *Mein grösster Wunsch ist es, diesen Mann glücklich zu machen.* Ach Kris, wenn du doch immerzu dieses unglaubliche Lächeln auf deinem lieben Gesicht hättest! Kris ging hinaus ins Freie, die Tür des Lokals stand weit offen. „Geh raus zu ihm", sagte Andrea, „er wartet doch auf dich! Er war schon zigmal draussen, jetzt geh doch endlich!" „Meinst du wirklich?" Ich ging also zu ihm nach draussen vor die Tür, und sofort nahm er meine Hand, ich stand direkt vor ihm, und wir sahen uns tief in die Augen. Er strahlte mich den ganzen Abend immerzu an. Als wir uns umarmten, legte ich meinen Kopf auf seine Schulter. *Im Himmel.* Ich steckte meine Hand in seinen Jackenärmel und war selig. „Wir müssen zusammen sein." stellte er fest. „Wir werden über alles sprechen, wenn ich zu dir komme. Und du kannst mir alles zeigen, was du willst, und wir werden zusammen spazieren gehen und über alles reden." Da war es wieder – warum um alles in der Welt will dieser Mann unbedingt mit mir spazieren gehen? *Er will den Weg ein Stück mit dir zusammen gehen, zusammen alleine.* Wir sahen uns lange in die Augen, und dann sagte er „Du siehst wunderbar aus." Ich sah alles andere als wunderbar aus, ich war ungekämmt und fern der Heimat, meine Schminke verwischt von den Tränen, die mir bei dem Konzert immer wieder über das Gesicht gelaufen

waren, und ausgerechnet heute ich war das erste Mal seit Jahren ohne Handtasche unterwegs, in meinem alten Parka, weil doch am Morgen noch das schlechte Wetter gewesen war. Na toll, einmal gehe ich mit dem Mann meines Lebens abends weg und sehe so aus. *Und doch findet er mich wunderschön ...*
Er machte sich Sorgen, wie wir zurück zum Hotel kämen, es liess ihm keine Ruhe, und ich war unheimlich gerührt, dass er sich solche Gedanken um mich machte; ich selbst hatte keinen Gedanken an die Rückfahrt verschwendet, ich war mit Kris zusammen und hatte somit alles genug, nur der Augenblick zählte noch für mich. Mit ihm wäre ich bis an das Ende der Welt gegangen! Kris stand mir direkt gegenüber, ich sah ihm tief in die Augen, zwei unwiderstehliche Magnete, und versank augenblicklich. Ich „sah" seine Ge-danken, vielleicht waren es auch meine eigenen, aber nein - sie schienen nicht allein von mir zu kommen, sie kamen auf irgendeine Weise gleichzeitig von ihm und mir, und wir hatten dasselbe Bild im Kopf. Andrea sprach mit mir, ich sah sie an und zurück in Kris' Augen, und ich hatte Andrea gar nicht gehört. Kris gab erst Ruhe in Sachen Taxi, als Andrea ihm zum wiederholten Male glaubhaft versicherte, dass wir genug Geld dabei hatten. Er hat übrigens blaue Augen, das hätte ich nie vermutet. Ich bekam wirklich *alle* meine Antworten in dieser Nacht.
Es war nach drei Uhr, und wir mussten das Lokal verlassen, da die Band um vier zurück zum Flughafen musste. Draussen am Taxistand kam der unvermeidliche Moment der Verabschiedung. Wir umarmten uns alle der Reihe nach und bedankten uns für den schönen Abend. Als letzten umarmte ich Kris. Er sagte noch einmal, wie sehr er sich auf Freitag freue. Der Abschied tat gar nicht so weh, das Versprechen des baldigen Wiedersehens schwebte ja über uns. Andrea und ich kehrten also mit dem Taxi zu unserem Hotel zurück und konnten überhaupt nicht verstehen, was gerade alles passiert war! Gegen vier Uhr lagen wir endlich im Bett und redeten gleichzeitig aufeinander ein. Ich bin dann aber recht schnell eingeschlafen, es war alles zu viel gewesen an diesem endlos langen Tag.

Die Zufälle begleiteten uns wieder auf der gesamten Rückfahrt. Wir machten wieder Rast an „unserer" Raststätte, und bevor wir ausstiegen merkte ich, wie müde und kaputt ich war und gähnte: „Ich gehe doch lieber heute abend nicht in die Kirche, um eine Kerze anzuzünden, sicher schlafe ich dort ein." Wir stiegen aus, und ich wendete meinen Blick nach rechts – direkt zu einem Schild: „Kapelle"! Eine kleine dreieckige Kapelle stand dort, direkt am Parkplatz! Wir hatten sie zunächst gar nicht gesehen! Jetzt gingen wir unverzüglich hinein, und als wir drinnen waren war es mit meiner Fassung endgültig vorbei: Auf dem Altar lag aufgeschlagen ein Buch, in das man sich eintragen konnte. Jesus schwebte an seinem Kreuz über diesem Buch, und es lag da wie eine stumme Aufforderung. Ich stieg die paar Stufen zum Altar hoch, nahm mit zittrigen Händen den Stift, der mit einem Band an dem Buch festgemacht war, und schrieb hinein: *„Danke, dass du in Hamburg alles perfekt und zum Besten aller geregelt hast. Gott sei Dank."* Und wir setzten die Anfangsbuchstaben unserer Vornamen darunter. Wir weinten, denn wir beiden Dualseelen-Buchautorinnen hatten tatsächlich beide zusammen in ein und dasselbe Buch geschrieben. Es berührte uns über alle Massen. Neben dem Buch lag eine kleine Broschüre, auf der standen die Worte: *Gott ist für uns.* Ich zündete unter Tränen 4 Kerzen an, eine für Jesus, eine für Mama, eine für Kris und eine für Andrea. Uns liefen die Tränen und wir umarmten uns. Das war einer der bewegendsten Momente auf unserer Reise. Gott gab uns die Gelegenheit, uns ganz offiziell und schriftlich bei ihm zu bedanken. Wundervoller ging es einfach nicht mehr. Ich weiss, er hat unsere unendliche Dankbarkeit in diesem Moment empfangen.

Wir gingen danach die Stufen zur Gaststätte hinauf, um einen Kaffee zu trinken. Längsseits der Tische hatte man kugelförmig beschnittene Buchsbäume aufgestellt, und ich sagte zu Andrea, der liebe Gott liebt jeden Menschen *genau so sehr* wie uns beide und wie Kris, jeden einzelnen all dieser Menschen die jetzt hier in der Gaststätte sind, und hier steht an jedem Tisch ein Buchsbaum, Symbol für die Unsterblichkeit. Ich wünschte, man könnte das all diesen Menschen hier sagen. Die meisten wissen es gar nicht! *Dass Gott für zwei Menschen, die sich lieben, sogar die Wolken beiseite schiebt.* Ein kleines Mädchen kam angelaufen und berührte im Vorbeigehen jeden einzelnen Buchsbaum einmal kurz mit der rechten Hand. Vor mir blieb sie stehen und sah mich sekundenlang aus dunklen Augen wissend an, bevor sie ihren Eltern nachlief. Ich kämpfte die ganze Zeit mit den Tränen, und als wir wieder hinausgehen wollten, stand dort ein Zeitschriftenständer voll mit „Geo"-Magazinen, mitten drin „meine" Ausgabe: „Ozeane" mit dem Buckelwal vorne drauf. Der Anblick des Wals gab mir den Rest. Ich stand dort vor einem Regal mit Getränken und kramte schluchzend nach einem Taschentuch. Andrea ging es ganz genau so wie mir. Wir beschlossen, es sei an der Zeit, heimzufahren.

Als wir gegen Ende der Fahrt noch an einer Tankstelle stoppten, um aufzutanken, sahen wir das Unglaublichste, was ich je zuvor in meinem Leben gesehen habe: auf einem angrenzenden Garagengebäude standen 3 lebensgrosse Tierfiguren, und zwar *3 blaue Schafe*! Andrea machte gleich ein Foto von ihnen, denn das war einfach zu unglaublich. Was tun ausgerechnet drei blaue Schafe auf einem Garagendach??? *Sanft wie Schafe* ... Drei Dualseelen in einer Karaokebar, das fiel mir dazu ein. Ich wusste nicht, wie ich das alles jemals verarbeiten sollte. Und ich hatte nur genau 7 Tage Zeit dazu ...

13. Mai

Ich musste gerade schon wieder so weinen, weil ich daran dachte, was Gott alles für uns getan hat. Er hat den Himmel frei gemacht für uns, er hat die Wolken weggeschoben, damit wir den Himmel sehen konnten. Und wir haben ihn gesehen - in unseren Augen. Wir haben Gott gesehen ...
Wenn der liebe Gott Wolken beiseite schieben kann, kann er auch das Wochenende mit Kris perfekt machen. Ja, das kann er. Und er wird.
Marion sagte, Mensch freu dich doch endlich, ich lese ja gerade dein Buch, und du wartest doch schon seit 150 Seiten auf diesen Tag!

abends

> *fange gerade an zu realisieren, dass du zu mir kommst. nur noch 5 tage. war mir nie zuvor so sicher xxx happy c.*

Keine Ahnung, was das für eine Mitteilung meinerseits gewesen ist. Es kam wie immer keine Antwort. Meine Nerven liegen blank, und die Vorfreude auf Freitag wächst unaufhörlich. Nur noch 4 Tage ohne Kris. Jetzt geht das schon wieder los!!!
Eben kam mein Vater rauf in meine Wohnung und fragte stirnrunzelnd: „Gehört die Gabel euch?“ Ich warf einen kurzen Blick darauf und sagte nein. Er besah sie sich genauer und meinte nachdenklich: „Was heisst P.H.?“ In Schreibschrift waren dort die Initialen P.H. eingraviert. Mir wurde augenblicklich schlecht. Niemand, den wir kennen, hat diese Initialen! Woher um alles in der Welt kommt diese Gabel?! Und warum ausgerechnet eine Gabel? „Dann behalte ich sie!“ entschied ich kurzentschlossen.

Diese Gabel, die aus dem Nichts in meinem Leben auftauchte, sollte zum wichtigsten Requisit in meinem Kinofilm namens Leben werden. Ich konnte bis zum heutigen Tage nie klären, woher sie gekommen war. Sie war plötzlich einfach so an diesem Tag vorhanden ...

14. Mai

Email von Andrea:

„hi Süsse,
ich habe gerade deinen bericht von hamburg gelesen, sitze hier fassungslos und heule. so einen wahnsinn hab ich in meinem ganzen bisherigen leben noch nicht erlebt, den ich mit dir und IHM erleben durfte. DANKE für alles. wie sollen wir das bloss jemals verarbeiten? das ist wirklich eine gute frage.
wir haben sie alle. ich hab dich lieb.
Kussi, Antilein"

Aus heiterem Himmel, SMS von Kris:

es war grossartig, dich in hamburg zu sehen. freue mich unendlich auf freitag x be good

> *dich so glücklich zu sehen als wir uns in hamburg getroffen haben hat alles wieder gut gemacht. werde dir am freitag alles erzählen. xxx love c.*

Wenn man bezüglich Hamburg einmal konkret aufzählt, was dieser Mann mir in der kurzen Zeit alles gesagt hat – wow, das wird mir erst jetzt so richtig bewusst. Das hören andere in sieben Jahren Ehe nicht - mich eingeschlossen!
Gerade habe ich meine Tochter in einer Aufwallung von Liebe gedrückt und hatte diese riesige warme Welle in mir, und in dem Moment sagte sie zu mir: „Hab ich dir heute schon gesagt, wie lieb ich dich habe?"

15. Mai

Heute früh geht es mir psychisch nicht so gut, denn ich habe Angst. Angst, dass irgendwas dazwischen kommen könnte bevor Freitag ist, dabei sage ich mir immer und immer wieder, dass bereits alles zum Besten geregelt ist, weil alles an diesem Wochenende, als Kris kam, perfekt war und wir in jeder Sekunde die allerglücklichsten Menschen der Welt waren, und dass wir uns ganz umsonst Sorgen gemacht hatten. Es ist wie mit meinem Platz in der ersten Reihe ... ich hatte mich ganz umsonst gesorgt, ER hat es mir doch an jenem Abend bewiesen. Vertrauen haben ist so schwer, ich bemühe mich nach Kräften. Es ist schwer, aber es ist alles, was ER von uns will. Ich muss die Gedanken loslassen, die vielen Sorgen, die kaum zu unterdrücken sind. Kris wird hierher kommen und alles wird wunderbar sein. ER will, dass wir die glücklichsten Menschen auf der Welt sind, dafür tut er alles, wirklich alles. ER hat die Wolken für uns an die Seite geschoben. Dieser Gedanke treibt mir die Tränen in die Augen. Das hat ER für uns getan!!! Alles wird gut sein, und am Freitag werde ich glücklich am Flughafen stehen und Kris in die Arme schliessen. Und wir werden unser Licht in die Welt tragen, ja, das werden wir. Ich liebe ihn so sehr, ich muss schon wieder weinen. Ich hoffe heute auf ganz viele Zeichen – ich brauche eine Rose, die mich bis Freitagabend trägt ...

„guten morgen Andrea!

ich hab so furchtbar viel angst, dass etwas dazwischenkommt, weisst du, und ich sage mir tausendmal, dass es dasselbe ist wie mit dem platz in der ersten reihe ... und dann öffnete ich zufällig dieses gemälde von J.C. im internet und sah darauf die schafe - da schossen mir schon die tränen in die augen, und ausgerechnet ich heisse Cordero, und er hat das lamm auf seinem arm, und ich dachte, bitte trage mich bis freitag abend, und jetzt sitze ich hier und weine und weine und weine ...
dieses bild macht mich fertig Anti, diese augen! ich kann nicht mehr, ich bin völlig durch den wind! ich weiss ja, er lässt mich nicht alleine ...
wenn ich nur diese angst und die sorgen loswerden würde!
gestern nur die eine rose - erst sage ich, ich mag keine blumen, und jetzt lauere ich auf diese rosen! ich wünsche mir nichts sehnlicher als all die zeichen, so wie auf unserem weg nach Hamburg ..."

Dann ging ich mit meiner Tochter zum Einkaufen. Auf dem Hinweg klingelte hinter uns eine ältere Dame auf einem Fahrrad, und als sie neben uns war hielt sie plötzlich an und stieg ab. Sie erzählte uns, wie gefährlich es auf der Strasse sei, manche Leute guckten gar nicht usw. und als Mutter könne man nicht oft genug sagen: Kind pass auf.
Und ich sagte, ja, meine Tochter hier meckert immer, wenn ich das zum hundertsten Mal sage. Und jetzt kommt's! Sie sah die Kleine an und sprach zu ihr laut und eindringlich: „Hör gut zu und schimpf nicht über deine Mutter, DENN EINE MUTTER MEINT ES IMMER NUR GUT. Sie *will nur das Beste für ihr Kind!" Ich musste schlagartig an meine Mutter und die Sache mit Kris und dem Kettenanhänger denken, das war der Moment als das Universum wieder begann, sichwie verrückt im Kreis zu drehen, und da sah ich es, direkt hinter ihrem Kopf am Baum: ein Zettel auf dem in grossen Buchstaben stand: HELP! Jemand suchte seine entlaufene Katze. Ich fühlte mich mehr als seltsam. Wieso spricht diese Frau mit uns, dachte ich. Sie redete weiter: Ihre Mutter sei schon tot, ich sagte: meine auch. Und sie sei jetzt 60 Jahre alt (war meine auch, als sie starb) und habe drei*

Enkelkinder (hat meine auch – auch wenn sie ihr drittes Enkelkind nicht mehr erlebt hat). Die Frau wollte und wollte nicht weiterfahren. Als sie wieder auf ihr Fahrrad stieg, wünschte ich ihr alles Gute, und das meinte ich wirklich so. Und dann kam dies: Die Kassiererin im Laden fragte mich, ob ich eine Aktion mitmachen möchte, HERZENSWÜNSCHE *- einen Euro spenden und an einem Gewinnspiel teilnehmen. Ich habe mitgemacht und gleich zwei Euro gespendet. Zu Hause las ich den „Herzenswünsche"-Flyer, den ich mir in dem Geschäft eingesteckt hatte. Überschrift: „Eine gemeinsame Aktion". Als erstes Beispiel für Herzenswünsche nennen sie dort „ein Treffen mit Prominenten". „Jeder Wunsch wird ganz individuell und mit viel Engagement verwirklicht. Wir beantworten gern jede Frage. Bitte setzen Sie sich mit uns in Verbindung." Unfassbar. Im Radio sang jemand passend dazu „I´ve got a message for you!"*

Ich hatte dem lieben Gott gedankt, dass die Zeit bis Freitag so schnell vergangen ist, und seitdem habe ich hier nur Stress! Emails, die ich unbedingt beantworten will/muss, gleichzeitig Andrea und Maya und Kai im Messenger, Telefon, Türschelle, die Katzen, meine Tochter will ebenfalls alle fünf Minuten etwas. Wunderbar! Danke schön!!!!!
Als ich Maya am Telefon hatte, erzählte ich ihr, dass ich glaube, meine Küche sei ein sogenannter Kraftort, denn dort habe ich immer die besten Eingebungen. Kurz darauf kam die Post, während ich Maya noch in der Leitung hatte, u.a. war eine Astrologiezeitschrift dabei, die ich regelmässig bekomme, und im Horoskop für Zwillinge für den Monat Juni steht: „Die Küche ist in diesem Monat Ihr Kraftort!" Es ist wohl nicht selbstverständlich, dass die Verbindung Küche und Kraftort an einem Tag innerhalb von wenigen Minuten gleich zweimal auftaucht. Ich werte das also als Bestätigung meiner Vermutung. Zufälle ...? Gibt es nicht!

später

Habe eine alte selbst zusammen gestellte CD gehört, und auf einmal spielte der Song, den wir in der Nacht in Hamburg gehört hatten, und von dem Kris unbedingt wissen wollte, wer ihn singt. Es ist Song Nr. 18 auf der CD. Augenblicklich war ich wieder dort und konnte kaum glauben, dass ich das wirklich alles erlebt habe!!!

> *Kris, höre gerade die songs aus hamburg ... waren wir wirklich dort? sehe immer noch dein lächeln vor mir xxx*

Andrea hat im Internet ein selbstgemachtes Lovesong-Video gesehen und mir sofort gemailt. Ich war völlig fertig, vor allem ein Bild mit einem Weg hatte es mir angetan, darauf stand der Text: „I think we made it. Look how far we´ve come my baby." Sieh nur, wie weit wir gekommen sind! Und dann passierte irgendetwas, während ich so weinte. Etwas in meinem Brustkorb knackte und ruckte, und es fühlte sich an, als wäre innerlich ein Damm gebrochen, ich kann es kaum beschreiben. In dem Moment flutete die Sehnsucht nach Kris mit ungeahnter Kraft durch meine ganze Seele, es riss mich völlig davon, so etwas habe ich noch nie zuvor erlebt! Und mein einziger Gedanke und mein einziges Gefühl war zugleich: Ich will ihn bei mir haben! Ich liebe ihn unendlich. Ich glaube, in dem Moment ist mir mein Herz aufgegangen ...

Wenn ich heute an diesen Moment zurückdenke, bin ich mir sicher, dass es genau so war. Seit dem Abend kam Kris immer übers Herz zu mir, nicht mehr über den Solarplexus. Unsere Verbindung war ins Herz hinauf gewachsen. Aber ich hatte noch einiges vor mir, bis ich mein Herz endlich vollständig für meine Dualseele öffnen konnte. Doch das ist Stoff für ein weiteres Buch ...

Wenn deine Liebe überhand nimmt

Und ganz plötzlich wirst du da sein,
meine riesengrosse Sehnsucht,
sie wird endlich minimal sein.
Mein liebes Leben wirst du überschwemmen und,
ohne mich nochmal zu fragen,
jeden Winkel meiner stillen Seele fluten.

Wie Sommerwolken ihre kühlen Schauer
ohne Warnung aus den heitren Himmeln giessen,
so werde ich von deiner Kraft im Nu davongetragen
und meine wohlvertraute Bahn kometengleich verlassen.
Unaufhaltsam werden die Gefühle rauschend
in die Freiheit fliessen. Dann wirst du,
Erlösung bringend, aus meinem übervollen Herzen bluten.

Wenn deine Liebe überhand nimmt,
werden wir lachend zusehen wie die Zeit verrinnt,
die uns nicht meint; als gäb es nicht nur dieses eine Leben,
und so als ob die Sonne für zwei von unsrer Art
ein wenig länger scheint.
Dann werden wir die Welt aus ihren Angeln heben.

Cathérine Cordero

Der Freitag rückt immer näher, und ich spüre in mir eine wilde Vorfreude. Gestern abend war meine Sehnsucht so gross wie nie zuvor. Als er in Hamburg zu mir sagte, er rufe mich in zwei Tagen an, wusste ich im selben Moment, dass er es nicht tun würde. Alles ist wie immer; auf meine SMS von gestern abend hat er sich auch bisher nicht gemeldet. Anstatt mich darüber zu beunruhigen, empfinde ich das als beruhigend, denn Kris ist wie immer, also ist alles in Ordnung ... Ich habe noch nie zuvor einen Menschen so sehr geliebt wie ihn. Wenn er hier ist, werde ich ihn glücklich machen, so glücklich wie nie zuvor. Ja, das werde ich. DAS ist mein Versprechen! Der liebe Gott wird mich nie wieder los, ich bleibe. Jetzt hat er die Cordero am Hals, und sie wartet täglich auf ihre Rosen. Basta. Ich habe nichts mehr, nur noch meinen Glauben – und dann kommt Kris; mein Glaube ist meine Rose. Und Kris kommt immer dann, wenn ich ganz unten bin. Da fällt mir die U-Bahn in Hamburg ein, das ist fast schon zum Lachen: Ich hatte das noch zu Andrea gesagt – wir müssen erst ganz tief runter, damit ich ihn sehen kann ...
Eben lief ich zum Bäcker und sagte zum lieben Gott, zeigst du mir bitte unterwegs wieder was? Als ich aus dem Laden herauskam, sah ich sie: unzählige Rosen – man hatte anlässlich einer Hochzeit gekränzt! Oben über der Haustür schwebten immergrüne Eheringe mit zwei Herzen. Die Tür befindet sich im Gebäude der Versicherung – „in guten Händen“. Kein Kommentar. Die Rosen und die Versicherungen gehören definitiv zusammen ...

17. Mai

hi aus dem regnerischen frankreich. bin bald bei dir. flug ist CC 1833 von amsterdam. xxx

> *hi Kris! ja, nur noch ein tag, dann sind wir zusammen. werde mit peter zum flughafen kommen. kann es nicht erwarten wieder in deine augen zu schauen xxx*

Ende der Kommunikation. Was macht er um alles in der Welt in Frankreich? ich erledige noch die restlichen Arbeiten hier in der Wohnung. Es ist tatsächlich bereits 17.17 Uhr. Wer hätte gedacht, dass dieser Tag so schnell umgehen würde! Morgen habe ich auch noch einiges zu tun, so dass es, ehe ich mich versehe, schon Zeit ist zum Flughafen zu fahren. Wahnsinn. Kris bei mir zu Hause, unfassbar. Mir wird gerade bewusst: es gibt kein Zurück mehr! Was wird morgen abend hier passieren? Was??? Wer sind wir? Warum haben wir einen Crashkurs bekommen, warum bin ich so weit wie andere erst nach Jahren? Den Gedanken an das Danach, sprich Montag, verdränge ich. Das ist egal. Wichtig ist nur noch das Wochenende.

Das ist alles, was zählt. Ich fühle ein sehr starkes untrennbares Band zwischen mir und Gott. Und Kris und ich haben auch ein Band, und wir werden es morgen und die folgenden Tage verstärken. Ja, das werden wir. Mit Seiner Hilfe. Gott sei Dank! Ich wüsste nicht, wie ich jemals wieder ohne Ihn leben sollte. Ohne dieses Gefühl, niemals wieder allein zu sein. You´ll never walk alone. Ich liebe Kris mehr als je zuvor, unendlich, und wir rasen gerade aufeinander zu, in dieser Welt hier, die wir uns ausgesucht haben, um miteinander zu lernen. Um zum Ursprung zurück zu finden. Ob Kris das auch alles weiss? Wer sind wir in Wirklichkeit? Werden wir unser wahres Selbst in den Augen des anderen erkennen? Ich glaube daran. Vielleicht weiss ich es sogar bereits. It´s all booked. Es steht alles schon lange irgendwo geschrieben, und zwar in dem Buch, das Gott für uns geschrieben hat.
Das aufgeschlagene Buch in der Kapelle geht mir nicht mehr aus dem Sinn. Es lag da, offen für uns, und wir haben hineingeschrieben. Wir haben hineingeschrieben! In Gottes Buch. Ich wünschte, der Moment in der Kapelle wäre nicht so schnell an mir vorbeigerauscht. Er war so wichtig, aber ich stand völlig neben mir, derart ergriffen wie ich war. Und ich sehe den Sinn einer Hochzeit heute ganz anders. Man sollte wirklich nur den einen Menschen heiraten, mit dem man vor Gottes Angesicht treten will. Den man mehr liebt als alles auf dieser Welt. Bedingungslos. Es war damals zu leichtfertig, einfach so jemanden zu heiraten, ohne zu wissen, was Liebe in Wahrheit ist ... Ich hätte mein Leben ganz anders gelebt, wenn ich all dies schon vor Jahren gewusst hätte. Vielleicht liest meine Tochter dieses Buch eines Tages und nimmt sich meine Worte zu Herzen. Das ist mein Wunsch: dass sie dem einen begegnet, der für sie bestimmt ist, dass sie all die schweren Zeiten auf sich nehmen wird, bis er seinen Weg zu ihr gefunden hat, und erst dann ihre Entscheidung trifft. Die wichtigste Entscheidung ihres Lebens – denn mit diesem Mann wird sie die Ewigkeit verbringen.

Endlich habe ich auch die Begründung erhalten, warum mein Buch „Sanft wie Schafe" heisst ... ich hatte sie die ganze Zeit vor Augen! Warum waren die drei Schafe auf der Tankstelle blau? Erst gestern fand ich beim Surfen im Internet zufällig heraus, dass es noch welche von ihnen auf unserer Erde gibt. Ich hatte gedacht, sie seien ausgestorben.
Als kleines Mädchen hatte ich mal einen von ihnen gesehen, er war auf einem LKW ausgestellt, und ich habe das nie vergessen, weil ich absolut beeindruckt war. BLAUWALE. Walgesang ... Wale sind sanfte Riesen, das lese ich überall ...
Sanft wie Wale. Und „Schafe" in Bezug zu meinem Nachnamen. Es passt wieder einmal perfekt, wie sollte es auch anders sein! Ich schreibe mein Buch über den Wal - also über Gott, genauer gesagt über Gottes unendliche Liebe, am Beispiel von Dualseelen, die selbst wie die Wale sind - also wie Gott - in ihrer Art zu lieben.

Sanft wie Wale - sanft wie Schafe. Darauf wäre ich nie im Leben gekommen, als ich damals diese Traum hatte. Wenn ich Gott wäre, würde ich mir auch das grösste Lebewesen aussuchen, dass jemals auf unserer Erde gelebt hat, damit mich die Menschen nicht übersehen können! Ich habe also auch diese Antwort letztlich bekommen. Wale ... Sie singen, weil sie Sehnsucht haben, Sehnsucht nach zu Hause. Sehnsucht nach Gott ... Genau wie wir. Und wenn sie einmal fortgehen, kehren sie immer wieder zurück und singen an genau der Stelle weiter, an der sie aufgehört hatten – als wäre die Zeit dazwischen nicht gewesen. Also ist meine Theorie mit dem Walgesang auf ihre Weise wahr. Wir singen auch, weil wir Sehnsucht nach zu Hause haben. Wir sind wie die Wale. Ich schrieb Anti im Chat: Ich bin der Wal, und Gott ist mein Meer. In dem Moment hörte ich in mir eine Stimme sagen: "Ich liebe dich."

18. Mai

Früher sah ich mir romantische Filme an und pflegte zu sagen: „Aaaah, warum passiert mir so etwas nie?" Und jetzt passiert es. Inklusive der schluchzenden Geigen im Hintergrund. Es passierte bereits, in Hamburg, und heute passiert es, und es wird morgen passieren. Es gibt keine Zeit, Zeit ist nur eine Illusion. Kris war bereits hier, er ist jetzt gerade hier, und er wird hier sein. Und alles war gut, ist gut und wird gut. Perfekt. Gott sei Dank.
Es ist jetzt 15.15 Uhr, in etwa 2 Stunden holt Peter mich ab und wir fahren zum Flughafen. Dann nimmt das Schicksal wieder seinen Lauf ...

Wochenende vom 18. bis 20. Mai

Am Freitag wartete ich also unten bei meinem Vater auf Peter, der mit mir zum Flughafen fahren würde. Wie immer lief Papas Fernseher, und als ich das Wohnzimmer betrat, zeigten sie gerade einen Bericht über Paul McCartney. Ich ahnte in dem Moment nicht, dass die Beatles noch eine schöne Begebenheit am gleichen Abend auslösen und viele Wochen später eine wichtige Rolle spielen würden ... Danach kam ein anderer Bericht, über den Film *Lovestory*, und die kurz angespielte berühmte Schicksalsmelodie ging mir augenblicklich mehr als nahe. Der Sprecher sagte: „ ... doch diesmal ist es kein Film, sondern Realität."

Am Flughafen fanden wir Kris ziemlich schnell, er sass bereits dort in der Halle und wartete ungeduldig auf uns. Zur Begrüssung umarmte er mich und gab mir einen Kuss auf die Wange. Und meine Welt war augenblicklich gut. Ich vergass alle Gedanken an gestern oder gleich oder nachher und erst recht an morgen oder - noch schlimmer - übermorgen (wenn er wieder abreisen würde). So sollte es das gesamte Wochenende hindurch bleiben: die Zeit war ausser Kraft gesetzt, es existierte nur noch der Augenblick, und ich lebte mit einer inneren Ruhe im Hier und Jetzt, wie ich sie niemals zuvor gefühlt hatte. Gegen Ende der Autofahrt nahm Kris einmal meine Hand, und sofort war der unglaubliche Kontakt intensiver als je zuvor wieder hergestellt; ich fühlte dieses altbekannte intensive Ziehen in der Herzgegend. *Schwingungen. Das unsichtbare Band ...*

Peter setzte uns zu Hause ab, und wir gingen etwas verlegen in meine Wohnung. Ich hatte mir immer ausgemalt, wir würden gleich übereinander herfallen, weil wir schon so lange verrückt *danach* waren, aber dem war überhaupt nicht so. Wir behandelten uns die ganze Zeit über sehr respektvoll, und die ersten Stunden verbrachten wir mit reden. Er hatte mir einen Strauss roter Rosen mitgebracht. *Versicherungen ...*
Ich gab ihm meine beiden Geschenke, die ich bereits Ende letzten Jahres für ihn gekauft hatte: den kleinen Schutzengel, den er sogleich an seinem Schlüsselbund befestigte, und den Glücksstein des Sternzeichens Zwilling für dieses Jahr, ein *Falkenauge*. Seine Freude über die beiden Dinge war aufrichtig, und dann fasste er in seine Hosentasche und holte einen weiteren Stein hervor: ein *Tigerauge*. Er trug ihn immer als Glücksstein bei sich, wie er erklärte. Da lagen die beiden Steine einträchtig nebeneinander auf dem Tisch, und fragte mich, aus welcher Eingebung heraus ich ihm diesen Stein gekauft hatte! *Ich weiss dein Leben ...* Ich zeigte ihm auch meinen eigenen Glücksstein, meinen Mondstein, und er sagte, er habe schon einmal Mondsteine gesehen und finde, es seien die schönsten von allen. Nun lagen also alle drei Exemplare zusammen auf meinem Wohnzimmertisch, ich konnte es kaum fassen.

Und ich erzählte ihm an diesem Abend *endlich* die Geschichte, wie ich am Wochenende unserer ersten Begegnung im Juli meinen Kettenanhänger verloren hatte, und welche Bedeutung die Zahl 18 in diesem Zusammenhang aufweist. Ihm dies zu erzählen wollte ich grundsätzlich nur persönlich tun, das war immer mein Ziel gewesen. Er reagierte etwas vorsichtig auf meine Geschichte, vor allem darauf, dass meine Mutter mir mit dem Verlust des goldenen Herzanhängers ein Zeichen gegeben habe, so dass ich hinzufügte: „Vielleicht meinte sie nicht, dass du *der Richtige* bist, aber sie wollte mich wohl darauf hinweisen, dass jetzt etwas sehr Wichtiges in meinem Leben passieren wird." Das konnte er akzeptieren. Und ich *weiss es* dennoch, die andere Version ist die Wahrheit ...

Wir redeten über alle diese unglaublichen Geschehnisse in unserem Leben, über meine Beobachtungen, über meine Ahnungen, wenn ihm etwas zugestossen war und über meine Wahrträume ... kurzum: über unsere seltsame Verbindung. Er schien einiges nicht direkt annehmen zu wollen, was mir ein wenig wehtat, aber es war nicht zu ändern.

Und ich stellte ihm endlich persönlich die Frage, die mich seit der ersten Begegnung so sehr beschäftigte: Warum er an unserem ersten Abend so traurig gewesen sei? Er schwieg eine Weile, wobei ich Tränen in seinen Augen sah; dann gab er mir die Antwort, die mir nur mein Seelenspiegel geben konnte: „Warst du nicht selbst so traurig?" Nun kämpfte auch ich mit den Tränen. Noch heute bewegt mich die Erinnerung an diesen Moment, in dem er mir mehr bestätigte als er ahnen konnte.

Wir kamen dann auch auf die Beatles zu sprechen, deren Alben ich nahezu alle besitze, und er fragte mich, ob ich das „neue Beatles-Album" auch habe; als ich verneinte, kritzelte er sich spontan mit einem Kugelschreiber den Titel des Albums auf seine Hand, um nicht zu vergessen, dass er es mir schicken wollte: *Love.* Diese Handlung berührte mich sehr, sie kam mir irgendwie symbolisch vor, ich kann es nicht direkt in Worte fassen.

Wir rückten auf der Couch ein bisschen näher zusammen und küssten uns endlich, nur ganz vorsichtig, und blieben dann einfach nahe zusammen sitzen, Lippen an Lippen, ohne uns weiter zu küssen, und es war ganz still und er flüsterte in diese Stille hinein: „Wunderschön, *wir atmen uns.*" Das sind Momente, die kann man nicht beschreiben, das ist pures Glück. Ich war im Himmel, allein durch diesen einen Satz von ihm. Wir rückten immer wieder auseinander, dann wieder zusammen, wieder auseinander, wenn es nicht mehr auszuhalten war – wir praktizierten das Spiel von Nähe und Distanz, das bekanntlich so wichtig ist für Dualseelen-Verbindungen. Auf eine Weise war alles mehr oder weniger symbolisch, was wir taten, völlig verrückt!

Unsere erste gemeinsame Nacht war ganz anders als erwartet, nicht nur magisch, sondern absolut selbstverständlich, so als wären wir schon 30 Jahre verheiratet. Seine Augen anzusehen und ihn dabei näher als nah zu fühlen raubte mir beinahe den Verstand. Das klingt wie aus einem kitschigen Liebesroman, doch es war ganz genau so.

Ich flüsterte ihm zu: *„Ich liebe dich, Kris."*, und er sagte: „Das ist ein grosses Wort ..." Heute denke ich darüber nach und bin traurig, dass er es mir nicht einmal gesagt hat in diesen Tagen, aber er hat mir seine Zuneigung gezeigt. Der Rest ist unbewusst. Ich lebe dennoch zu lange in dieser dreidimensionalen Welt, als dass mir dieses Nicht-Aussprechen gewisser Gefühle nicht sehr weh tun würde. Wir frühstückten zusammen, wir hörten Musik zusammen, wir legten zusammen die Karten, wir lachten und redeten. Es war das normalste auf der Welt, alles zusammen zu tun, ganz so, als wäre er schon mein Leben lang an meiner Seite gewesen. Dann brachen wir am frühen Nachmittag auf zu dem Spaziergang, von dem er schon vor Monaten gesprochen hatte; ich hatte mich immer gefragt, warum er ihm so wichtig war. Und wie immer behielt er recht – es war eine einzigartige Erfahrung – ein simpler Spaziergang! Ich muss nicht betonen, dass wir traumhaftes Wetter hatten, mit Sonnenschein, aber nicht zu warm. Es war perfekt. Ich führte ihn zum Grab meiner Mutter und sagte in Gedanken zu ihr: „Hier ist er, mein Engländer, ich habe ihn mit hierher gebracht. Danke, dass du ihn mir gezeigt hast. Er ist wirklich der einzig Richtige." Erst als das Wochenende schon wieder vorbei war, merkte ich, dass es in diesem Moment wahr geworden war: Rilkes Gedicht, welches ich schon vor Monaten an das Ende meines ersten Buchmanuskripts geheftet hatte:

„Alles ist eins (Einmal, am Rande des Hains)

Einmal, am Rande des Hains,
stehn wir einsam beisammen
und sind festlich, wie Flammen -
fühlen: Alles ist Eins.

Halten uns fest umfasst;
werden im lauschenden Lande
durch die weichen Gewande
wachsen wie Ast an Ast.
Wiegt ein erwachender Hauch
die Dolden des Oleanders:
sieh, wir sind nicht mehr anders,
und wir wiegen uns auch."

Unterwegs kamen wir an eine kleine abgezäunte Wiese, auf der drei Schafe grasten, was mich sofort an die drei blauen Schaffiguren auf der Garage erinnerte, die Andrea und ich auf dem Rückweg von Hamburg an der Tankstelle gesehen hatten. Eins der Schafe hatte einen schwarzen Kopf, und Kris sprach mit ihnen und kraulte diesem schwarzen Schaf den Kopf. Ich sagte, Schafe verfolgen mich, das liegt sicherlich an meinem Nachnamen. Diese Idee fand er hochinteressant und mähte mich zur Bekräftigung an. Die Schafe sahen uns noch lange nach, als wir weitergingen. Was haben die sich wohl gedacht? Es war eine unwirkliche Welt, durch die wir zusammen gingen, in ihrem Spiel aus Licht und Schatten - all die hohen Bäume, die ungewohnten Geräusche, die wenigen Menschen, die wir unterwegs trafen. Und mitten darin Kris und ich, was schon irreal genug war, wenn man es sich recht überlegt. Auf diesem Spaziergang herrschte ein unglaublicher Frieden. Summende Mücken und der Gesang der Vögel, streckenweise auch absolute Stille, und ich bedeutete ihm an solchen Stellen, stehen zu bleiben und zu lauschen, und als er fragte, was denn zu hören sei, antwortete ich: „Nichts! Das ist es ja eben!" *Enjoy the silence* ... Ich bin niemals zuvor in meinem Leben derart *intensiv* spazieren gegangen. Hoffentlich können wir es noch öfter teilen, es war wunderschön. Ich habe so etwas noch mit keinem anderen Menschen erlebt ... Ab jetzt werde ich mit den Menschen spazieren gehen, um herauszufinden, wie sie *wirklich* sind! Er berührte mich immer wieder, flüchtig, und ich nahm immer wieder seine Hände in meine. Es geht eine unendliche Energie von dieser Berührung der Hände aus, und das ist etwas, was ich jetzt unendlich vermisse. Allein der Gedanke an seine Hände löst unstillbare Sehnsucht in mir aus. Wir sprachen über das Buch, das Andrea geschrieben hat, und als er mich fragte, was denn ihre Erfahrung sei, ob man die Distanz belassen oder verringern solle, sah ich angestrengt auf meine Füsse. Eine gute Frage! Wer weiss das schon, und - gab es überhaupt eine allgemeingültige Antwort? Ich durfte ihm von meinem eigenen Buch nichts erzählen, denn ich fühlte, es wäre noch zu früh gewesen. Es zerriss mich nahezu, aber ich schwieg.

Am nächsten Morgen lag ich wach im Bett, sah schläfrig hinunter zu meinen Füssen – und erschrak: *Seit wann habe ich zwei linke Füsse*? schoss es mir durch den Kopf. Ich sah vorsichtig unter der Bettdecke nach, ob mein rechter Fuss noch anwesend war. Kein Zweifel, der eine der beiden linken Füsse musste Kris gehören. Tatsächlich: sein und mein linker Fuss lagen unmittelbar aneinander gelehnt, und sie sahen *absolut identisch* aus! Ich verglich die grossen Zehen, die Länge und Form der kleinen Zehen:

Sie waren gleich gross und an denselben Stellen gleich schief. Die Fussnägel! Ich traute mich nicht, mich zu bewegen, weil er dann vielleicht seinen Fuss weggezogen hätte. Es war so gruselig! Was meinst du, was das in dir auslösen würde, wenn du zum ersten mal im Leben deinen linken Fuss doppelt siehst! Und das in völlig nüchternem Zustand! Zwillinge, ja sicher, *seelisch* betrachtet, aber auch fusstechnisch??? Ich nahm mir vor, Andrea darauf anzusprechen.

Sein Schlaf-T-Shirt durfte ich übrigens behalten, es ist dieses graue, leicht verwaschene, du weisst schon. Ich sah es plötzlich während eines Telefonats mit Maya ... und nun hielt ich es in den Händen. Wahnsinn!

Wir waren an diesem Sonntag bei Marion und Peter zum Grillen eingeladen und trafen kurz nach Mittag bei ihnen ein. Für mich erfüllte sich ein weiterer langgehegter Wunsch – einmal mit Kris dort auf der Terrasse zu sitzen, wo alles seinen Anfang genommen hatte, vor langer Zeit im Juli letzten Jahres. Und nun sassen wir dort, und es war das Normalste auf der Welt. Kris hatte unheimlichen Spass mit den Kindern, meine Tochter lag ihm augenblicklich zu Füssen, Marions Kinder ebenfalls. Ich beobachtete ihn, wie er auf allen Vieren durchs Gras kroch und dachte zum tausendsten Mal an diesem Wochenende, *wie kann man einen Menschen nur so sehr lieben.*

Etwas mulmig wurde mir, als Kris zum wiederholten Male davon sprach, wie leicht es doch heutzutage sei, in einem anderen europäischen Land Fuss zu fassen, und dass er definitiv wegziehen wolle. Peter sagte, er kenne ein Pärchen, das Knall auf Fall nach Costa Rica gezogen sei, und Kris meinte, ja nun, wenn man eine nette Frau im Ausland kennen lernt, dann ... zum Beispiel habe er jemanden in Deutschland getroffen – wie sei noch mal mein Name? - und er stiess mich lachend an. Immer wieder sah er mich während dieses Gesprächs an, und ich tat so, als könne er mich gar nicht meinen. Er wolle auch nicht mehr alleine leben, er könne das nicht mehr. Diesen Sommer werde er etwas *verändern.* Es werde *der Sommer der grossen Entscheidungen.* Mein Herz schlug mir bis zum Hals. *Was hat er vor?* Im Garten gegenüber war ein Netz für Ballspiele aufgebaut, vielleicht Volleyball, und Kris fragte mich plötzlich, ob ich Badminton spielen würde, und als ich bejahte und sagte „sehr gerne sogar“, versprach er mir: „Das nächste Mal spiele ich *mit dir* Badminton.“ Keine falschen Hoffnungen, Cathérine, ermahnt ich mich im stillen, das sagt er nur so daher.

Irgendwann war es schliesslich an der Zeit, zum Flughafen zu fahren, und Kris wollte mit mir zusammen auf der Rückbank des Wagens sitzen. Während der gesamten Fahrt hielt ich seine Hand in meiner und sah unsere Finger an, die sich ebenso wundersam ähneln wie unsere Füsse.

Die männliche Version meiner Finger! Ein Schauer lief mir das Rückgrat herunter. Ich hielt seinen Daumen neben meinen, gleiche Grösse, gleiche Form, gleiche Linien, deckungsgleich. Oh es tut so unendlich gut, einfach nur seine Hand zu halten, die Erinnerung daran macht meine Sehnsucht beinahe unerträglich. Kevin hatte mir das vorher in einer Email versprochen: *Allein die Berührung der Hände gibt einem unendlich viel.*
Ich strich immer wieder über seine Unterarme – meine Unterarme in der männlichen Ausgabe, etwas breiter und mehr Haare darauf, aber mit ebenso ungewöhnlich schmalen Handgelenken ... Du bist absolut mein Zwilling, Kris, und ich kann dir nicht sagen, wie unendlich ich dich liebe, mein Geliebter, das waren meine Gedanken auf der Rückfahrt. Der Abschied am Flughafen fiel sehr kurz aus, *„be good"* sagte er und umarmte mich kurz, wir gaben uns einen raschen Kuss, und bevor ich bewusst darüber nachdenken konnte, war Kris im Flughafengebäude verschwunden – hoffentlich nicht aus meinem Leben ... Es ging alles plötzlich so schnell. Peter meinte, das habe Kris mit Absicht gemacht, um es mir (und sich) leichter zu machen.
Ich sass später noch lange Zeit mit Marion und Peter auf ihrer Terrasse und war froh, nicht sofort allein sein zu müssen. Aber ich musste mich gar nicht zu sehr zusammen reissen, es war gar nicht so, dass mir die Tränen schon auf halber Strecke im Halse gestanden hätten. Mir ging es bestens.
Zu Hause ging ich hinauf ins Schlafzimmer, um dort ein wenig aufzuräumen, als ich etwas Glitzerndes auf dem Teppich liegen sah. Ich bückte mich, um es aufzuheben: Kris' Ohrstecker! Fein säuberlich mit der zugehörigen Flügelschraube verschlossen. Er musste ihn abgenommen haben, und dann war er ihm vermutlich aus der Reisetasche gefallen. Ich erstarrte augenblicklich, als mir klar wurde, was ich da in Händen hielt: *ein Versprechen*. Das Versprechen, dass Kris wiederkommt. Ein Faustpfand.
Sie werden einander hundert neue Namen geben und sie einander alle wieder abnehmen, leise, wie man einen Ohrring abnimmt.
Ich habe keine Ahnung, warum ich diesen Gedanken in meinem Kopf hatte: *Der Ohrring ist ein Versprechen, dass mein Engländer zu mir zurückkommt.*
Ich kam also an diesem Abend nicht in Versuchung, zu weinen, denn schon hatte meine Hoffnung wieder neue Nahrung bekommen. Du bist verrückt, schalt ich mich, aber es war nicht zu unterdrücken. Später bekam ich eine SMS von ihm, ich hatte in keiner Weise erwartet, dass er so bald schreiben würde!

zurück am Londoner flughafen. eine stunde verspätung. jetzt zwei weitere stunden busfahrt. fühle mich ok. super wochenende. x

> *ja, perfektes wochenende. danke dir so sehr darling, dass du mich in den himmel gebracht hast. ich bin sehr glücklich xxx*

So war das, an dem Wochenende, als Kris hier bei mir war. Es war alles perfekt, jedes Detail stimmte. Wie nach Drehbuch, es war wirklich kaum zu glauben!

Was ist fliegen?

Seine Flügel ausbreiten und alle Schwere überwinden,
die Wolken im Vorbeiziehen zerteilen, stattdessen
allzeit die Sonne sehen als Glanz auf einem Kleid aus Federn.
Die Welt ganz klein und fern werden lassen,
die Grenzen von Zeit und Raum durchbrechen
als ob sie nie gewesen wären.
Von den eigenen Schwingen getragen wie ein
Adler schweben und dabei dem Himmel näher kommen.
Und auch den Sternen,
die man dann mit ausgestreckten Armen greifen kann.
Dem Mond einen Besuch abstatten und
Schatten auf Weizenfelder werfen.
Wind für andere, kleinere Wesen sein
und Donnergrollen für die, die in der Nacht ahnungslos schlafen.

Fliegen ist für mich: in deinen Armen liegen.

Cathérine Cordeo

24. Mai

Heute ist der Tag der Entscheidung. Ich hätte im Leben nicht damit gerechnet, dass er so schnell kommen würde. Kris simste mir vorhin:

habe sehr viel über das leben und uns nachgedacht. um welche zeit kann ich dich am besten anrufen? dicke umarmung

Mir ist schlecht. Ich hatte mir vorgestellt, er trifft im Sommer seine Entscheidung, und das bedeute, bis Ende August bleibe alles im Ungewissen. Und nun das. Ich habe keine Ahnung, was er mir sagen wird. Es geht jetzt um die alles entscheidenden nächsten Schritte: Sollen zwei Dualseelen zusammen leben? Oder wird er sich entscheiden, den Kontakt abzubrechen und sein Leben neu zu ordnen? Es gibt kein Mittelding, es geht nur zusammen oder ganz getrennt. Ich denke, das weiss er genau so gut wie ich. Ich kenne auch dummer Weise keinen anderen Fall, in dem zwei Dualseelen es bereits in die Tat umgesetzt haben. Meistens trennen sie sich im weltlichen Sinne. Hier kommt wieder die Verantwortung ins Spiel: In dem Moment, wo wir uns begegnet sind, haben wir eine riesengrosse Verantwortung übernommen. Die Frage lautet: wie weit sind wir auf unserem Weg? Hatte Kris nach seiner Rückkehr nach England den Verstand wieder eingeschaltet?

> *du kannst mich nachmittags oder abends anrufen. ich bin zu hause. habe auch nachgedacht xxx*

Meine Entscheidung steht fest: Ich werde das annehmen, was er mir zu geben bereit ist. Alles oder nichts. Denn es wird das sein, was Gott mir (und damit uns) anbietet. Du sollst dein Kreuz tragen. Ja, ich nehme mein Schicksal an. Ohne Wenn und Aber. Finished. So soll es sein.
Ich sitze hier und alles, was mir in den letzten zehneinhalb Monaten untergekommen ist, zieht an mir vorüber. Federn, Schafe, Sonne und Mond, Wale, Rosen ... dieser Zustand ist schier unaushaltbar. Ich weiss leider ganz sicher, was Kris vor hat, ich weiss, wie er sich entschieden hat. Es ist Zeit. Ich bin definitiv an meiner Grenze. In solchen Momenten wird mir bewusst, dass wir unsere Gefangene sind, ich fühle mich als sitze ich in der Falle! Wo der eine Zwilling hingeht, muss der andere folgen - und ich kann es nicht steuern, das ist mein schlimmster Albtraum! Totaler Kontrollverlust.

später

Ich bin wie betäubt und kann es noch gar nicht fassen, was da vorhin geschehen ist!!! Und ich hatte es geahnt. Gegen 19.30 Uhr rief Kris hier an. Ich wusste ab dem ersten Satz, dass etwas ganz und gar nicht stimmte. Er fragte mich, wie das Wetter hier in Deutschland sei, Regen? Und ich antwortete wahrheitsgemäss ausgerechnet mit dem berüchtigten Satz, der ja bisher immer eine neue Distanz einleitete: „Die Sonne scheint hier." In dem Moment wurde mir übel.
Er sagte in etwa Folgendes (entschuldige, aber ich kann mich kaum konzentrieren, meine Gedanken rasen noch immer in alle Richtungen!), er sagte: Es sei ein super Wochenende gewesen, ohne Zweifel. Wir haben viel Spass gehabt, unser Spaziergang sei ganz wundervoll gewesen, auf unserer Fahrt im Bus haben wir richtig viel gelacht, das habe ihm gefallen. Ich dachte die ganze Zeit, WAS will der Mann mir eigentlich gerade sagen? Was die anderen Dinge angehe, die ich ihm erzählt habe, das könne er nicht so recht glauben. Auch diese ganze forever-Sache, das könne er so nicht empfinden. Und dann sagte er den Satz, der mir seitdem lauter als alle anderen in meinen Ohren klingelt:
„Sorry, aber ich kam mir vor wie in einem Kinofilm."

Er habe sich entschieden, dass er nicht mehr als Freundschaft für mich empfinde, mehr sei da einfach nicht. Es tue ihm leid und er werde gegen 21 Uhr noch einmal anrufen, damit ich bis dahin darüber nachdenken und mir überlegen könne, was ich ihm dazu sagen möchte. Ich sagte alles klar, er sagte bye, ich sagte bye Kris, und legte den Hörer auf und wusste, ich hatte zum letzten Mal mit ihm telefoniert. Ich stand in meiner Küche und hatte das Gefühl, ich bin tot. Ich hatte das Gefühl, ich träume. Ich hatte das Gefühl, ich falle auf der Stelle um. Alles brach in sich zusammen, mein ganzes Inneres fiel in Trümmer. WAS hatte er mir gerade gesagt??? Nachdem ich mich halbwegs wieder eingekriegt hatte, simste ich ihm zitternd vor Wut und Enttäuschung dies:

> *ich habe verstanden. du brauchst nachher nicht noch einmal anzurufen. alles gute für dein weiteres leben. ich liebe dich trotzdem. goodbye, Kris. C.*

Ich war wütend und ich war traurig, stand gleichzeitig völlig unter Schock und hatte Mühe, einen klaren Gedanken zu fassen. Sorry, aber ich kam mir vor wie in einem Kinofilm. Was DENKT er sich eigentlich? Dass ich mir den ganzen Mist extra für ihn ausgedacht habe??? ICH wollte das alles nicht, wahrlich nicht, und jetzt lässt er mich fallen wie eine heisse Kartoffel! Ich lief hin und her durch meine Wohnung und konnte mich kaum beruhigen.

Setz dich hin und schreib es auf, schoss es mir durch den Kopf. Das hilft dir, die Gedanken einzufangen. Und so sitze ich jetzt hier, tränenblind, und kann meine Welt nicht mehr verstehen. Der Mann, den ich mehr liebe als alles andere, hat mir gerade das Herz gebrochen – und die Seele. Warum ist denn alles wahr geworden, wenn es angeblich nur ein von mir inszenierter Kinofilm war? Habe ich mir Gott also nur eingebildet? Wir wollten es doch so: Es ist perfekt, das bedeutet nämlich: Es ist vollbracht! Nein, ich habe mir Gott nicht eingebildet, ganz im Gegenteil ...

> *lieber Kris, du musst mich nicht noch einmal anrufen. es ist alles klar und aufgelöst. ich habe all die antworten, nach denen ich gesucht hatte. ich wünsche dir glück und bete, dass du glücklich bist für den rest deines lebens. ich liebe dich. C.*

Aber wahrscheinlich hat er recht, er macht ja immer alles genau richtig ... Andrea meinte gerade im Chat zu mir, ich sei zu hart zu ihm gewesen, und ich hatte mich schliesslich soweit beruhigt, dass ich einsah, dass er ja nichts dafür kann, dass er es nicht versteht. Ich verstehe das alles ja selbst kaum. Plötzlich hielt ich es nicht mehr aus und schrieb ihm noch dies:

lieber Kris, mir wird gerade bewusst, dass ich einen riesigen fehler begangen habe, und ich verstehe nun, dass ich dir wehgetan habe. bitte vergib mir. hoffe, wir sind noch freunde. es tut weh, aber ich akzeptiere alles, was dich glücklich macht. denn alles was ich immer wollte ist, dich glücklich zu sehen. wir werden uns wiedersehen falls das schicksal es erlaubt. pass auf dich auf darling x

Und jetzt gehe ich weinen.

Nie mehr

Nie mehr an menschenschweren Orten
deine himmelblauen Augen sehen,
und deine Lippen, von denen zwischen vielen fremden Worten
lächelnd kleine Engel zu den meinen gehen.

Nie mehr in Frieden deine Hände fassen,
darin mein ganzes Leben lange lag –
du hast mir nie gesagt, warum.
Auf deinen Wunsch hin haben meine losgelassen.
Da ging etwas zu Ende, an diesem selten dunklen Tag,
und Gott schlug wissend eine Seite um.

Cathérine Cordero

25. Mai

„Guten Morgen Kai!

Weisst du was, ich wusste bereits bei deiner letzten Mail, dass du so jemanden getroffen hast, von dem du fühlst, sie ist dein Seelenpartner, ich habe nämlich mittlerweile gelernt, zwischen den Zeilen zu lesen ... Ganz besonders interessant finde ich deine These, dass Zahnschmerzen ein körperliches Symptom für eine seelische Entscheidungssituation sind ...

Mir geht es jedenfalls momentan nicht so gut, meine "Beziehung" zu IHM, sprich das Umsetzen unserer besonderen Verbindung in der Realität kam gestern abend an einen Punkt, der mehr als weh tut: nach der grösst möglichen Nähe am letzten Wochenende ist ER jetzt auf völlige Distanz gegangen. Er behauptet, er empfinde nur Freundschaft. Jetzt, da ich deine Mail gelesen habe (die passender kam als du es dir vorstellen kannst), in der du den unschätzbaren Wert eurer Freundschaft herausstellst, fühle ich mich scheusslich, denn ich habe das Wort "nur" betont, nicht das Wort "Freundschaft". Ich denke, ich werde noch einmal mit ihm reden.

Ich danke dir und umarme dich!"

Weisst du, ich habe noch nie zuvor eine solch tiefe Traurigkeit empfunden. Die Traurigkeit ist genauso unendlich wie die Liebe, die ich für Kris empfinde. Ich versuche gerade herauszufinden, warum ich so traurig bin, denn er hatte ja nicht vor, den Kontakt gänzlich abzubrechen. Es tut mir deshalb so weh, weil Kris die Chance, mit uns weiterzumachen, nicht ergriffen hat. Nach allem, was war. Ich habe einen Schatten über mir, und mein ganzes Leben erscheint mir nun düster. Keine Ahnung, wie ich weiterleben soll. Ich habe Angst, dass nun die Freude für immer aus meinem Leben verschwunden ist. Vor allem: wie soll ich anderen jetzt Hoffnung geben? Ich weiss es nicht. Ich bin nur froh, dass Gott noch da ist. Sonst würde ich aufgeben.

Kai aus dem Forum ist wirklich weise, gerade schreibt er über seine Seelenpartnerin:

„Ich habe SIE bestimmt anfangs zu sehr eingeengt, alleine dadurch, dass ich ihr oft, zu oft, gesagt habe, was SIE mir bedeutet. Erkläre mal einem Menschen wie besonders er ist, ohne dass er sich beobachtet, eingeschränkt oder gar verletzt fühlt, eine Gratwanderung."

Kevin schrieb mir heute: ES GEHT IMMER WEITER, hab keine Angst.

Ich kann dir gar nicht sagen, wie froh ich bin, dass ich diese Menschen habe, Andrea und Kevin und Kai und meine anderen, „realen" Freunde – Maya und Marion und Peter ... DAS bringt mich jetzt zum Weinen, nicht Kris, sie tun es!
Meinst du, er verzeiht mir? Kann ich meine Reaktion irgendwie entschuldigen? Ich glaube, es hat mir nicht die Tatsache wehgetan, dass er den Kontakt auf diese Weise einschränken möchte, sondern dass er unser Wunder heruntergespielt und sich selbst angelogen hat, und damit auch mich. Sind wir weit gekommen auf unserem Weg, oder sind wir noch ganz am Anfang?
Zuerst vermutete ich letzteres, aber heute denke ich, die Schwierigkeiten werden bei Fortschreiten der Entwicklung nicht weniger, wie viele glauben, sondern eher mehr und grösser, was meinst du? Die Lernaufgaben werden immer schwieriger. Wir sollen das Edelste in uns zum Blühen bringen ... die Rose in uns.
Was liegt jetzt für mich auf dem nächsten Stück Weg? Warten oder neu orientieren? Besser wäre es, ich würde mich neu orientieren, meinst du das krieg ich hin? Oder bleibt der dritte, der neu ins Spiel kommt, wieder auf der Strecke?

Immer und immer wieder wurde ich weiterhin vor diese Entscheidung gestellt. Dass wir beide Singles sind machte es nicht leichter, das war ein Irrtum, es machte die Sache unglaublich viel schwieriger – da unser freier

Wille alles entscheiden musste. Ich weiss, es war zuviel für ihn, er brauchte diesen Rückzug, er konnte es nicht einfach so annehmen. Nun jedoch hatte ich ihn gehen lassen, und ich hoffte, er würde eines Tages wieder auf mich zukommen. Immerhin wollte er den Kontakt nicht ganz abbrechen, das hatte er ja gleich gesagt. Ich tat ihm sehr weh als ich sagte, er brauche mich nicht noch einmal anzurufen. Das fühlte ich. Dennoch - ich wusste nicht, ob ich eine pure Freundschaft mit ihm ertragen würde. Ich weiss, dass ich in dem Moment wieder egoistisch war, *das* war mein Problem, ich wollte ihn einfach haben, ich wollte mit diesem Mann zusammen den Rest meines Lebens verbringen, so ganz und richtig. Ich wollte nichts *mehr* auf dieser Welt. Spätestens seit unserem gemeinsamen Wochenende bestand für mich kein Zweifel mehr daran. Das fühlte er natürlich, und es erdrückte ihn. Deshalb mussten wir jetzt diese Distanz haben, um uns hoffentlich eines Tages wieder anzunähern. Keine meiner früheren Beziehungen habe ich so ehrlich analysiert, nie zuvor habe ich meine eigenen Fehler und Schwächen derart ehrlich beleuchtet. Ich habe immer gerne alles auf den jeweiligen Partner geschoben. Man verändert sein ganzes Wesen mit diesem Menschen!

Mir tut es am meisten weh, dass ich nun vielleicht niemals mehr seine Hände berühren kann. Kevin hatte absolut recht, die Hände sind etwas ganz Besonderes. Das ist sehr seltsam. Unsere sind sogar weitestgehend identisch.
Trotz allem habe ich überhaupt kein Gefühl der Ferne, er ist die ganze Zeit bei mir, und am liebsten würde ich ihm auf der Stelle eine SMS schreiben, so wie früher. Aber man tut das nicht einfach so, das weisst du mittlerweile auch, man denkt tausendmal darüber nach, es ist zu wichtig und zu zerbrechlich - so stark und untrennbar dieses Band auch ist. Aber das Ego und der Kopf sind auch noch da, und man kann trotz allem schnell etwas kaputt machen, was einen dann wieder meilenweit nach hinten wirft. Man kann die Verbindung nicht zerstören, aber den Fortschritt, den man zusammen mühsam gemacht hat, den kann man zunichte machen. Das ist der Punkt. Der eine verleugnet die Liebe, um dem ganzen Irrsinn zu entkommen, und deckt das Mäntelchen Freundschaft darüber, der andere fragt sich, ob er warten soll oder sein Leben leben. Sehr schwierig. Ich würde warten, wenn ich die Garantie hätte, dass er wieder zu mir kommt. Das ist eine Frage des Vertrauens. Kann ich darauf vertrauen, dass es so sein wird? Kenne ich ihn (und damit in erster Linie mich) gut genug, um dieses Vertrauen zu haben?Kenne ich Gott gut genug? Ist das meine nächste Lernaufgabe?

Ich denke sehr, sehr viel nach seit gestern, eigentlich schon seit Hamburg. Und ich könnte vor Sehnsucht nach einem Wort von ihm jetzt schon in die Tischkante beissen. Es ist fürchterlich.

Nachdem ich eine halbe Stunde gezetert und geweint hatte, fragte ich laut: Lieber Herr Jesus Christus, meinst du, ich soll Kris noch einmal eine Nachricht schreiben? Sofort hatte ich diese Antwort im Kopf: *Du musst nur die richtigen Worte finden!* Ich war so verblüfft, dass ich auf der Stelle aufhörte zu weinen!!! Und ich schrieb Kris daraufhin diese SMS:

... wenn ich nur wüsste, ob du das ernst gemeint hast oder nur mehr Zeit brauchst ... ich würde auf dich warten. C.

26. Mai

Meine Traurigkeit macht mir Angst, sie ist so sehr tief in mir drin. Anders als jede Traurigkeit zuvor. Aber ich muss weitergehen. Was soll ich nur tun ohne Kris in meinem Leben??? Wenn er nur Zeit braucht, werde ich das ja eines Tages merken. Das ist dann der Tag, an dem ich wieder leben werde.

Gerade kam seine Antwort per SMS!

hi babe aus dem stürmischen england. ich bin ganz und gar nicht ärgerlich sondern fühle mich schlecht, weil ich dich so sehr enttäuschen musste, aber es war notwendig, dass ich aufrichtig zu dir war, damit wir in unseren leben weitergehen können. ich wünsche dir ebenfalls frieden, freude und eine hoffnungsvolle zukunft. du bist eine bemerkenswerte frau. biggest hug x

> *danke schön, darling. ja, wir werden weitergehen in unseren leben. ich hoffe, wir werden uns von zeit zu zeit erzählen, was passiert. und du bist ein wundervoller mann, Kristian. hugs, C.*

Ich bin mir nicht sicher, wie das weitergehen wird in unseren Leben, ob er sich jemand anderes suchen kann, aber er wird es mit allen Mitteln probieren. Wer weiss, wie lange er braucht, um einzusehen, dass es nicht funktionieren kann. Mir war jedenfalls irgendwie wichtig, dass er weiss, das ich auf ihn warte (n würde), ich fühle, das waren die richtigen Worte, die gemeint waren. Bisher habe ich mich immer erfolgreich von meiner inneren Stimme leiten lassen. Sie wird laut, wenn man sie lässt.

Als ich gestern Abend im Bett ein weiteres Buch über Dualseelen zu Ende las, war da diese Stelle, wie der Autor beschreibt, dass in der Regel einer von beiden weiter entwickelt ist und immer auf den anderen WARTET. Ich hatte beim Lesen ein sehr seltsames Gefühl und wusste, darum war mir das Wort warten in meiner SMS so wichtig. Überhaupt habe ich es ihm im Verlauf der Geschichte mindestens tausendmal geschrieben: Ich werde auf dich warten, das weisst du ja. Das war immer und immer mein Schlüsselwort. Ich hatte immer das Gefühl, ich müsse nur das Schlüsselwort finden. Ich werde auf dich warten – wenn er schrieb, ich rufe dich morgen abend an. Ich werde auf dich warten – wenn er schrieb, ich fliege nach Alaska für vier Tage. Kris, ich werde für immer auf dich warten!

Natürlich stellte ich mir einige hundert Mal kritisch die Frage, ob Kris wirklich meine Dualseele ist. Aber weisst du noch, die Geschichte mit dem kleinen blauen Schmetterling? Wohin hatte der sich gesetzt? Weisst du es noch? Zuerst auf meinen grossen Zeh und dann auf meinen Daumen ...
Er hat mir die beiden Körperstellen gezeigt, die bei Kris und mir *identisch* aussehen, wie ich später ja zufällig gesehen habe. *Zwillinge.* Gott wusste bereits zu dem Zeitpunkt, dass diese beiden Körperteile einmal so wichtig sein würden für mich, denn immer, wenn ich aufgeben will, sage ich mir jetzt laut *diesen Satz: Er hat meine Füsse. Also wird er wiederkommen!* Deshalb hat er den kleinen blauen Schmetterling darauf gesetzt. Und deshalb musste ich so fürchterlich weinen nach diesem Erlebnis: *Ich wusste es.* Die Seele weiss eben immer mehr als der Kopf. Alles, was wir hier tun ist, die Wahrheit, die die Seele bereits kennt, mit dem Kopf nachzuvollziehen. Wir versuchen lediglich, uns zu *erinnern.* So, wie wir uns nach dem Aufwachen an unsere Träume erinnern, die ebenfalls aus den Tiefen der Seele kommen. Erinnerungen - *Nice memories.*
Du hast mich aufgeweckt. Es ist passiert, da hilft auch kein Leugnen und kein Wegschauen. Gott hat seine genialen Methoden, und er liebt uns, und zwar unendlich. Er lässt uns niemals, wirklich niemals allein gehen. *You'll never walk alone.*

7. Kapitel

all you need is love

Es folgten drei lange Monate der Funkstille. Kris hatte Peter und Marion jedoch versprochen, ihnen Tourshirts für die Kinder zu schicken. So kam denn mitten im Juli erstmalig wieder Post aus England. Als ich mit Marion beim Kaffee sass, rief Peter an und sagte, er habe das Paket von Kris im Auto, es sei auch eine CD für mich und eine Karte dabei. Mir wurde ganz seltsam zumute und ich bat Marion, Peter nach dem Motiv auf der Karte zu fragen. „So Strohdinger", lautete die Antwort, und augenblicklich sah ich das Motiv vor meinem inneren Auge. Als ich die CD dann später in Händen hielt, war es das Album „LOVE" von den Beatles – Kris hatte mir „Liebe" geschickt – wie er es sich hier bei mir auf seinem Arm notiert hatte, um es nicht zu vergessen ... In die Karte hatte er ein paar Zeilen für Peter und Marion geschrieben, und als P.S.: „Bitte zeigt Cathie diese Karte". Warum sollte ich sie sehen, wo doch für mich nichts darin stand? Weil ich das Bild sehen sollte ... Es waren ein paar Heurollen auf einem stoppeligen Feld. genau das Motiv, das ich gesehen hatte, als ich von der Karte erfuhr. Ich zitterte wie Espenlaub und war zutiefst bewegt. Es funktionierte also immer noch ... unsere Verbindung war intakt, und er wollte mir das auf diese Weise zeigen.

Seltsamer Weise hörten zeitgleich mit unserer Trennung im Aussen auch umgehend die passenden Überschriften auf meiner amerikanischen Lieblingsseite auf. Das habe ich bis heute nicht verstehen können. Aber ich erinnere mich immer gerne an die lustige Begleitung, die ich während all der Monate durch sie hatte. Später übernahm diesen Job mein neues Küchenradio.

Es sollte dann noch bis Ende August dauern, bis wir unseren geregelten Mailkontakt wieder aufnahmen. Ich hatte Kris zwischenzeitlich mein fertig gedrucktes Buch geschickt; von dieser Urfassung existieren nur zwei Exemplare, eins steht hier bei mir im Regal und eins ist bei ihm, in England. Auch wenn er es nicht lesen kann – er weiss jedes Wort, das darin steht. Es war nur wichtig, dass er dieses Buch bekam. Ich zitiere wiederum einige Stellen aus meinem Tagebuch aus dieser Zeit – denn selbstverständlich habe ich niemals aufgehört, alles aufzuschreiben. Ich bin hier, um zu schreiben, und ich tue es, bis ich eines Tages sterbe. Die Ungeheuerlichkeiten rissen also nicht ab, auch nicht nachdem unser weltlicher Kontakt beendet war.

Die unglaublichen Zufälle begleiteten mich weiter, und so starb auch die Hoffnung nie, dass ich Kris eines fernen Tages wiedersehen würde ...

18. Juni

Email an Andrea:

"du, ich hab angefangen, das jesus-buch zu lesen. dazu MUSS ich dir etwas erzählen! du fällst um und stehst nie wieder auf, das garantier ich dir! es steht fast auf jeder zweiten seite eine unglaublichkeit!!!
zur erinnerung: wie beginnt mein buch? mit dem traum, nicht wahr: ich sehe in den abendhimmel und sehe die wolken. und jemand fragt: „wie wirst du dein buch jetzt nennen?", und ich antworte automatisch (weil es eine eingebung war): sanft wie schafe.

jetzt lese ich in dem buch von glenda green folgendes: sie fährt mit ihrem mann im auto und guckt in die landschaft und hat plötzlich ein bild vor ihrem geistigen auge, eine landschaft und darüber schäfchenwolken im azurblauen himmel. sie soll ja ein porträt von jesus malen, das hatte ihr mann geträumt. da fragt er sie: „Wie würdest du das Bild denn nennen?", und sie sieht es vor ihrem inneren auge wie in einer eingebung: „Das Lamm und der Löwe."

wie wirst du dein buch jetzt nennen?
wie würdest du das bild denn nennen?

sanft wie schafe
das lamm und der löwe

Andrea mir ist schlecht. was hab ich da für ein buch geschrieben? sagtest du nicht es sei irgendwie - magisch??? UND WOHER HABE ICH DIESE TRÄUME?
warum heisse ich Cordero - Lamm? warum?"

Mein Geburtstag Ende Juli war nicht sehr fröhlich, aber ich wurde auf wunderbare Weise beschenkt ... ich hatte meine Nachbarin und Maya auf ein Getränk in eine Musikbar mitgenommen.

Als wir in der Bar ankamen, spielten sie in dem Moment mein derzeitiges absolutes Lieblingslied, welches mir wunderbar über traurige Zeiten hinweghilft (die ich naturgemäss gerade öfter mal durchlebe), „Kleine Wunder", und mein Herz ging mir auf. Maya sagte sofort ganz aufgeregt: „Hör mal!!" Und sogleich schnappte meine ungläubige Nachbarin: „Na, ob das nicht ein Zeichen ist!?" Sie konnte ja nicht ahnen, dass es für mich in der Tat ein extrem wichtiges Zeichen war!
Sollte Kris wirklich auf wundersame Weise zurück in mein Leben kommen?

23. Juli

Ich bin dabei, die Sache mit Kris abzuschliessen! Es kommt mir von Tag zu Tag mehr so vor, als bilde mein Buch den krönenden Abschluss! Sehr seltsam. Ich weiss, damit kann ich es schaffen, die Geschichte zu beenden; ich schicke es einfach alles zu ihm, und weg ist es. Habe gerade den Brief verfasst, den ich dazulegen werde:

„Lieber Kris,

kannst du dir vorstellen, das jemand ein ganzes Buch für dich schreibt?
Nun, hier ist es – mein Tagebuch seit unserer ersten Begegnung im Juli letzten Jahres. Keine Panik, es existieren nur 2 Exemplare, deins und meins.
Dies ist also meine Hälfte der Geschichte, und ich schenke sie dir.
Auf der Cover-Rückseite ist das Bild, welches ich vor meinem inneren Auge sah, als Peter am Telefon sagte, du habest eine Karte zu deinem Paket dazugelegt.
Der Song, „Kleine Wunder", den ich mitschicke, passt irgendwie dazu, findest du nicht? Er singt ein bisschen so wie du, Kris.
Memories always remain, da hattest du vollkommen recht.
Ich werde dich nie vergessen.

In Liebe, C."

Als ich eines abends mit Peter telefonierte, kam Kris´ Antwort-Email. Er teilte mir die Adresse mit, an die ich das Buch senden soll. Ich werde ihm meine Hälfte der Geschichte schicken, damit ich das alles endlich los werde. Zurück an Absender – zurück nach England, wo es hergekommen ist! Und danach werde ich mich befreit fühlen. Vielleicht wird diese Sache damit endlich für diesmal ihren Abschluss finden.

25. Juli

Heute habe ich ein neues Buch bekommen, „Das Abenteuer nach dem du dich sehnst" von John Ortberg, und ich gehe beim Lesen durch alle möglichen Empfindungen. Und immer versuche ich zu durchleuchten und zu beurteilen, was ich im letzten Jahr mit und durch Kris von all diesen Dingen, die dort beschrieben werden, erfahren, gelernt und ausgeführt habe. Eben musste ich sehr weinen, als die Geschichte von der Frau erzählt wurde, die sich mit einer Gabel in der Hand beerdigen liess, frei nach dem Motto: Das Beste kommt noch ...

Zuerst begriff ich gar nicht, dass ich die Auflösung meines Gabel-Rätsels vor mir hatte. Die Gabel in der Geschichte ist ein Zeichen der Hoffnung darauf, dass es nach dem physischen Tode weitergeht, dass das Beste also noch kommt. Mir fiel auf einmal meine mysteriöse Gabel wieder ein, auf der *P.H.* eingraviert ist. *Prinzip Hoffnung*! Endlich wusste ich, was sie bedeutet und wieso gerade diese Inschrift darauf eingraviert ist. *Das Beste kommt noch* – das sagt mir das Prinzip Hoffnung. Herr Ortberg empfiehlt seinen Lesern, wann immer sie eine Gabel zur Hand nehmen, sich daran zu erinnern, dass dies Gottes Versprechen an uns Menschen ist.
Ich sass da wie vom Donner gerührt und versuchte zu verstehen, wie das alles so wunderbar ineinander greifen konnte! Ja, ich würde Kris wiedersehen, ganz sicher. Mein Vater (!) hatte mir diese Gabel persönlich gebracht, und ich hatte sofort das Gefühl gehabt, sie sei wichtig.

Ich kann mich beim Lesen die ganze Zeit des Eindrucks nicht erwehren, dass sie meine Reaktionen beobachten - Gott und Jesus und die Engel. Wie geht sie mit diesen Informationen um? Merkt sie wohl, dass sie das Buch gerade nicht zufällig liest? Die Gabel hat mir jedenfalls den Rest gegeben. Das Thema wurde erst vor wenigen Tagen aktuell, als ich meiner neuen Freundin Bettina von der Gabel und der Inschrift erzählt hatte. Das war anscheinend die Vorbereitung.
Mir brummt der Kopf, aber das Buch habe ich fast durch. Ich kann es kaum aus der Hand legen, es ist so passend zu mir und meinem derzeitigen Leben, wie es zuletzt nur das Buch „Die heilende Kraft des Dankens" war. Es tauchten von Anfang an etliche Bezüge, wörtliche Übereinstimmungen, Namen und Beispiele zu meiner eigenen Geschichte auf, ich staune nur noch. Und es ist noch nicht zu Ende. Ich lese weiter. Eins habe ich gerade jedenfalls verstanden: es ist nicht mein Fehler, sondern meine Begabung, all diese wunderbaren Zeichen zu sehen und andere Menschen mit dieser Sichtweise anzustecken ... wie viel zuversichtlicher war Marion, als sie im Krankenhaus vor der OP die Anstecknadel mit dem Engel am Kragen der

Krankenschwester entdeckte! Das sind wunderbare Zeichen, und sie zu erkennen hilft einem so sehr gegen Angst und Mutlosigkeit, und es gibt Gott sei Dank jeden Tag kleine Zeichen zu entdecken. Kleine Wunder ... Ich sollte mich nicht ärgern, wenn z.B. meine Nachbarin mich damit ärgern und sticheln will. Sie hat das Prinzip nur noch nicht verstanden – das Prinzip Hoffnung.

26. Juli

Ich bin vollkommen geplättet! Habe gestern abend im Bett noch den Rest des Buches gelesen, und es gibt darin ein Kapitel, das mich wieder einmal mehr als verblüfft hat: In meinem eigenen Buch hab ich bekanntlich geschrieben, dass ich immer auf der Suche nach dem Schlüsselwort war und endlich wusste, es war das Wort „WARTEN" – „Ich werde auf dich warten." Herr Ortberg widmet dem Thema Warten ein ganzes Kapitel, und genau wie ich sagt er, dass passives Warten vollkommen verkehrt ist, dass man die Wartezeit sinnvoll nutzen darf, um in der Zeit zu wachsen, dass die Wartezeit (ich: die Zeiten der Funkstille) das wichtigste ist. Ich habe also in meinem eigenen Buch alles ganz glasklar und richtig erkannt. Ich musste so weinen, auch als ich einen Satz las, den ich fünf Minuten zuvor zu Kris´ Foto auf meinem Handy gesagt hatte: „Der liebe Gott weiss schon, was er tut!" Ich bin mir sicherer als je zuvor, dass ich mein Buch nicht alleine geschrieben habe! Alles war vom ersten Tag an geführt. Und ich denke, ich sollte es wohl doch veröffentlichen. Es ist eben **nicht** *damit getan, ihm das Buch zu schicken! Ich habe die ganze Zeit unterwegs gewusst, dass ich es nicht (nur) für Kris geschrieben habe. Sondern für all die anderen Wale. Und ich bin nicht verrückt.*
Ich lag in meinem Bett und dachte, oh mein Gott, jetzt fall ich aber um, dein Geschenk war ja noch unendlich viel grösser als bisher vermutet! Was andere durch furchtbare Lebenskrisen mühsam lernen müssen, habe ich durch meine Liebe zu diesem Wesen namens Kris im Zeitraffertempo ganz genau so gelernt! Und trotz all der Tränen ist es hauptsächlich ein wunderschönes Erlebnis. Wenn ich noch eine Bestätigung gebraucht hätte, dass diese Verbindung kein Zufall und keine Einbildung ist – jetzt hätte ich sie. Doch dessen bin ich mir Gott sei Dank sowieso schon lange sicher. Und was den Ausgang der Geschichte angeht – das Beste kommt noch! So ist das. ER lässt uns nicht hängen, er schickt uns Bücher, und daraufhin verstehen wir wieder etwas mehr. Und nach manchen Büchern versteht man die ganze Welt.

29. Juli

Ich fass es kaum – Kris hat mir letzte Nacht eine Email geschrieben!!! Ganz von sich aus. Er erinnere sich immer an das sagenhafte Wochenende, das wir zusammen hatten. Nun, er wird sich wundern, wenn er mein Päckchen bekommt!
Ich sass hier und sah diese Email und merkte mit Erstaunen, wie ein Satz von ihm nach wie vor mein Leben aus der Bahn werfen kann. Es ist unfassbar und unkontrollierbar, was er in mir auslöst. Manchmal kommt mir der Verdacht, ich bin es, die alles blockiert. Ich lasse ihn innerlich nicht mehr zu mir, aus Selbstschutz, damit ich nicht mehr wegen ihm weinen muss. Vielleicht ist es so. Als ich die Email gelesen hatte, musste ich auch tatsächlich sofort weinen. Gleichzeitig kam eine Rundmail von Gina, der Hellseherin, Wortlaut: „gib niemals auf, das ist das einzige Geheimnis um Erfüllung im Leben zu erfahren."

Ich werde ihm seinen Ohrring persönlich zurückgeben. Ich werde seine Füsse noch einmal sehen. Und ich werde wieder mit ihm spazieren gehen, ja das werde ich. Ich weiss es ganz sicher, jetzt in diesem Augenblick. Kris und ich, wir werden wieder zusammen spazieren gehen, und diesmal wird es noch glücklicher als beim ersten Mal, weil er sich endlich sicher ist. Ganz genau so wird es sein. Er wird wieder herkommen, und zwar aus freien Stücken. „Und wenn sie einmal fortgehen, kehren sie immer wieder zurück und singen an genau der Stelle weiter, an der sie aufgehört hatten – als wäre die Zeit dazwischen nicht gewesen ..."

30. Juli

Ich hab´s getan. Ich habe es wirklich heute wahr gemacht. Ich habe Kris mein Buch geschickt. Meine Hände sind schon den ganzen Tag eiskalt. Habe ihm eine kurze SMS geschrieben, dass seine Überraschung jetzt unterwegs nach England sei. Keine Reaktion. Vielleicht kommt mein Buch gerade zur rechten Zeit, wo er anscheinend eine Phase hat, in der er sehnsüchtig an unser Wochenende zurückdenkt ... Ich kann jetzt nichts mehr tun, es liegt in der Hand der Engel. Als ich aus der Post rauskam, hielt neben mir auf der Hauptstrasse ein Wagen: Sonder- und Kurierfahrten, Kennzeichen: W-AL. Und gleich dahinter ein LKW mit dem Schriftzug NO FEAR auf der Beifahrertür. Vielleicht denkt er auch endgültig, ich hab sie nicht alle. Von Andreas Buch war er aber so begeistert – dass sie einfach eins geschrieben hat. Und ich stand daneben und musste den Mund halten, oh das war fürchterlich. Aber in wenigen Tagen kann ich ihm endlich meins zeigen, dann sieht er es endlich. Oh ich bin so froh, dass es dann kein Geheimnis mehr ist! Es lag mir so oft auf der Zunge, ihm davon zu erzählen. Und nun wird er es bald wissen. Egal, was danach kommt.

Und vielleicht wird er es eines schönen Tages auch lesen, vielleicht findet er jemanden, der es ihm übersetzt. Und ich liebe ihn so unendlich, es ist mal wieder kaum auszuhalten. Ich wünsche mir so sehr, dass das Buch ihn glücklich macht, dass er sich freut, dass es ihm ein warmes Gefühl gibt, wenn er es immer mal wieder ansieht. Das wünsche ich mir. Dass er dann sachte darüberstreicht, an mich denkt, den Kopf schüttelt und – lächelt. Sein sagenhaftes Lächeln. Das schönste Lächeln dieser Welt. Das wünsche ich mir so sehr! Oh bitte, bitte, lieber, lieber Gott im Himmel! Lass ihn lächeln!!

Gerade sitze ich mit meiner Tochter vorm Kinderprogramm; dort geht es um einen Raub in der Schulbibliothek. Auf einmal schwenkt die Kamera auf einen Engel, der ein Buch in der Hand hält. Minuten später Gott und Adam wie an der Decke der Sixtinischen Kapelle und - ein Buch zwischen ihnen. Das ist doch nicht zu fassen! Später ging ich zur Haustür hinaus, als gerade direkt vor mir ein Auto anhielt mit der Aufschrift: „Alles wird gut!" Ist das nicht wunderbar? Wenn er diese nächtliche Email nicht geschrieben hätte, wäre ich nicht so voller Hoffnung. Aber er hat nun einmal. Von der Logik des Films her müsste es eigentlich ein happy end geben ...
Ich denke ab und zu an die Geschichte mit dem Ohrring. Wenn ich mal so tue, als wäre mein Wahnsinn Realität, dann hat mein Herr Rilke mich mit der Geschichte (der durch den Turmtraum eine unleugbare Bedeutung verliehen wurde) auf etwas hinweisen sollen. Ohrringe. Kris hat seinen abgenommen, als er hier war, und ihn vergessen. Heisst das wirklich, er kommt wieder ...? Ja, ich glaube fest daran.
Sie werden einander hundert neue Namen geben – sie werden immer wiedergeboren (und jedes Mal anders heissen), und sie sich alle wieder abnehmen (sich jedes Mal wieder loslassen) – leise, wie man einen Ohrring abnimmt. Was ist, wenn ich Kris niemals mehr wiedersehe? Was ist dann??? Dann werde ich hundert neue traurige Gedichte schreiben, das steht fest. Trotzdem verstehe ich dann nicht, warum so ein Bohai gemacht wurde um unsere Treffen, von wegen Platz in der ersten Reihe und so. Ging es nur um das Wachsen und Lernen? Dann wäre ich über alle Massen enttäuscht, das muss ich zugeben. Das kann nicht alles gewesen sein. Nein, das Beste kommt noch!

Ich glaub ich träume: Als ich dies gerade bis hierher geschrieben hatte, ging ich hoch ins Schlafzimmer, da schien die Sonne auf den Teppich, und ich dachte, was blinkt denn da??? Auf dem Teppich vor meinem Bett lag: ein **Ohrring** *von Barbie, an exakt derselben Stelle, wo ich Kris´ Ohrring gefunden hatte ... meine Tochter muss ihn dort verloren haben. Ich bin jetzt ein wenig aufgelöst Wer ist dieser Kris, und woher kam er auf einmal? Auf einmal ist er da und bringt mein ganzes Leben durcheinander. 07.07. noch alles wie immer, 08.07. ganzes Leben vollkommen*

anders. Das alles hätte ich mir niemals träumen lassen! Das Jesus-Porträt von Glenda Green prangt jetzt auf meinem Desktop; manchmal lächelt er mir aufmunternd zu, manchmal ist er verschlossen - wie die Sphinx. Das ist ein Bild, das genau die eigene Stimmung wie ein Spiegel zurückwirft. Und auf seinem Arm hält er das Schaf. Das Lamm. Ich werde sicher am Wochenende viel weinen.
Die Kirchenzeitung hat heute auf ihrer Titelseite ein Feld mit Strohballen (!) und die Überschrift: ERNTE MIT BANGEM BLICK ZUM HIMMEL: *Hält das Wetter noch? Nun ist es fast geschafft." Eine einzige Sache ist so oder so nicht zu leugnen: Ich habe diese Gabel. Von der niemand weiss, woher sie kommt und warum. Ich jedoch weiss, woher und warum. Die Gabel ist das, was mich am meisten hoffen lässt.*

01. September

Vorhin hab ich Kris eine SMS geschrieben:"viel glück für den Auftritt morgen", und ich sei bei ihm, wenn er das möchte. Gerade kam dies zurück:

> *ich werde wieder für dich singen.* x

Als ich gerade eine Antwort in mein Handy tippte, spielten sie „Kleine Wunder" im Radio, ich war mehr als seltsam berührt.

> *danke, dass du mein Wochenende sehr, sehr glücklich gemacht hast. nur indem du gesagt hast, du wirst für mich singen. ich hoffe, du bist ok. xxx* C.

Als ich am Samstag abend so völlig in meiner Liebe zu Kris dahintrieb, da wurde mir mit einem Mal bewusst, was Jesus in Glenda Greens Buch meinte, als er sagte: „Du bist Liebe." Was, wenn das mein wahres Selbst ist, dieses eine Gefühl, das mehr ein Seinszustand ist als ein blosses Gefühl? Wenn mein Gehirn und Geist und Körper und alles andere nichts ist, nur Verkleidung, nur Anpassung an diese Welt. Und ich bin in Wahrheit diese Liebe. Ob er das wohl damit gemeint hat? Diese Liebe stirbt nie, sie ist angeblich das in uns, was weiterlebt. Aber eigentlich sind wir ***nur das****, und das Umunsherum verschwindet irgendwann wieder. Es ist nur die Maske für diese Rolle, die die Liebe in dieser Welt spielt. Daher sind wir in Wahrheit auch nie getrennt. Wir spielen nur, dass wir getrennt sind. Wir gehen zusammen ins Theater und verteilen uns auf diese Rollen, und wenn der Vorhang fällt, gehen wir wieder zusammen nach Hause. Die ganze Aufregung ist also völlig umsonst, denn es ist ja nur ein Theaterstück, und wir wissen schon seit wir hier ankamen, dass wir*

wieder zusammen nach Hause gehen werden. Die Engelkarten reden ständig von Wundern, dazu spielen sie soundtrackmässig die passende Musik im Radio. Gerade beim Lenormand-Karten-Legen sagte es in mir plötzlich: „Was willst du denn? Es steht doch schon längst geschrieben.“ Seitdem muss ich furchtbar weinen. Wer hat das gesagt? Woher will ich das wissen? Der zweite Impuls war, meine Lenormand-Jahreslegung von Dezember herauszukramen.
Für September steht dort: Frau – Sense (plötzlich, überraschend) – Mann.
Jetzt singt jemand im Radio: "unsere Zeit ist gekommen, ich bin bereit für einen neuen Anfang" Himmel hilf! Als ich vom Einkaufen zurück kam, hatte ich plötzlich den Text zu einer Email an Kris im Kopf. Die habe ich gerade geschrieben:

> *„ich vermisse deine stimme, ich vermisse das klingeln meines telefons um 22 uhr meiner zeit, ich vermisse deine nächtlichen nachrichten, ich vermisse dein lachen, ich vermisse deine hände, ich vermisse deine arme, ich vermisse deine traurigkeit zwischen den zeilen, ich vermisse dich.*
> *ich will an meinem computer sitzen und auf eine nachricht von dir warten, ich will an dich denken, wenn du unterwegs bist, ich will herzklopfen haben, wenn du aufgeregt bist, ich will weinen wenn du einsam bist, ich will dich fragen hören, wie du mich nennen sollst, ich will dich sagen hören, wir atmen uns, ich will dich. und das alles, weil ich weiss, wie es sich anfühlt. während ich dies schreibe, läuft „I´m sorry“ im radio. verrückt, aber wahr.“*

06. September

biggest kiss ... werde dein neues gedicht in ruhe lesen wenn diese verrückte woche vorbei ist.

Email an Bettina:

"Es geht darum, einen Weg zu finden. An dem Punkt, an dem du bist, war ich schon etliche Male, und ich weiss, dass Kris auch dort war. Aber ihr seid nie getrennt gewesen, das gaukelt euch nur diese Welt der Materie und des Dualismus vor. Deshalb ist es so schwierig und schmerzhaft. Weil ihr eigentlich zusammen seid und gleichzeitig (scheinbar) nicht. Was wir uns zum Ziel gesetzt haben ist, aus diesem Dilemma *rauszukommen. Wir haben uns die harte Tour ausgesucht.*
Dualseelen oder nicht, etwas hat euch vor diesem Dasein aneinander gekettet. Jetzt müsst ihr es leben. Punkt. Genau wie mein Engländer und ich. Vorhin stand vor der Turnhalle an der Schule ein Mädchen aus der Basketballtruppe meiner Tochter, sie

trug ein Tshirt mit der Aufschrift (festhalten!!!): ENJOY THE SILENCE. Daraufhin fiel mir ein, dass vor wenigen Tagen ein Auto hier vorbei fuhr, und auf der Heckscheibe stand doch tatsächlich „Depeche Mode"!"

Email an Steffi:

„... wenn einen die wahre liebe erwischt, hat man keine wahl mehr. dann fängt das lernen an ... loslassen, geduldig sein, warten, das vor allem anderen - warten, bis der andere seinen teil gelernt hat. verzichten, vergeben, man lernt alle diese dinge, bis das eigene ego in tausend stücken daliegt. und dann setzt man etwas neues daraus zusammen. und man versteht plötzlich, dass man in all den anderen männern doch immer nur dies eine gesucht hat, um das man jetzt mit sich selber kämpfen muss. man muss nicht an die wahre liebe glauben, sie kommt zu einem, wenn die zeit dafür da ist. und dann lernt man automatisch zu glauben."

10. September

das wochenende ist rum und keine nachricht von dir ...
Kris, wir hätten all diese probleme nicht, wenn ich wüsste, was du willst. immer, wenn ich gerade denke, ich kann dich abhaken und etwas neues beginnen, schreibst du mir eine dieser nächtlichen emails von wegen "ich bin so allein und denk an dich". ist dir eigentlich nicht klar, dass du mir damit jedes mal wieder hoffnung machst? es ist leicht, sich hinter der arbeit und crazy weeks zu verstecken (ich habe ***jede*** *woche eine verrückte woche). was immer es ist, es ist noch nicht erledigt, und wir können es nicht lösen, wenn du nicht sprichst, Kris.*
ich warte also auf deine antwort. have a sunny day

11. September

Kris, habe dich eine stunde lang sehr stark gefühlt. ist alles ok? ... bist du mir noch böse?? xxx

> *stressiger tag, vertrag für finnland unterschrieben. bin nicht böse sweetness* x

Jetzt rief mich auch noch Marion an, sie hat eine blaue Schaffigur auf einem Häuserdach hier bei uns im Ort gesehen! Was soll das alles? Dann sagte jemand im Fernseher: „Es kann nur einen geben!" Wenn ich schon mal 5 Minuten im Wohnzimmer bin, während diese Kiste läuft! Womit ich wieder bei der Frage bin:

alles andere auf Eis legen? Was mache ich nur? Sieht das fürs Universum so aus, als ob ich mir ein Hintertürchen auflassen will? Wäre das denn schlimm, wenn es so ist? Ich gehe mal davon aus, dass ich Kris wiedersehe. Das ist aber doch nicht gleichbedeutend mit: er bleibt. Andererseits – wenn er wirklich noch einmal herkommt, dann ist das schon eindeutig. Aber ich mache es wie in Hamburg: Ich möchte ihn einfach einmal wiedersehen, seine Hände und Füsse. Ihm den Ohrring geben. An mehr denke ich einfach nicht. In Bezug auf Hamburg habe ich nur dies erwartet: einmal wieder in seine Augen sehen, um zu wissen, ob ES wirklich darin ist, und wir wissen, was ich alles dazugeschenkt bekommen habe. Ich sollte das alles entspannter angehen. Ich sehe ihn wieder. Punkt. Den Rest macht der Himmel. Gerade sangen sie im Radio: „... wenn ich dich nicht mehr lieben würde, wüsstest du es."

Genau so ist das, und damit muss ich zufrieden sein.

Aber ich tappte mit der Zeit wieder in die Erwartungs-Falle. So leicht ist es nämlich nicht, alles in Gottes Hände zu legen – und auch dort zu belassen. Das Lernen hört nie auf, und wenn wir eine Prüfung nicht bestanden haben, taucht sie erneut in unserem Leben auf. Es geht nichts verloren in Gottes Universum!

02. Oktober

Kris hat angerufen. Gestern abend im Bett hatte ich ihm geschrieben, denn ich dachte, es ist doch albern, sich so lange Zeit nicht mehr zu melden. Und daher schrieb ich ihm, dass ich unendlich dankbar bin für all das Gute, das er in mein Leben gebracht hat. Minuten später kam seine Antwort, eine lange SMS, in der es heisst:

du weißt vielleicht, wie viel energie du mir jeden tag schickst. es ist zu stark, babe. mein herz zerreist und ich bin kurz davor, meine tabletten wieder nehmen zu müssen. schicke mir gute schwingungen sweetness denn ich muss stark sein. I feel you inside me always x

Ich starrte wie vom Donner gerührt auf diese Nachricht und wäre beinahe in Ohnmacht gefallen. Da fing das Zittern an, ich hab es über eine halbe Stunde nicht mehr in den Griff gekriegt.

Oh Kris, es tut mir wirklich leid, aber du bist immer bei mir. aber ich werde es versuchen. es ist nur liebe, sei nicht beunruhigt. was können wir tun? x

halte mich ruhig fest in der nacht, aber sende mir positive liebe xxx

ok Kris, komm einfach noch einmal hierher. du weißt ich warte immerzu auf dich. jetzt bist du es, der sendet, ich fühle dich sehr stark x

ich werde dich heute nacht mit meiner liebe zudecken x

es ist nicht freundschaft, hoffe du weißt das. es ist magie oder was auch immer, wie ich dir bereits sagte – unfinished. würde alles tun um dich wieder zu fühlen x schlaf jetzt bitte ... ich kann nicht aufhören zu zittern und bin total high. wow, Kris, du hast es wieder mal geschafft x

schlafen oder schreiben?

schreiben ... ich kann es nicht erwarten dich zu sehen. du bist immer hier bei mir x

Und da wusste ich, er ruft mich an. Und er rief an, natürlich, wir telefonierten eine halbe Stunde lang, und ich war die ganze Zeit in völliger Gewissheit, gerade ein Wunder zu erleben, in absolutem Bewusstsein, meine Dualseele in der Leitung zu haben. Ich dankte Gott und verlor jegliche Angst. Und Kris war mehr hier als je zuvor, er war in meinem Körper und in meiner Seele und in meinen Gedanken, es war als hätte ich seinen Kopf auf meinen Schultern, die Grenzen zwischen uns verschwammen völlig. Und ich nahm mir vor, ihm eine Email zu schreiben, in der ich ihm das alles noch einmal erkläre, und ihm sage, wo sein Problem ist (sein verschlossenes Herz), und beim Abschied sagte er: dann schreib mir morgen deine email. Woher wusste er das wohl wieder?

Seine Worte bei unserem Telefonat waren: „Es macht mich verrückt und es macht dich verrückt. Ich öffne morgens meine Augen und du bist da, den ganzen Tag, bis ich abends wieder schlafen gehe. Es ist wirklich eine sehr spezielle Verbindung." Und er klang dabei sehr glücklich und gelöst. „Ich kann dich nicht belügen", sagte er. „Nein, das kannst du nicht", antwortete ich. Eins war mir ganz besonders wichtig: Ich musste ihm die Frage stellen, die mir seit vier Monaten auf der Seele brannte ... „Warum hast du gesagt, wie seien nur Freunde? Du weißt, wir sind keine Freunde." Ja, ich weiss, gab er zu. Da fing ich an zu weinen und er bat mich

sofort: „Weine bitte nicht, nicht weinen." Ich schluchzte „ich vermisse dich" in den Hörer, und es kam von ihm ein sehr trauriges: „ich weiss".
Ich habe ihm also gerade die längste Email aller Zeiten geschrieben, sehr ehrlich, und habe ihn darin gebeten, nicht dem bisher üblichen Muster zu folgen und jetzt wieder dicht zu machen. Es gehe uns besser, wenn er sich regelmässig meldet. Nun bin ich gespannt, was er tun wird.

Von dem Tag an schrieb Kris wirklich regelmässig, so dass ich einigermassen über Wasser blieb. Dennoch kamen wir nicht wirklich voran. Es sollte noch ein halbes Jahr dauern, bis ich erkannte, dass ich mich zunächst aus dieser Ego-Erwartungs-Spirale befreien musste, wenn ich in meiner Entwicklung weiterkommen wollte. Obwohl mir auch dann noch nicht vollends bewusst war, dass am Ende alles an mir lag und an meinem verschlossenen Herzen ...

Seit gestern ist er bei mir, unablässig, ich führe ihn durch den Tag spazieren, in mir, er ist wie in mich eingegossen. Was zwischen uns war gestern – und was schon immer unseres ist – ist so gross, dass es keine Worte dafür gibt. Es war eine einzige Welle von Macht und Sein-Wollen. Ich war völlig darin aufgelöst, es gab keine Begrenzungen mehr. Und beständig seine Stimme an meinem Ohr, sie war überall, diese Stimme, vor mir und in mir und bei mir, und seine Seele war ich.
Wenn ich nur daran denke, welchen Schauer es mir verursacht, wenn er sein Englisch mit mir spricht, ich könnte ihm stundenlang zuhören, es ist das Schönste was ich je gehört habe, wirklich. Ich wusste es immer schon, dass es ein Engländer sein muss. Ich hab es immer schon in mir gehabt.

03. Oktober

Er hat letzte Nacht (wie insgeheim gehofft) auf meine Email geantwortet. Nur eine kurze Antwort, aber sie bedeutet mir sehr viel – denn er ***hat*** *geantwortet. Das wäre normalerweise anders gelaufen! Er schreibt:*

gerade zurück von gig in der stadt wow, was für eine tolle nachricht wir sollten uns unterhalten schlaf gut princess

> *ich wusste, du würdest antworten. danke schön, du bist wunderbar, Kris. wir werden einen weg finden, dies zu lösen. cant wait xxx wirst du mich heute abend anrufen? um zehn meiner zeit? bitte xxx*

ok, rufe dich nachher an.

Es ist alles wie vor unserem Crash im Mai. Es hat sich nichts geändert. Er hat dann wie vereinbart kurz nach zehn angerufen. Heute gab es nur Gespräche. Er ist immer noch sehr vorsichtig. Ich habe ihn gefragt:, ob wir uns wiedersehen, und er lachte, oh ja natürlich, natürlich werden wir das. Er müsse sich allerdings bei seiner Arbeit konzentrieren und ich solle ihm bitte positive Gedanken bzw. Gefühle schicken.

Also ok ich werde es versuchen. Aber er hat immerhin versprochen, sich weiterhin regelmässig zu melden bzw. anzurufen. Denn dann geht es mir gut und ich kann ihm leichter positive Energie schicken. Bei der Begrüssung hat er mich darlin genannt, ich höre das so gerne, es ist unglaublich schön, wenn er das sagt. Und seltsamer Weise hat er gesagt, er höre so gerne meine Stimme. Solche Gefühlsausbrüche sind selten. So sind sie, die Engländer (und erst recht die Dualseelen-Männer!)

ich danke dir so sehr, Kris ... ich weiss wir haben einen weg gefunden zu kommunizieren ohne einander zu verletzen. schlaf gut und geniesse was wir haben. denk immer daran, dass es eine ***gute*** *sache ist. xxx*

ich werde versuchen wort zu halten xx

Ja, das wirst du, denn eben habe ich noch am Telefon zu Bettina gesagt, wenn Kris etwas verspricht, dann hält er es immer ...

04. Oktober

Gestern abend habe ich nach längerer Zeit wieder einmal mit Jesus gesprochen. Dabei zog ich eine Engelkarte, die da sagte: „Jesus ist bei dir und bereitet ein Wunder für dich und die Situation vor, die der Grund für deine Frage ist. Er lenkt Gottes Licht auf dich und deine Liebenden und sorgt dafür, dass ihr alle sicher und beschützt seid. Du hast um ein Wunder gebeten und ein Wunder wird geschehen."
Ich nehme an du kannst dir in etwa mein Gesicht vorstellen, als ich dies las!
Letzte Nacht im Traum hatte ich meinen ersten Tag in meiner neuen Schulklasse, eine mir bekannte Kindergärtnerin war eine der Lehrerinnen, und ich setzte mich hinten in die letzte Reihe, aber sie sagte streng zu mir: „Es kann sein, dass sich die Sitzordnung noch umdreht, und dann bist du in der ersten Reihe!" Und ich sagte: „Das ist auch ok", obwohl mir etwas mulmig wurde, und ich dachte daran, dass ich

bisher in meinem Schulleben immer freiwillig in der letzten (sicheren) Reihe gesessen hatte. Sehr bezeichnend, wenn ich einmal genauer darüber nachdenke.

Kris,
hab einen friedvollen tag mein engel ... was auch immer passiert, was immer du fühlst – jemand in dieser welt wird immer mit dir fühlen und dich verstehen. und du musst niemals fragen warum. wenn du dich einsam fühlst, schreib eine nachricht. wenn du meine stimme hören willst, ruf an. wenn ich nur könnte, ich würde dein herz auf der stelle heilen. ich würde. bitte hab keine angst mir zu nahe zu kommen, ich bin sowieso in dir. alles ist gut.fühle dich frei mir alles zu geben, was du willst, gutes oder schlechtes. tag oder nacht. ich werde dir zuhören und für dich da sein. es ist wichtig, dass du dies weisst. xxx

09. Oktober

Ich habe ein neues Buch, "Rückkehr zur Liebe" von Marianne Williamson. Darin habe ich einen sehr guten Rat gefunden, wie ich die Belastung, die an meiner Dualseelenbeziehung haftet, loslassen kann: „Vergebung" lautet das Stichwort. Laut Buch ist sie der Schlüssel für das Zustandekommen von Wundern. Man darf seine Beziehungsprobleme dem heiligen Geist übergeben. Davon habe ich noch nie gehört, ob ich das mal ausprobieren soll?

10. Oktober

Letzte Nacht hab ich geträumt:
Ich war in einem Lokal, von einem dunkelhaarigen Mann (Italiener?) betrieben, und der hatte ein riesiges Gemälde aufgehängt, davor stand ein Bett, und ich dachte, eine gute Idee, dass man die Gelegenheit bekommt, sich auf diese Weise ganz entspannt dieses schöne Bild anzugucken. Meine Tochter war bei mir, und während ich mit dem Mann über das Bild sprach, stellte sie immer wieder Zwischenfragen, was uns dazu zwang, das Bild immer wieder neu zu betrachten, um ihr antworten zu können. Z. B. fragte sie einmal, ob das Bild schief sei, und ich erklärte ihr, das liege an den schiefen Wänden drumherum, so dass es nur perspektivisch schief aussehe. Die Verhältnisse im Aussen liessen mich also das immer gleiche Bild immer wieder auf neue Weise ansehen. Es war übrigens von dunklen Rottönen bis Violett dominiert, und es waren zwei Figuren darauf, die waren dunkler. Ein bisschen sah es aus wie die Bilder von Franz Marc.

Heute weiss ich, dass die einzige Möglichkeit, Lösungen für Herausforderungen zu finden die ist, aus dem eigenen Bild herauszutreten und von einer neutralen Position aus auf das Gesamtbild hinabzuschauen. Dann erkennt man Lösungswege, die man nicht sehen konnte, während man sich selbst mitten im Bild befand. Von höherer Ebene aus betrachtet, erkennt man mitunter, dass eigentlich alles in bester Ordnung ist, was zunächst verkehrt und schief aussah.

Ein weiterer Traum heute früh spielte wieder in Spanien, im Urlaub. Dort bin ich nachts anscheinend öfter! Ich weiss nur noch, dass ich hinauf in mein Zimmer ging, und es wurde folgendermassen gehandhabt, dass einem beim ersten Mal immer aufgeschlossen wurde, das war so üblich. Dort in dem Raum lag mein Schlüssel auf einem Tisch, und in Zukunft müsste ich mir selbst die Tür aufschliessen.
Das Bild stammt aus meinem neuen Buch, in dem es heisst: alltägliche bzw. Ego-Liebe liebt den Rahmen, heilige Liebe liebt das Bild an sich. Dazu meine Erkenntnis: Eine falsche Sicht auf die äusseren Rahmenbedingungen lässt das Bild perspektivisch schief aussehen, es ist aber in Wirklichkeit vollkommen. Heisst das jetzt, in Wirklichkeit ist alles in bester Ordnung?

später

Ich bin jetzt total verwirrt: Gerade habe ich zufällig etwas in meinem neuen Buch gelesen,"Rückkehr zur Liebe": Jeder Schmerz, den wir in einer Beziehung empfinden, hat ausschliesslich mit uns selbst zu tun. Man findet erst zusammen, wenn man bereit dazu ist, das bedeutet, dass vorher all diese Egoprobleme bearbeitet werden müssen. Ok, das wussten wir ja bereits. Für das Ego ist eine perfekte Beziehung die, in der die beiden glücklich zusammen sind. Für Gott ist eine Beziehung perfekt, wenn beide Partner ihre Fehler durch sie anschauen lernen und diese transformieren. Also eine lehrreiche Beziehung. *Auch klar.*
Ein Satz hat mich aber ganz schön erwischt: „Will ich, dass er in Frieden lebt, oder will ich, dass er anruft?“ *Au backe. Jetzt weiss ich nicht, was richtig ist. Ich will nichts tun, was Kris manipulieren könnte. Ist es jetzt gut oder schlecht, sich gewisse Dinge zu wünschen?*

Habe ihm gerade gemailt:

viel Glück für US und hab spass ... werde versuchen nicht zu stark zu denken. will dich nur glücklich und gesund wissen ... nichts sonst. xxx

Es kam sofort Antwort:

danke dir so sehr darlin ... brüte über arrengements für usa und finnland. xxxxxx

Nun wie auch immer. Ich probiere jetzt dies aus: „Ich vergebe dir, Kris, und ich übergebe dich dem Heiligen Geist.“ Dann soll man angeblich fähig sein, loszulassen. Ob das auch bei Dualseelen geht? Es kann jedenfalls nicht schaden, etwas oder jemanden dem heiligen Geist zu übergeben, daher werde ich das jetzt immer innerlich beten. Soll der heilige Geist sich um Kris kümmern, ich bin mit meinem Latein am Ende. Ich sehe die Verbindung einfach nicht klar genug. Von oben haben sie sicher einen besseren Überblick. Ja, ich glaube, die einzige Chance, herauszufinden, was Gott will, ist, ihn machen zu lassen. Ich werde mich in das bereitgestellte Bett legen und mir das wunderbare Gemälde anschauen und es geniessen. So schwer es mir fallen wird. Mich habe ich auch Gott übergeben, meine Tochter auch, dann sollte ich ihm auch Kris überlassen. Herrjeh. Wie soll Gott machen, was er will, wenn ich Kris ängstlich festhalte? Er kriegt ja keinen uneingeschränkten Zugriff auf unsere Verbindung! Jetzt geht's los:

„Ich liebe dich Kris, und ich vergebe dir. Du bist hierher gekommen, um zu lernen, genau wie wir alle. Ich übergebe dich dem heiligen Geist. Gott wird schon wissen, was er tut. Amen.“

Jetzt weine ich. Es tut ja total weh, mein Herz blutet, es fühlt sich an, als würde ich meine Tochter für ein Jahr in die USA zum Schüleraustausch schicken! Was wird nun passieren??

11. Oktober

Letzte Nacht hatte ich einen erschreckenden Traum: über Handy (SMS - Save my soul) erreichte mich die Nachricht: Kris ist tot, gestorben! Und ich war total traurig aber auch erleichtert, weil ich irgendwie dachte, jetzt regelt sich das endlich mit der verzehrenden Sehnsucht. Ein kurzer Traum, aber so erschreckend!
Ich hatte keine weitere Email bekommen, als ich heute früh mein Email-Postfach öffnete und sagte laut: Na, ok, Kris, die da oben müssen dich jetzt erst einmal bearbeiten, sie müssen dich erst einmal - und hatte die Worte im Kopf: zu sich nehmen, *und ich hielt völlig geplättet inne:* Gott hat Kris zu sich genommen! *Wer gibt einem solche Sätze ein? ES HAT FUNKTIONIERT, Gott hat ihn zu sich genommen, Übergabe erfolgreich! Ich sitze hier völlig fassungslos. Und Kris trällert mich gerade aus dem Radio an.*

Betreff: fühle mich heute grossartig
unschlagbar heute, so viel gute energie weiter so sugar ... ich werde dich nächste woche von münchen aus anrufen xxxxxxxxxxxxxxxxxxxxxxxx

grossartig, Kris, ich bin wirklich glücklich und freue mich darauf mit dir zu sprechen hugs & kisses xxx

... und mir liefen die Tränen. Das zweite Wunder an diesem Tag! Der liebe Gott hat Kris zu sich genommen und es ist tatsächlich eine Heilung eingetreten. Das ist so grossartig, dass ich es nicht in Worte fassen kann!

13. Oktober

Gerade habe ich festgestellt, dass Kris mich nicht dann glücklich macht, wenn wir eines Tages womöglich zusammen sind, sondern indem er mir hilft, herauszufinden, wie ich JETZT aus mir selbst heraus glücklich sein kann. Ich werde jeden Tag glücklicher, obwohl er immer noch nicht hier ist. Das ist das, was er mir Gutes antut, indem er mir den Spiegel vorhält und ich mich selbst darin sehen kann – mich darin wieder-finden kann. Ich kann jetzt sehen, dass ich ihn eigentlich nur indirekt brauche, um mein Glück zu finden, und ich bin ihm jeden Tag dankbarer, dass er mir das alles zeigt. Er weiss gar nichts davon, aber vielleicht weiss er es auch ganz genau, irgendwo ganz tief innen drinnen.

24. Oktober

schicke mir umarmungen, es ist kalt xxx

ich weiss du wirst grossartig sein heute abend – wie immer
so nimm mich bitte mit dir auf die bühne – und jedermann wird sich wundern warum du lächelst
schicke dir eine ganz besondere und warme umarmung
xxx c.

28. Oktober

hoffe alles ist gut und dein wunderschönes herz ist lebendig. xxx C.

30. Oktober

Ich habe spontan einen kleinen Videoclip am Computer erstellt – unsere Geschichte in Fotos, gemixt mit Ausschnitten aus der Time Travellers-DVD, dazu den Song „Soulmate". Das ist mein Weihnachtsgeschenk für Kris!

Ich habe ihn seit zwei Stunden bei mir; anfangs dachte ich, ich kippe um, so stark war es. Sicher liest er gerade den englischen Text über TwinSouls, den ich ihm zur Information gemailt habe ... Irgendwie ist seit dem Artikel heute alles anders. Schon als ich den Film machte, mein Gefühl für ihn ist anders als früher, stärker. Ich weiss nicht, wie ich es beschreiben soll. Ich bin mir unserer Verbindung noch bewusster. Irgendwie habe ich es heute erst kapiert, mir hatte wohl noch seine Hälfte des Verstehens gefehlt. Ich hab das, was uns verbindet, erst in seiner ganzen Tragweite verstanden, als ich es in seiner Sprache zu lesen bekam ...
Die neuerliche Erkenntnis, dass Kris wirklich und wahrhaftig meine Zwillingsseele ist, hat mich einfach nur umgehauen. Unterschwellig habe ich das Gefühl, es sei wichtig, dass er Bescheid weiss. Warum auch immer. Auch wenn es ihn jetzt wieder von mir weg treiben könnte. Warum kann es nicht einfach einfach sein! Er bekäme von mir den Himmel auf Erden. Und ich kann nichts tun, nur warten, wie er reagiert, wie immer.

31. Oktober

Eben bekam ich eine Email von Kris. Ich hatte kurz vorher nachgedacht, ob ich ihm ein Happy Halloween wünschen soll, schon schrieb er mir dasselbe! Dazu hat er mir zwei schäbige Kinder auf einem Foto gemailt, Zwillinge, fotografisch verzerrt. Sein Text lautet:

happy halloween aus dem düsteren helsinki – hoffe, dass ich rechtzeitig zu weihnachten wieder fliehen kann. Kris

Seine Art, auf den Soulmates-Text zu antworten, den ich ihm gestern kopiert habe ... Ich antwortete ihm: Die beiden sehen aus wie Zwillinge."
Immerhin hat er den Artikel verkraftet und ist nicht weggelaufen wie damals im Mai! Was soll ich tun? Wird doch noch alles gut mit Kris und mir? Mit meiner Zwillingsseele? Heute sah ich an der Aussenmauer der Schule ein Kreidegemälde: Ein Schaf, und die Kinder hatten dazu geschrieben: „Ohne dich ist alles doof". Währenddessen hörte ich durch ein offenes Fenster, wie die Musiklehrerin eine

tragische Melodie auf dem Klavier spielte, und mir schoss durch den Kopf: „Schicksalsmelodie". Es war aber eine andere Melodie.
Die folgenden zwei Monate verbringt Kris also in Helsinki. Er muss bis Weihnachten dort bleiben. WARUM TUT GOTT DAS? Halt, stopp - andererseits: wer weiss, warum sie ihn aus England fernhalten. Vielleicht hat das einen sehr guten Grund! Ok, ich vertraue Gott. Warum sich also aufregen, wahrscheinlich geht alles ganz genau nach Plan? Gerade sagen die im Radio: „Wir haben es Ihnen versprochen: ab heute werden Sie viele Passagen Ihres Lebens noch einmal erleben."

03. November

Letzte Nacht hatte ich wieder so einen Traum, in dem ich etwas wiederholen und mir einprägen sollte. Es ging in etwa darum, dass das JETZT zählt, „denk nicht immerzu an das, was morgen ist". Begleitet wurde der Traum von einem Wahnsinnsgefühl absoluter Richtigkeit und vollkommenen Glücks und Frieden. Bin gegen 3 Uhr wachgeworden und fühlte es immer noch.

04:42:24
Betreff: back
just back from a very special show tonight love to ya xxxxxxxxxxxxxxxxxxxxx

WAS hat er mir da mitgeteilt? Und wo war ich letzte Nacht?????
Neulich an der Schule, an dem Tag, als ich den englischen Text über Dualseelen gefunden und alles erst in seiner vollen Tragweite verstanden hatte, spielte doch die Musiklehrerin bei offenem Fenster dieses Klavierstück, und mir schoss durch den Kopf: Schicksalsmelodie!, obwohl es das natürlich gar nicht war. Gestern abend kam ich ins Kinderzimmer meiner Tochter, und da hielt sie mir ohne Vorwarnung ihren alten Kirmesteddy ans Ohr, der die Schicksalsmelodie dudelt, wenn man seine Pfote drückt! Ich stand da wie vom Donner gerührt. Ich dachte, den Teddy hätten wir schon längst weggeworfen!
„Wir haben es Ihnen versprochen: ab heute werden Sie viele Passagen Ihres Lebens noch einmal erleben." Ich weiss, was ich will. Ich ahne, was Gott will. Aber was will Kris? Wir sind 3 in dem Spiel, aber No. 3 schweigt sich aus. Na prima, alles wie immer. Und ich kann nichts tun. Ich treffe täglich diese Entscheidung neu, und Kris entscheidet sich irgendwie gar nicht. Sollte man wirklich bis zur Selbstaufgabe warten? Warum muss es eine Hälfte schwer haben und eine darf es leicht haben? Da stimmt doch was nicht! Wenn ich nicht die ganze Zeit bei der Stange geblieben wäre, wären wir schon lange nirgendwo. Andererseits – sind wir denn irgendwo??? Wir sind schon viel weiter als vor einem Jahr, dachte ich. Aber letztlich sind wir

immer noch dort, wo wir vor Mai bereits waren. Werden wir überhaupt jemals irgendwo ankommen? Wann hört dieses Tauziehen endlich auf?

06. November

Zufällig lernte ich eine Frau kennen, die auch in einer schwungvollen Dualseelen-Verbindung steckt. Sie erklärte mir, man könne die sogenannten Aka-Fäden im Geiste durchtrennen; das sind die Anhaftungen und Verwicklungen, die zwischen zwei Individuen entstehen, wenn sie miteinander auf welche Art auch immer in Kontakt stehen. Übrig bleibt dann nur die Liebe. Sie behauptete, Kris sei ein Energievampir und ich müsse mich unbedingt vor ihm schützen. Das wollte ich ausprobieren, auch wenn es mir Angst machte, weil ich Kris nicht verlieren wollte. Aus heutiger Sicht weiss ich, dass es natürlich Unsinn ist, Liebe zieht der Liebe nicht Energie weg, es ist im Gegenteil ein ständiger Fluss aus geben und Nehmen. Dennoch können die Anhaftungen belastend sein und das Herz der Verbindung trüben. Aufgrund meiner Angst probierte ich das Durchtrennen der Fäden erst viel später aus. Ich schrieb ihm zunächst damals dies:

Hi Kris,

nach zwei sehr schlimmen Träumen und langem Nachdenken über unsere Seelenverbindung sowie meine Rolle in diesem Schauspiel muss ich dir diese Email schreiben. Ich weiss, es ist die Sorte Brief, die du nicht leiden kannst. Aber mich fragt auch niemand, ob ich diese Situation leiden kann.
Tatsache ist: du bist glücklich, wenn du positive Energie von mir bekommst – und du bist es nicht, wenn du sie nicht bekommst. Nun, mein Leben ist nicht nur spassig (überhaupt nicht spassig würde ich sagen) und so musst du eben deine Dosis meiner Probleme abbekommen, ob wir das mögen oder nicht.
... wann bekomme ich jemals gute Schwingungen von dir? Wenn es mir schlecht geht, meldest du dich nicht. Aber wenn ich einen guten Tag habe, kann ich dich sofort bei mir spüren wie einen Schatten.
Was denkst du? Sollen wir so für den Rest unseres Lebens weitermachen? Worauf warte ich eigentlich? Ich weiss es wirklich nicht.
Du wirst deine Entscheidung niemals treffen solange diese Situation für dich bequem ist mein Lieber. Was? Welche Entscheidung? Ich kann deine Frage bis hierhin hören. Wenn du nicht weisst, wovon ich rede, ist das ein Grund mehr, diesen irrwitzigen Kinofilm auf der Stelle anzuhalten.

Öffne deine Augen – und sag mir, was du denkst, bitte. Ich weiss du beantwortest solche Briefe nie. Diesmal ist keine Antwort meine Antwort.
Ich versuche einen Weg zu finden, diese Bänder zu durchtrennen und die Verbindung zwischen uns zu kappen. Ich habe jemanden kennen gelernt, die es auch geschafft hat. Sie hilft mir nun und ich bin sehr, sehr froh, sie getroffen zu haben. Es wird nicht leicht werden, aber ich hoffe, ich werde erfolgreich sein. Du wirst es ja dann fühlen.
Vielleicht kannst du es deinerseits versuchen und wir werden eines Tages frei sein. Hört sich gut an, finde ich.
Ich werde bis morgen warten und dann schicke ich dir dein Weihnachtsgeschenk. Habe es vor wenigen Tagen gemacht und denke, du solltest es trotz allem bekommen. Es handelt sich um eine Fotoshow von 3:33 Minuten Dauer. Ich kann es immer nicht abwarten bis endlich Weihnachten ist! Der Song, den ich für diese Show verwendet habe, wird jetzt gerade im Radio gespielt. Ach ich werde diese unglaublichen Zufälle vermissen.

xxxx
C.

7. November

Guten Morgen C ... es tut mir sehr leid von deinen Träumen zu hören.
Zu deinem Brief: also, es tut mir leid, dass die Dinge nicht vorankommen können. Wir leben in zwei verschiedenen Ländern. Du kannst nicht so einfach reisen und ich arbeite zudem in vielen anderen Ländern überall auf der Welt.
Es ist unmöglich.
Ich denke, wenn du mehr verlangst als wir JETZT haben, dann müssen wir alleine bleiben und dies beenden, denn ich kann dir nicht das geben, was du willst, auch nicht, wenn ich die Zeit dazu hätte.
Es tut mir leid, dass ich so unfreundlich sein muss. Aber das ist Realität.
Vielleicht war es dumm von mir, wieder mit dir in Kontakt zu treten ... ich tat nur, was mir natürlich erschien.

dein Freund und Zuhörer
Kris xxxxxxxxxxxxxxxxxxxxxx

Ich werde ihn nie wieder berühren. Nie wieder.

Wenn Gott weint

Gott sammelt Tränen.
Keine einzige wird je verloren gehen!
Und auch, wenn wir uns einsam trauernd wähnen,
wenn alle Himmel scheinbar schweigen
und niemand ihn je sah,
hat er doch jede einzeln angesehen.

Er macht aus ihnen Ozeane,
und wenn er mit uns weinen will,
lässt er sie auf uns niederregnen.
Gottes Tränen fallen still ...
Vielleicht ist dieses seine Art zu zeigen:
ich bin da.
Vielleicht ist dieses seine Art, zu segnen.

Cathérine Cordero

Eins steht fest! Ich achte in Zukunft genauer auf meine Wünsche ... Diesmal sage ich: Bitte, lieber Gott, schicke mir den einen, den ich über alles lieben werde und der mich ebenfalls über alles liebt, damit wir die heilige Liebe leben können. So ist es besser. Und: Dein Wille geschehe. Denn das ist das allerwichtigste!

Betreff: jetzt
... so sind wir uns schliesslich einig. Mir tut es auch sehr leid, aber es muss anscheinend so laufen. Ich werde dich in Erinnerung behalten als etwas ganz Besonderes, Kris, und ich werde immer nur das Beste von dir denken.
Es ist schade, dass ich nie mehr die Chance bekommen habe, deine Hände noch einmal zu halten oder noch einmal in diese Augen zu schauen, in denen all meine Antworten leben. Ich werde dir dein Geschenk schicken, wie ich es versprochen habe. Hoffe, du kannst es öffnen. Muss nur ein paar Details verändern und dann wirst du deine ganz spezielle Weihnachtspost bekommen. Du bist sehr aufrichtig, danke dir sehr dafür Kris. Aber das warst du immer. Hoffe, du wirst glücklich sein und sicher ... Ich hatte mir immer gewünscht, dass ich dich glücklich machen könnte, aber ich vergass, dass ich selber auch glücklich sein muss.
Liebe und Licht xxx
C.

8. Kapitel

don´t want to lose you

12. November

C. ... ich komme gerade heim und sehe meine emails durch, und mittendrin finde ich die allerschönste überraschung - deine fotoshow für mich!! mir fehlen die worte und ich fühle ich habe Glück, dich zu kennen darlin. es berührt mich sehr und ich weiss, es kommt von herzen ...
ist es das ende? God knows!!!! der song passt perfekt dazu. ich weiss nicht, wie ich mich jemals dafür bedanken soll - ausser einen song für dich zu schreiben ...
all meine liebe für dich xxxxxxx Kris

Ich antwortete mit den drei wichtigsten Worten, die es für mich gibt:

Yes, God knows.

02. Dezember

Gestern abend weinte ich im Bett sehr heftig. Es kam prompt noch eine SMS von Kris, die ich aber nicht bemerkt habe, weil mein Turbohandy wieder mal ausging als sie kam. Ich verstehe sie auch nicht, also antworte ich nicht.

06. Dezember

Wo stehe ich denn heute eigentlich? Nach der enormen Krise bezüglich der Wunder-oder-nicht-Wunder und einer SMS von Kris vorgestern hat er gestern wieder mehrere Mails geschickt, aus Finnland. Er schrieb, heute bekomme ich weitere Fotos von ihm. Gestern abend schwamm ich in einem einzigen Ozean aus Liebe zu ihm, es ist und bleibt unfassbar.
Interessanter weise lautete die Betreffzeile von Kris erster Mail gestern: „kleine wunder". Schon wieder geht es um kleine Wunder! Er weiss immer, immer ganz genau, was in mir vor sich geht.

10. Dezember

nur noch wenige tage im dunklen finnland, und dann wirst du wieder zu hause sein. schlaf gut xxx

Warum fällt es mir immer noch so unendlich schwer zu glauben, dass er mich angeblich auf die gleiche Weise liebt wie ich ihn? Es ist und bleibt unvorstellbar für mich. Sein Kopf ist zuviel dazwischen, meine ich. Vielleicht auch meiner. Zusammen mit dem Weihnachtsgeschenk für meine Schwester „Handbuch zur Wunscherfüllung" kam eine neue Postwurfsendung: WUNSCHERFÜLLER ... diesmal auf sternenübersähtem blauen Hintergrund – welch ein verrückter Tag!

abends

nach 25 emails war er auf einmal verschwunden. Das war am Wochenende also tatsächlich die Ruhe vor dem Sturm ... Wahnsinn, aber es hat ja immer den gleichen Ablauf! Ich kann die Inhalte der Mails nicht wiedergeben, sie waren aber allesamt sehr gefühlvoll und persönlich. Er hat mich mit dem Ozean verglichen, der ihm gleichzeitig Angst macht, ihn aber auch fasziniert. „Wenn jemals eine Frau wie der Ozean war, dann du. Beängstigend, tief, magisch, doch vor allem eins für mich: zu Hause." Die ganze Zeit fühlte ich diese unendlich tiefe Liebe und keinerlei Widerstand von seiner Seite, ich war heute im Himmel.

11. Dezember, E mail an Lars:

„nein, ich habe nie bedauert, dass es so ist, wie es ist, ich habe mich nur immerzu gewundert, wie ich diesen unmöglichen mann so sehr lieben kann. und ich habe ganz schnell verstanden, dass ich ihn noch unter weitaus schwierigeren umständen lieben würde. ich wollte ihn zu keinem zeitpunkt ändern, denn er ist perfekt, grossartig, wundervoll genau so wie er ist. denn das worauf es ankommt ist unsichtbar, ich kann es bei ihm dennoch sehen ;-) sein verhalten, das wollte ich schon oft ändern, aber niemals den menschen dahinter. und dieses ändernwollen entsprang immer nur meinem ego.

natürlich sind wir menschen und leben in einem physischen körper. wenn du diese unendliche liebe mal auf sex überträgst, weisst du in etwa, wie stark die körperliche anziehungskraft zwischen ihm und mir ist. die intensität dessen steht den seelischen regungen in nichts nach. kannst du dir vorstellen mit jemandem zu schlafen und

seine gefühle genau so wie deine eigenen parallel in dir zu fühlen? es ist als wenn man gesprengt wird, man ist zu klein, zu begrenzt für diese übermacht an gefühlen. ich war früher kein kind von traurigkeit, aber so etwas habe ich noch nie zuvor erlebt. und doch war es das normalste auf der ganzen welt.
das wunderschöne und besondere an einer dualseelen-verbindung ist, dass man sich zu jedem zeitpunkt so geben kann wie man ist, gut gelaunt, schlecht gelaunt, man darf meckern und böse werden, man darf weinen, man darf angst haben - der andere versteht immer zu hundert prozent und wäre nie beleidigt oder traurig oder entsetzt. selbst in der innigsten beziehung trägt man bisweilen masken, davon kann sich wohl niemand freisprechen. es bleibt immer ein letzter teil, der niemals jemandem gezeigt wird. da in einer seelenverbindung aber permanente telepathie und absolutes gemeinsames empfinden bestehen, kann man den anderen gar nicht belügen, selbst wenn man es versuchen wollte). dort gibt es diesen teil nicht, den der andere niemals zu gesicht bekommt. diese beziehung ist die ehrlichste, die ich jemals zu irgendeinem anderen menschen hatte. ich kann ihn gefahrlos auf den grund meiner seele blicken lassen, auf jeden innersten wunsch und traum, ich kann ihm jede angst zeigen, egal wie tief sie vergraben ist - er wird sie in seine hände nehmen und lieb haben. diese gewissheit hat man bei niemand anders, weder bei den eigenen eltern noch sonstwo. nicht in dem masse. der seelenzwilling ist kein fremder, er ist ICH, nur in anderer verpackung. ihm zu schreiben ist wie tagebuch schreiben.

es kann kein solcher konflikt auftreten wie mit meinem exmann, denn mein zwilling könnte nie derart konträr und bewusst verletzend handeln, denn wir sind aus einem guss. der eine lebt das männliche aus und der andere das weibliche. es ist sehr hart, wenn es sieben monate her ist, dass man diesen wunderbaren menschen in seinen armen halten konnte, aber man ist sich in jedem augenblick ja innerlich so nah, dass es auf eine art nicht wirklich schlimm ist. natürlich möchte man ihn in der realität berühren., aber das, worauf es ankommt, habe ich ja immer, nämlich die absolute nähe im herzen und in der seele. hast du mal mit einer frau geschlafen, die du nicht liebst? diese endlose leere, obwohl man vielleicht körperlich spass hatte, kennst du die? das wichtigste ist die innere nähe, das weiss eigentlich jeder mensch. mein herz und meine seele sind angefüllt mit ihm bis obenhin, das lässt mich relativ in frieden leben. das andere ist das sahnehäubchen, das ich einmal hatte und auch wieder haben werde, das weiss ich Gott sei dank ganz sicher. aber wann wir soweit sind, das entscheiden nicht wir, sondern Gott. und da beginnt unsere schwierigkeit. erst wenn ER seine zwillinge wieder zusammen lässt, geschieht es wieder. wann, das steht in den sternen. und dann werde ich es dankbar annehmen, dankbarer als irgendwer. ich glaube, dadurch dass das körperliche zusammensein zumindest anfangs so rar gesäht ist, lernt man erst zu erkennen, welches wunder man dabei

eigentlich erlebt. es ist alles genau so richtig, wie es die ganzen 18 monate abgelaufen ist. ein göttliches drehbuch. jeder tag war richtig und jeder tag war gut. und genau so wird auch jeder kommende tag sein. Gott macht keine fehler :-)))
ich hoffe, ich konnte dir das wesen dieser unendlichen liebe ein kleines bisschen näherbringen. du schreibst, man möchte das nach dem lesen dann auch erleben - aber jeder mensch **kann** *es jeden tag erleben! dem seelenzwilling zu begegnen ist eine wunderbare unschätzbare hilfe, rascher zu dieser bedingungslosen liebe zu finden. es geht aber eigentlich grundsätzlich darum zu erkennen, wie sehr Gott uns liebt - irgendwann an irgendeinem punkt stellte ich dann fest, dass ich genau dasselbe für Gott fühle. ich liebe meinen gott unendlich und mit allem was ich habe, und das ist es, worauf es ankommt."*

Email an Kris:

Kris, wenn ich deine fotos ansehe will ich dich so gerne fühlen, ich will dich berühren und deine energie unter meinen händen spüren ... daran zu denken, dass du für kurze zeit so real in meinem leben warst! ich möchte wieder in deine augen sehen und erkennen, dass du meine gedanken liest. ich weiss genau, wie das ist, denn im mai durfte ich es erleben. deine worte klingeln in meinem kopf – ich kann dir nicht mehr geben, und es dauerte eine zeit, bis ich verstand, was das für mich bedeutet. heute weiss ich, dass meine lektion lautete: liebe fordert niemals etwas zurück, liebe ist glücklich, weil der andere existiert. wenn ich dir also sage: ich liebe dich, möchte ich nur noch eine antwort von dir hören Kris: ich weiss.
vielleicht ist es deine lektion, liebe in deinem leben zuzulassen ... lass mich dich einfach lieben, das ist mein geschenk an dich. du kannst niemals ermessen, wie sehr du mein leben verändert hast – wie sehr du mich verändert hast und die art und weise, wie ich das leben sehe und diese welt, in der wir leben.
daher glaube ich, es hatte einen grund, dass wir uns begegnen mussten: wir wollten lernen und wachsen. und dabei kann uns niemand besser helfen als unsere dualseele, der beste spiegel, den wir im leben haben können.
ok, Kris, das war eine lange rede. aber die sexuelle anziehung ist eben nur eine hälfte der magie. danke für alles, was du tust,

C.

12. Dezember

8:44, gerade kam eine Email von ihm. Er finde meine Nachricht von gestern wunderschön, aber er ist der Meinung, wir haben wohl zwei gänzlich verschiedene

Realitäten. Er wird es nie begreifen, und ich glaube, ich werde ihn nie wiedersehen. Oder? Unser Gespräch gerade war zum Piepen: er will mir ein Video schicken, aber es ist zu gross, daraufhin schreibt er: „Ich bin zu gross für dich, du kannst es nicht empfangen." Antwortete ich: „Ich kann empfange, aber du kannst nicht senden".

13. Dezember

Es geschehen Dinge. Die unglaublichsten Dinge! Zuerst hat Kris mir das Foto aller Fotos geschickt:. er hat seine rechte Gesichtshälfte fotografiert, man sieht eins seiner Himmelaugen, und ich bin beinahe umgekippt, als ich die Mail öffnete. Das Bild sagt mir alles, wirklich alles. Und ich hatte heute früh noch überlegt, ob ich ihm ein Foto meines Gesichts schicken soll, dachte aber, das wäre zuviel für ihn, vielleicht lieber nur eine Hälfte, dann könnte er wenigstens ein Auge sehen ... und hab es dann doch sein gelassen. Der Betreff lautete: „Ich habe ein Auge auf dich!"
Maya meint, den Blick von dem Foto kennt sie, er heisst: „ich empfinde viel, viel mehr für dich, als ich zugebe. ich liebe dich.". Ich gehe jetzt schlafen und hoffe auf hilfreiche Träume, die mir all das erklären, denn ich kapiere es nicht.

16. Dezember

Ich kann doch jetzt nicht schon wieder auf der Zielgeraden vor Weihnachten bei jedem Weihnachtssong in Tränen ausbrechen! Das werde ich zu verhindern wissen. Es liegt nur bei mir, ob ich dieses Mal an Weihnachten glücklich bin, das kann Kris nicht machen, das muss ich selber machen. Und ich werde es machen. Das ist das, was ich gerade wieder lernen soll: auch ohne Kris und gute Nachrichten von ihm glücklich sein. sehr schwer, aber es geht. Das ist das Hauptlernziel. so lässt er mich gerade wieder extrem lernen, in der an sich glücklichsten Jahreszeit selber für mein Glück zu sorgen ... Ich liebe ihn, er ist der beste Lehrmeister, den man haben kann. Das geht sogar noch weiter. Was spiegelt Kris mir gerade? Er zieht sich nicht zurück, weil ER mir zu nahe gekommen ist – er zieht sich zurück, weil er mir so nahe gekommen ist, dass ICH schon wieder alle meine Wünsche auf ihn projiziere, sprich: er wird wieder auf das Podest „Wunscherfüller" gestellt, wo er gar nicht hingehört. Denn das ist mein eigenes Podest! Kris macht immer alles ganz genau richtig. Ich werde ihn zumindest als den einen Mann in Erinnerung behalten, mit dem ich das allermeiste in meinem ganzen Leben gelernt habe, der mir gezeigt hat, was Tränen sind und er mir gezeigt hat, wie ich mich selbst glücklich machen kann! Ich bin ihm unendlich dankbar, dafür, dass er den Kontakt zu mir aufrecht erhält und mich somit weiter mit ihm lernen lässt.

... und dass ich nicht mein Leben lang allein bleiben will, das weiss der liebe Gott ;) Also nehme ich diese Jahre jetzt als eine sehr lehrreiche Zeit an.
Ich sollte Kris in erster Linie als meinen Lehrer sehen – meinen geliebten Lehrer, das wird mir helfen. Und dann ist auch noch genug Platz für einen Mann, der mit mir eine richtige Beziehung führen will – wenn ich dafür bereit bin, d.h. sobald ich mich selbst genug liebe. Wohlgemerkt - er weiss bewusst *nichts von all diesen Zusammenhängen, aber er spielt seinen Part dennoch perfekt. Die Seelen wissen es eben alles ganz genau. Ich habe den Vorteil, dass ich es mir auch bewusst gemacht habe. Manchmal ist das aber auch der schwierigere Part, wie wir die ganze Zeit über sehen können. Es ist übrigens ein Irrtum zu denken, wenn man jemanden so sehr liebt würde man verletzlich - man wird nicht angreifbarer, man wird im Gegenteil stärker. Was könnte uns unbesiegbarer machen als die Liebe, die selbst den Tod überwindet?*

„guten morgen Kevin,
ja es wird sich jetzt entscheiden, drolliger weise auch bei uns. der irrtum ist, dass wir warten müssten, bis sie sich entscheiden, denn die entscheidung liegt immer nur bei uns. ;-) das sind die grundsätzlichen dinge des lebens, die sie vor diesem leben versprochen haben uns beizubringen. solange du immer nur die vordergründige situation siehst, wirst du es auch weiterhin schwer haben, Kevin.
es ist alles ganz einfach - wenn man nur seinen blickwinkel ändert."

24. Dezember

Kris hat heute vormittag gemailt!!!! Ein Wunder, mein Weihnachtswunder!Nun, gestern war ich soweit, dass ich meine Erkenntnis in Worte fassen konnte, da war es eigentlich klar, dass er sich melden und somit bestätigen konnte ... Er dankt mir für ein Jahr, in dem ich ein aufregender und doch beständiger Teil war. Wie schön, ich hoffe sehr, ich bin etwas, das beständig ist in seinem unbeständigen Leben. Für mich ist er das – das eine, was sich niemals ändern wird, egal, was aussen herum passiert. Weiter schreibt er, dass wir uns im nächsten Jahr wiedersehen werden, an einem sonnigen Tag. Kris ist verrückt, und das ist auch gut so.

28. Dezember

Ich hatte gerade die Eingebung, ich müsse Kris dies noch schreiben:

„eine kurze mitteilung für dich!
gestern sprach ich mit jemandem über dualseelen, und sie fragte mich, wie viele jahre wir beiden uns schon kennen. ich antwortete: 18 monate, und sie konnte kaum glauben, wie wir in der kurzen zeit soweit kommen konnten!
andere kämpfen jahrelang und beten und weinen und versuchen alles, treffen sich und gewinnen und verlieren, aber wir haben unseren fall recht schnell verstanden. gut für uns! somit danke ich dir nochmals dafür, dass du mein komplettes leben innerhalb von 18 monaten verändert hast – es hätten 18 jahre sein können!
du warst immer ein sehr guter lehrer, und ich bin ein sehr glückliches mädchen.
hoffe dir geht es prima und das leben ist gut zu dir!
C.

30. Dezember

gerade fühlte ich ihn auf einmal bei mir, und eine minute später kam eine email von ihm!!!!

> *schicke dir liebe und umarmungen und wünsche dir alles was du dir erträumst oder wenigstens etwas davon für 2008 xxxxxxxxxxx*

ja das tue ich. es gibt ein ganzes buch darüber vergiss das nicht xxx
ich fühlte deine nachricht kommen, it´s still alive ... und ich hoffe es dauert nicht so lange bis du wieder schreibst x ich fühle dich sowieso, also kannst du mir auch sagen, was das ist, das ich da fühle, und ich kann dann damit arbeiten. wir gehen zusammen, nicht nur wenn wir uns begegnen und zusammen in den feldern spazieren gehen x schlaf gut.

abends kam eine Kettenmail von Kris:

schicke dies an alle menschen, die du liebst und im neuen jahr nicht verlieren willst – auch mich.

und er hatte hinzugefügt:

will dich nicht verlieren x

01. Januar

"Hallo Cathérine,

Feb/ März jetzt im neuen Jahr wird Klarheit geschaffen, Die Anbahnung endet, die Emotionalität wird erlöst und zugleich wird das Tor zur Partnerschaft geöffnet werden. Die geistige Welt sagt: ja, ihr kommt zusammen und ihr werdet ebenso als Paar durch das Leben gehen.
Lasse den Kontakt vorerst los, es wird von ihm wieder neu initiiert werden und all das wird dich sehr glücklich machen.
Lerne zu erkennen, dass es auf das ankommt, was du fühlst, und sieh alles andere als irrelevant an.

liebe grüsse
Sandra"

Ich hatte auf Empfehlung einer Freundin hin diese Frau für mich channeln lassen. Nun sass ich da und konnte es nicht glauben, was ich da las. Das hatte ich nie und nimmer erwartet!!! Wir werden also doch zusammen durch das Leben gehen??? Wie und wann sollte das wahr werden? Jetzt hatte ich den März im Auge – so lange würde ich es auf jeden Fall nicht schaffen, abzuspringen. Die Hoffnung hatte neue Nahrung bekommen. Man muss sehr vorsichtig sein, wenn man sich Voraussagen machen lässt, das kann einen nämlich ganz schön unter Druck setzen. Unter diesem selbstgemachten Druck sollte ich schliesslich Ende März auch zusammenbrechen ...

06. Januar

Besonders der eine Satz aus meinem Traum schwirrt wieder unaufhörlich in meinem Kopf herum: „es wird beendet und vollendet, was nicht vollkommen war". Bezog sich dieser Traum auf heute? War er ein Ausblick in die Zukunft, die jetzt erst meine Gegenwart ist? Wird es jetzt vollendet – oder beendet? Im Kinder-TV sagte gerade jemand: „Du wirst es bald begreifen." Dieser Satz wurde von meiner Aufmerksamkeit aus allem herausgefiltert.

11. Januar

Hier mein Traum von letzter Nacht:

Nach langem gemeinsamen Warten im Krankenhaus (ich bin schwanger) entschliesst sich der Vater des Kindes, heimzugehen und sich vom Warten auszuruhen. Er begreift gar nicht, dass es jetzt ernst wird, weil doch jeden Augenblick die Wehen anfangen können. Gerade jetzt, kurz vor der Geburt, sollte er doch dabei sein! Da niemand Zeit hat, um weiter mit mir zu warten, besuche ich einige Freundinnen, die eine Gartenparty im Baumhaus geben, dort sind Männer nicht erwünscht. Ich steige zum Baumhaus hoch, und eine Freundin sagt, sie rufe mal lieber eine Amme an. Die Amme sagt jedoch am Telefon: „Ammen sind doch heute nicht mehr zeitgemäss!", und ich rufe unter Wehen aus: „OH DOCH!"

SMS von Kris:

wieder auf dem weg für show im norden. denke an dich xxx

Kris, ich werde dir nahe sein heute nacht. sieh auf zu den sternen und finde mich dort. fühle mich. x

Nach dieser Nachricht hatte ich plötzlich die Durchsage Satz im Kopf: „Alles wird jetzt zusammengeführt!" Das Herz schlug mir bis zum Hals, und ich stand wie elektrisiert in meiner Küche.

16. Januar

„hallo Inge,
dieses buch von Deepak Chopra schlägt dem sprichwörtlichen fass den boden aus!
es handelt wie gesagt von den sinnvollen fügungen als fingerzeige bzw. ausdruck des grossen geistes, sprich: Gott - ich denke mal du kennst das buch? und beim lesen finde ich auch prompt auf jeder seite einen synchronistischen hinweis, passend zu meinem eigenen leben. ich höre gewisse leute immer noch spotten, mit meiner geistigen gesundheit könne es ja nicht weit her sein, wenn ich auf einem reklameschild eine botschaft vermute. ha ha ha :-))))
in dem buch steht das, was ich von anfang an gespürt habe: es sind eben doch botschaften, da alles mit jedem verwoben ist. wunderbar! ich liebe dieses buch und hab es schon fast durchgelesen.
wollte dir dies nur kurz erzählen - wie du weisst, hat sich die anzahl der menschen, mit denen ich über diese dinge sprechen kann, auf eine sehr kleine überschaubare zahl reduziert."

17. Januar

Heute früh wusste ich gleich, dass Kris gemailt hat, denn es liefen nacheinander drei entsprechende Songs im Radio und ein seltsames Gefühl beschlich mich.

> *endlich zu hause und am neuen laptop. hab meinen alten am fughafen verloren. sende dir gutenacht- grüsse und vieles mehr xxx*

Gerade lese ich dieses auf der genialen Webseite Starchild.com, die eine Freundin mir empfohlen hatte:

„Im Moment befinden wir uns im Prozess: 'Durch den Tunnel hindurchgehen', auf die 'andere Seite' - mitten im Geburtskanal oder in einem massiven Übergang, welche Definition Du auch immer dafür wählst. Diese Phase des Prozesses ist absolut notwendig und gleichzeitig eine wichtige Bestätigung, dass wir wirklich bereit sind, demnächst eine sehr neue Welt und Realität zu betreten. So wie Babies, die sich im Geburtskanal befinden, oder Individuen, welche die Erfahrung des 'Tunnels' bei einem Nahtoderlebnis gemacht haben; Wir machen sicherlich dasselbe durch."

> *sorry, Kris, ich konnte bis jetzt nicht antworten. habe die worte nicht gleich gefunden. sie sind in meinem herzen, nicht in meinem kopf. und vielleicht ist es besser, sie dort drin zu lassen.*

19. Januar

Mir widerstrebt immer dieses 3-D-Denken, von wegen du musst ihn zappeln lassen, du machst es ihm zu leicht. Das sagt doch alles der Kopf! Warum sollte ich ihm bewusst irgend etwas schwer machen? Diese Ego-Spielchen spielt man letztlich nur mit sich selbst. Warum sollte ich das, was ich geben kann und will, zurückhalten? Als ob er es in dem Moment nicht verdient hätte. Die Liebe erzieht doch nicht die Liebe. Nein, das muss definitiv Unsinn sein. Wenn es sich um eine 3-D-Beziehung handelt, dann mag das alles zutreffen. Aber wir sind doch sowieso über das Herz verbunden, was also soll die ganze Maskerade? Natürlicherweise mache ich es ihm leicht, doch „zu leicht" gibt es nicht. Kann man denn sagen, Gott macht es uns zu leicht? Viele Menschen lieben ihn nicht, oder wenden sich ihm nicht zu, weil er es uns zu LEICHT macht? Natürlich nicht. Das Sichabwenden liegt immer in den Menschen begründet, niemals in Gott, also der Liebe. Die Menschen müssen dann erst soweit lernen oder reifen. Aber Gott teilt doch auch nicht seine Liebe ein, um

Menschen zu sich hin zu erziehen. Und mit der Dualseele ist es wie mit Gott. Die Liebe fliesst, warum sollte man den Fluss aufhalten? Warum anders handeln als man fühlt? Das ist ein Herzenswiderspruch und daher unsinnig.
Dualseelenverbindungen scheitern niemals, weil einer zuviel gegeben hat. Das hat andere Gründe. Es sollte immerzu fliessen.

21. Januar

Um 5 vor 3 Uhr bin ich wachgeworden und konnte nicht mehr einschlafen. Mir geht's furchtbar, ich habe Angst und bin verwirrt und traurig. Haben sie es jetzt doch beendet? Ich versuche mich zu erinnern, wann ich aufgehört habe, Kris´ Bild auf meinem Handy „gute Nacht" zu sagen, aber ich weiss es nicht mehr. Am liebsten würde ich es ihm schreiben, aber ich weiss nicht wie. Letzte Nacht habe ich nur Unsinn geträumt; was ich noch weiss ist, dass auf der Rückseite einer Zeitschrift in allen Regenbogenfarben stand: „Wollen Sie nach Ägypten reisen? Gewinnspiel!", und ich fühlte mich im Traum seltsam berührt weil ich zum zweiten Mal von einem Gewinnspiel/Reise nach Ägypten las uns nahm mir vor, diesen Zufall jemandem zu erzählen.

Eben war Maya auf einen Kaffee hier, und ich erzählte ihr aufgelöst von dem, was in mir vor sich geht, und genau da mailte Kris:

ich fühle dass du rufst. halte durch. x

24. Januar - nach 19 Monaten ...

Hier kommt mein neuester Beitrag für Ursulas Webseite:

„Es wird leichter, sobald man erkennt, dass man selbst der Hauptdarsteller dieses Theaterstücks ist, und nicht die Dualseele, obwohl sie anfangs der wichtigste Mensch im Leben zu sein scheint - doch das sind immer wir selbst, anders kann es auch gar nicht sein, denn wir leben *unser* Leben und nicht das der Dualseele. Sobald man erkennt, dass man nicht herausfinden muss, wie man der Dualseele schnellstens näher kommen kann, sondern wie man **sich selbst** schnellstens näher kommen kann, wenn der Fokus sich vom Gegenüber weg endlich auf sich selbst richtet, dann erkennt man den wahren Sinn dieser Begegnung und geht ganz anders mit ihr um.

Der Seelenzwilling ist tatsächlich einzig und allein dazu da, uns zu zeigen, wer wir wirklich sind. Ob man im Aussen zusammen leben soll, richtet sich danach, ob man gemeinsam noch besser lernen kann bzw. das richtet sich nach der Art der gemeinsamen Aufgabe. Die Antwort darauf ist für den einzelnen kein Geheimnis, man kann sie herausfinden, das weiss ich, weil ich es selbst getan habe. Sie wird einem "leider" nicht brühwarm vorgesetzt, man muss sie sich erarbeiten, wie alles im Leben ... Jedoch wird diese Frage irgendwann relativ unwichtig, und man erkennt in Dankbarkeit, welche Chance intensiv zu lernen dieser Mensch uns bietet, völlig selbstlos und oft genug natürlich unbewusst :-) niemand kann das effektiver als der Seelenzwilling, denn in Bezug auf ihn ist die Sehnsucht am grössten.
Wer ganz am Anfang steht, lehnt eine solche Geisteshaltung ab, auch das habe ich erfahren. Das reicht bis hin zu Beschimpfungen, die man jedoch bestens nachvollziehen kann, weil man sich ja selbst anfangs gewehrt hat wie nur was, das alles anzunehmen :-) Aber dieser Schritt der Verlagerung ist der wichtigste, um von Verzweiflung und Leiden zu Freude und Frieden zu gelangen. Das ist kein Spaziergang, wie sicher manche(r) von euch schon weiss.
Man kommt auf dem Weg zu dieser Erkenntnis nicht an Gott vorbei, auch das ist eines Tages völlig klar. Jeder hat eine andere Vorstellung von dieser höheren Macht, nicht jeder sieht in Gott eine Person - etwa den Vater - jedoch ist sie da, und diese Macht ist es, die das Theaterstück inszeniert hat, dirigiert und zudem noch hilfreich als Souffleuse arbeitet! :-) Ich sagte einmal zu meiner Freundin, ich werde in diesem Leben so gut ich kann herausfinden, wie Gott ist, das habe ich mir fest vorgenommen. Er wird mich nicht mehr los, denn ich liebe ihn und kann mir ein Leben ohne ihn nicht mehr vorstellen! Was ich eigentlich gesagt habe war: ich werde in diesem Leben so gut ich kann herausfinden, wie ICH bin, das habe ich mir fest vorgenommen. Ich werde mich nicht mehr los, denn ich liebe mich und kann mir ein Leben ohne mich nicht mehr vorstellen ..."

28. Januar

Ich weiss, inwiefern etwas anders ist als sonst: ich denke nicht mehr so viel an Gott. Wie kann ich das wieder in den Griff bekommen? Als die Sache mit den Rosen war und all das, da glühte mein Herz. Wie kann ich den Zugang wiederbekommen? Ich habe Gott beinahe vergessen, und das geht gar nicht! Ich wünschte, ich hätte diese Gefühle wieder!

Deshalb auch keine Schmetterlinge mehr und keine Rosen. Irgendwo bin ich vom Weg abgekommen. Wer kann mir bloss helfen, wieder zurückzufinden! Es tut mir leid, wie konnte das bloss passieren? Statt mit anderen Menschen hätte ich das alles lieber erst einmal mit Gott besprechen sollen, irgendwie habe ich ihn beiseite geschoben. Ich sollte mich ihm wirklich wieder anvertrauen und daran denken, dass er da ist und dass er das wichtigste ist, zuerst er und dann Kris.

Seit ich mir gewünscht habe, dass alles wieder so sein soll wie im April, geschehen auf der Stelle wieder „Dinge": Ich habe gerade meine tägliche Rose bekommen, als Werbung im Buchkarton. Und auf der Litfasssäule sind alle Werbungen abgeblättert, jetzt ist wieder die von April zu sehen. Verrückt!
Das neue Buch ist sehr gut, dies habe ich gerade darin gefunden: wenn man etwas erwartet und etwas anstrebt, dann ist man gedanklich in der Zukunft, sprich: im Ego, denn das Ego kennt nur Zukunft und Vergangenheit. Nur wenn man im JETZT ist, ist man im Selbst, und nur dann kann man mit sich in Kontakt sein - und somit in Kontakt mit dem anderen.

„Guten Morgen Birgit!

*hoffentlich schwirrt dir nicht der kopf von gestern abend *lach* aber es fühlte sich so an, dass ich dir das alles noch einmal klar vor augen halten sollte. die alarmglocke in mir ging los, als du sagtest, du fühlst die sehnsucht nicht mehr. die sehnsucht ist jedoch der motor für deine persönliche entwicklung und deine DS ist das versprechen, auf das sie* zunächst einmal *ausgerichtet ist, eigentlich richtet sie sich natürlich auf etwas ganz anderes. so wollen* sie *dich in gang bringen und auf dem weg halten. aber gehen musst du deinen weg alleine, egal wie es mit deiner DS ausgeht. das weisst du ja.*
wir sind auf diese welt gekommen, um zu lieben UND zu lernen. erkenne dich selbst! *nur wenn wir uns selbst näher kommen, kommen wir auch den anderen menschen näher, sprich: womöglich auch dem leuchtturm am horizont. dabei ist es letzlich wurscht, was der leuchtturm dazu sagt. wichtig ist, was wir dazu sagen, also wie wir dieses geschenk eines leuchtturms in dunkler nacht nutzen.*
*aber die sehnsucht sollte niemals aufhören, die seele braucht nämlich diese sehnsucht, denn sie weist uns ja immer wieder darauf hin, dass wir über uns hinaus zu etwas grösserem streben. wenn dieser motor ausgeht, steht das schiff. aber ein schiff soll den ozean befahren und den unwettern trotzen, es soll ferne länder erreichen und der seewind soll dir um die nase wehen. vielleicht trifft es auch eines tages an der küste mit dem leuchtturm ein, wer weiss. dein schiff steckt in einer flaute, und der erste offizier ist ja auch ein nettes bürschchen *lach*.*

aber damit verfehlst du den sinn deiner reise. und das ist nicht das, was du dir für dieses leben vorgenommen hast. wenn du im dunkeln schippern wolltest, wärest du dem leuchtturm nicht begegnet ;-) die aufgabe ist es, die sehnsucht in all ihrer intensität auszuleben, die dabei aufkommenden schmerzen jedoch umzuwandeln statt sich von ihnen fertigmachen zu lassen - und in positive energie zu verwandeln. wenn kolumbus mitten drin keine sehnsucht mehr gehabt hätte, würde er heute noch auf dem schiff mitten auf dem ozean rumgammeln. armer erster offizier!
deine seele hat dicht gemacht. sie ist es müde, dir andauernd zu sagen, dass du dich *aktivieren sollst, nicht in äusseren handlungen, sondern innerlich, für dich. das wichtigste ist jetzt für dich, dich selbst wieder zum glühen zu bringen. da helfen auch keine nachrichten von der DS. die grössten fortschritte habe ich grundsätzlich in den zeiten gemacht, in denen er sich NICHT gemeldet hat. seine nachrichten zeigten nur an, dass der nächste lernschritt soweit beendet war. das lernen an sich jedoch findet in den zeiten der funkstille statt. und weisst du, warum? weil da die sehnsucht am grössten ist - der motor läuft dann auf hochtouren ;-) würde ich sie abstellen (ich habe das natürlich versucht), würde ich nicht wirklich leben, ich würde die verbindung zu Gott kappen, und das tut letzlich noch mehr weh. du siehst, es gibt kein entkommen! leben heisst lernen. wir haben es uns freiwillig so ausgesucht."*

Komme gerade von der Schule zurück, sehe nach Emails, da kommt auch schon eine von Kris. Ich hatte ihm den Entwurf des Covers zu meinem neuen Gedichtband geschickt und dazu eins meiner neuen Gedichte. Er hat dafür genau zwei kurze Sätze:

viel glück meine liebe. cover sieht sehr heiter aus.

> *das ist alles ...?*

ich habe nur das cover bekommen und ein gedicht. ich bin nicht sicher, was ich sagen soll.

> *ich weiss was du gemeint hast. danke dir für deine wünsche.*
> *aber wo sind wir im moment? es fühlt sich an, als wären wir lichtjahre voneinander weg. sorry dass ich es erwähne, aber es tut weh*

es tut mir leid süsse. familienärger, bin so traurig und ohne energie. bitte sende mir welche.

das klingt doch schon viel besser. warum erzählst du mir immer erst von deinen gefühlen, wenn ich zehnmal gefragt habe. ich bin doch für dich hier und werde alles tun was hilft, dass du wieder glücklich bist. ich werde niemals verstehen warum du dich vor mir versteckst. ich würde dir niemals wehtun.

danke dir mein engel xxxxxxxxx

oh Kris. wir hatten bessere zeiten als du im gefängnis warst, da oben in helsinki x

Ich dachte eine Zeit über diese Kommunikation nach und schrieb ihm dann noch eine Email:

„betr: erinnere dich
bitte erinnere dich dass du nicht traurig oder deprimiert oder wasauchimmer sein musst weit weg in england oder woauchimmer, nicht wissend, was tun.
du weisst immer noch nicht, was du in mir gefunden hast, und das ist es, was ich nun seit 20 monaten versuche dir klarzumachen. wer würde sich nicht jemanden wünschen, der niemals lügt, niemals verletzt, niemals richtet, immer liebt, sich immer sorgt, immer hilft und immer fühlt. ohne ein wunder zu erwarten (aber immer noch auf eines hofft haha). du hast diesen jemand gefunden und realisierst das immer noch nicht!
Kris: HIER BIN ICH wach auf aaahh was wäre das leben ohne dich!"

Das einzige, was mich immer und immer wieder anstachelt und in Frage stellt und wahnsinnig macht, ist Kris. Ansonsten bin ich glücklich (was nicht heisst, dass ich über Kris kreuzunglücklich wäre – enttäuscht ein bisschen und sehnsüchtig, nein enttäuscht ist das falsche wort, eher traurig); oder sagen wir lieber, ich bin zufrieden, was wichtiger ist, da dauerhafter. Das muss er also nicht für mich machen (kann er ja auch gar nicht). Und ich weiss, dass das allein an mir liegt, dass es jetzt für immer so bleibt, und dass ich Unterstützung da oben habe. Ich kann alleine zufrieden sein. Also könnte ich jetzt sagen, wenn ich den ollen Klotz nicht am Bein hätte ... aber der olle Klotz hat mir die Augen geöffnet, indem er hineingesehen hat, er hat mich angeschubst, hinter die Dinge zu schauen, und nur deshalb ist mein Leben heute so friedlich, wie es jetzt ist. Daher bin ich ihm unendlich dankbar. Er ist nun einmal die Welle, die immer wieder über meinen ruhigen spiegelglatten See dahingeht. Er ist der Sturm in meinem windstillen Leben, und das ist wunderbar! Und es wird niemals mehr aufhören, weil es immer

schon so gewesen ist und es zu mir gehört, dass es so ist, genau so und nicht anders. Ja ich denke, so kann man mein Leben beschreiben. Gott regiert es ...
Es gehört ihm und ich hoffe, ich bekomme es hin, dass ich ihm wirklich freie Hand lasse. Aber niemand ist über nacht perfekt, also ist es gut so wie es ist, da ich niemals aufgebe und immer weiter an mir arbeite und immer wieder mich bemühe, den Blick auf ihn gerichtet zu halten. Und ich nehme die Kurskorrekturen an, die von ihm kommen. Manchmal kapiere ich es nicht sofort, aber er hat Zeit, Gott sei Dank! Er wartet geduldig auf mich ...

Eine Freundin aus dem Lichtkreis empfahl mir erneut, die Aka-Fäden zwischen Kris und mir zu durchtrennen. Sie erklärte mir ebenfalls, dass es wichtig ist, diese Fäden immer mal wieder durchzuschneiden, wenn ein Kontakt zu belastend ist. Dies alles geschieht natürlich auf Meditations-Ebene, nicht in unserer alltäglichen „Realität". Nun war ich soweit, es auszuprobieren. Ich setzte mich also abends hin und versetzte mich in einen meditativen Zustand. Dann bat ich den Erzengel Michael, mir beim Durchtrennen der Fäden behilflich zu sein, und sofort sah ich ihn, und er gab mir eine grosse Schere in die Hand. Ich sah auch Kris, und wir waren tatsächlich durch ein Spinnennetz von Fäden verbunden. Ich schnitt sie alle mit der imaginären Schere durch, dabei ruckte es hier und da in meinem Körper. Eine dicke Schnur kam oben aus meinem Kopf, aber als ich sie durchtrennen wollte, schüttelte Michael den Kopf. Später las ich an anderer Stelle, dass das unsere spirituelle Verbindung ist; wir sind über das Scheitelchakra verbunden, und dies ist nicht von Menschenhand zu trennen. Ich schnitt von da an regelmässig diese Verstrickungen durch, und es half mir ungemein, mich leichter und ruhiger zu fühlen, was Kris anging. Auch in Bezug auf andere Beziehungen zu Menschen half mir diese Methode, denn manche Menschen versuchen, uns Energie zu rauben und docken zu diesem Zweck immer wieder bei uns an. Das kann unheimlich schwächen und beunruhigen, aber es gibt für alles ein Gegenmittel in dieser wohlkonstruierten dualen Welt!
Damals ahnte ich schon, dass es Ende März zum grossen Knall kommen würde. Die restlichen zwei Monate hielt ich etwas aufrecht, was schon längst vorbei war. Aber ich wollte das nicht wahrhaben und wusste auch nicht ganz genau, was Gott von mir wollte. Heute denke ich, er wollte, dass ich konsequent in meinem Sinne meine Entscheidung treffe. Wie gesagt, ich sollte noch zwei Monate für diesen Schritt brauchen. Bis dahin gab es aber noch einige schöne Momente mit Kris, die ich nie mehr missen möchte.

Ich frage mich, ob ich mir denn jetzt vorstellen können muss, ohne Kris für den Rest meines Lebens glücklich sein zu können. Ist es richtig oder falsch, ihn mir herbei zu wünschen? Immerzu schwebt diese Channeling-Durchsage über mir. Aber wenn der März vorbei ist, werde ich die Entscheidung klar sehen. Entweder ist er dann wie durch ein Wunder bei mir, oder es endet eben. Das muss ich jetzt noch abwarten, da hilft alles nichts.

Mein Horoskop weiss heute: „Vieles scheinbar Festgefügte gerät ins Wanken und Gefühle tauchen auf, die du schon lange hinter dir wähntest. ***Die einzig sichere Position in solchen Zeiten ist die des inneren Zeugen****. In jeglichem Aufruhr, egal ob er durch äußere oder innere Ereignisse ausgelöst wird, finde zurück zu dem stillen Punkt in dir, der alles wahrnimmt; betrachte dein Leben aus dieser Warte, ohne irgendeine Veränderung zu erwarten – beteiligt und unbeteiligt zugleich.*

05. Februar

Meldung des Tages: „Die gekappten Internet-Seekabel geben Experten Rätsel auf." Ich frage mich gerade, WAS um alles in der Welt habe ich durchtrennt? Wirklich nur die Aka-Fäden???

8. Februar

Email an Kevin:

„du fragst, wer behauptet, dass Gott aufgaben verteilt, die zu groß sind? na, die bibel. und ich! meine aufgabe ist auch zu gross. ich habe ihm einmal unter tränen gesagt, ich sei die verkehrte für den job, er müsse sich geirrt haben. da kam die durchsage: „du bist genau richtig für den job, weil du ihn so sehr liebst".
was wir von herzen lieben, ist unser. und niemals zu gross für uns. auch wenn wir das von hier unten oftmals nicht überblicken können. von hier unten können wir unsere eigene grösse nicht einsehen."

9. Februar

Vielleicht ist es diesmal doch vorbei? Vielleicht hat Kris sich diesmal abgeseilt? Warum fühle ich mich wie vor einer Prüfung? Vielleicht spinne ich mir das alles nur zusammen. Ich glaube, ich brauche die Bestätigungen von Kris nur aus dem einen Grund, damit ich weiss, dass ich sie noch alle beisammen habe.

Am liebsten würde ich das alles beenden, ehrlich. Bin wieder total hin - und hergerissen, und zwischen Verstand und Herz klafft ein riesiger Graben. starchild.com sagt heute passend dazu: „DEN ÜBERGANG ABSCHLIESSEN... WIR SIND NUN ENDGÜLTIG AM WENDEPUNKT"
Es wird sich jetzt definitiv entscheiden, ich weiss es einfach. Entweder sind wir die ganzen 20 Monate unserer Bestimmung gefolgt – oder es war Einbildung und Wunschdenken. Jetzt wird aussortiert. Es wird beendet und vollendet, was nicht vollkommen war.

11. Februar

„guten morgen Maya!
das glaubst du jetzt nicht! gestern abend bevor ich ins bett ging, sah ich aus dem fenster und sprach mit unserem stern, sirius, er und orion leuchteten und funkelten über mir am himmel, es sah so wunderschön aus! ich war ja so traurig, wegen Kris, und ich sprach laut mit ihnen. auf einmal sah ich eine sternschnuppe, mitten durch das sternbild orion flog sie! eine sternschnuppe im februar ... ich musste an die anderen beiden denken, die beide wahr geworden sind. die eine im november, weisst du noch? und da wusste ich, was ich mir jetzt wünsche, das wird wahr.
seitdem geht es mir wunderbar, ich fühle mich total gut und zuversichtlich.
endlich hab ich auch mal ein erfolgserlebnis gehabt!"

Heute fand ich wie immer rein zufällig den folgenden (ursprünglich englischen) Text: „Zwillingsseelen sind für alle Ewigkeit verbunden, auch wenn sie physisch getrennt sind. Ungeachtet dessen, wie weit voneinander entfernt sie sich befinden, sie sind ewig verbunden durch eine silbrige blaue Schnur, die niemals getrennt werden kann. Sie sind ausserdem durch eine ähnliche Schnur über ihre höheren Selbste verbunden, die jeweils aus dem Kronenchakra kommt." Dieses dicke Band, welches in der Aka-Fäden-Meditation aus meinem Kopf kam! Unglaublich, es existiert wirklich, und ich habe es GESEHEN!

Ich schreibe jetzt immer in einem neuen Forum, wo es um den Versuch eines wissenschaftlichen Beweises für Gott geht, basierend auf einem Buch:

„Aw: Sinn des Lebens

... wieder ein tipp für die praktische anwendung, damit jeder das mal für sich ausprobieren kann (denn wir reden hier ja nicht von irgendwelchen abgehobenen yogipraktiken, sondern vom ganz normalen leben!): ich stelle mir z.B. an der super-

marktkasse in der warteschlange vor, da schweben lauter flämmchen, die scheinbar einkaufswagen schieben. so nimmt nur mein auge es wahr. alle flämmchen sind gleich und leuchten gleich makellos. so auch die kassiererin, die den kunden vor mir vielleicht gerade anmoppert, weil er sein waschmittel-paket nicht aufs band gestellt hat. dann stelle ich mir vor, wie Gott vom himmel herablächelt, die kassiererin anschaut, aufseufzt und denkt: „ach, mein kleines mädchen, ich hab dich mehr lieb als alles auf der welt." kann man mit diesen gedanken wem-auch-immer noch böse sein? kann man dann noch über jemanden lästern? nein, kann man nicht. die menschen handeln manchmal in einer weise, die man nicht gutheissen kann. aber es gilt zu erkennen, dass in diesen menschen die göttliche flamme brennt, die unfehlbar ist und absolut vollkommen. sie ist quasi nur momentan verdeckt, weil wir hier auf der erde in eine rolle geschlüpft sind. das phantom der oper ist im film auch gruselig anzuschauen, aber der schauspieler dahinter sieht perfekt und makellos aus.
der innere friede und dieses gefühl von liebe, das man unmittelbar erleben kann, wenn man einmal auf diese weise in seine welt hinausschaut, das ist einfach nur wunderbar.
ich wünsche allen viel spass beim warten in der supermarkt-schlange!"

14. Februar

Schliesslich probierte ich die Dualseelen-Meditation aus, die auf der starchild-Seite beschrieben steht. Zuerst hatte ich etwas Angst davor, denn angeblich sieht man in dieser Meditation seinem Seelenzwilling tatsächlich in die Augen. Als ich mittendrin war, fand ich es gar nicht mehr schlimm. Kris stand da vor mir, und ich sah mich, wie ich ihm mein Herz in die Hände legte. Er sah auf es hinab und begann zu weinen, wobei er die Worte sprach: „Ich weiss nicht, was ich damit tun muss, ich weiss nicht, was ich damit tun muss!" Ich musste fürchterlich weinen, er sah so verzweifelt aus! Daraufhin schrieb ich ihm diese Email:

du musst nichts damit tun. erinner dich an Let it be! schönen valentinstag Kris xxx

später

Das ist ja ein Ding - er hat geantwortet! Ich hatte um 12:13 gemailt, er um 12:31:

aaah das ist so süss von dir! thank you my darlin ich bin nicht gut in sachen valentinstag, aber: wirst du mein sein?

ich bin immer deins gewesen ;-) so, was wirst du mit zwei herzen tun?
xxx

Kris hat mir zu Weihnachten geschrieben, er hat mir an Silvester geschrieben – und auch am Valentinstag! Welch ein Unterschied zum ersten Jahr!!! Nun, ich bin sehr dankbar dafür. Mein allergrösster Schatz hat mich heute gefragt: will you be mine? Was kann man sich mehr wünschen! Ich weiss, was: ihm dabei in die Augen zu schauen. Seufz. Aber auch das wird eines Tages kommen. Ich hatte nichts erwartet – und habe wieder alles bekommen! Wie er sich vor Weihnachten über die fotoshow gefreut hat, das rührt mich immer noch an. Ach, ich wünschte, ich würde immer miterleben können, wie er sich freut, wenn ich ihm etwas schenke. Nochmal seufz. Jeden Tag würde ich ihm etwas schenken, weil ich mich so freue, wenn er sich freut.
Werbung: „Am Donnerstag war er Ihr Valentin. Aber ist er wirklich Ihr Mann für's Leben?"
Als ich gestern abend einen wunderschönen Song von John Lennon im Radio hörte, wusste ich auf einmal, wo Kris´ Problem ist: Er hat keine Angst vor dieser Liebe, er hat nur Angst, dass ich ihn eines Tages NICHT mehr liebe. Mir ging augenblicklich das Herz auf und ich dachte, du dummer alter Bär, das kann doch nie passieren!
Wenn aus uns wirklich ein Paar würde, dann wären wir ein leuchtendes Beispiel für so viele andere. Gott, wie viel Hoffnung würden sie alle bekommen, wenn sie sehen, es GEHT, man kommt am Ende zusammen, letztlich werden alle Entfernungen überwunden, Liebe führt alles zusammen. Wir wären die personifizierte Hoffnung! Das wäre wunderschön, und ich könnte den Menschen ganz anders helfen, sie würden mir glauben, und auch sie würden niemals aufgeben, weil sie wüssten, Gott macht es wahr. Seufz, doppelseufz, gigaseufz. Kris hat irgendwann einmal geschrieben: Wir machen es wahr. Ja, dies wird passieren. Sein Wort in Gottes Gehörgang! Am Donnerstag ist wieder Mondfinsternis, wie am 3.3. letzten Jahres – Mond, ich beobachte dich ... Und was passiert dieses Jahr ...?

mittags

Das 5.Werbeschild kam heute mit der Post: himmelblau auf weissem Untergrund steht darauf: ICH WILL !

Es sei

Hier in Gedanken hallt beständig
das ferne Echo deines Namens,
und deine Blicke sind in mir
noch immer nah, lebendig,
so wie sie einst aus dir
in die Erinnerung mir sanken.

Bald kommt die Zeit des Lösens,
des alles heilenden Erbarmens,
dann ist die Ruhe vor dem Sturm vorbei ...

Ich weiss, du wirst nicht warten,
bis jeder Sonnenstrahl in mir erkaltet!
In meinem Herzen blüht es wie
in einem Garten, und dann,
wenn auch dein Wollen sich entfaltet,
ruft meine Seele laut: Es sei!

Cathérine Cordero

9. Kapitel

cannot make this easier

fühle mich gerade so danach dich zu vermissen. hoffe du bist ok. kiss

> *ich weiss baby du hast ja keine ahnung durch was ich hier gerade durchgehe. love ya xxxxxxxxxxx*

doch das weiss ich. wollte nur hören, dass du noch lebst darling ...
ich bin traurig weil wir uns nicht treffen können, aber ich bin noch viel trauriger, weil ich dich nicht in die arme nehmen kann, wenn du sorgen oder probleme hast. möchte so sehr dass du dich besser fühlst. aber du weisst das. alles was ich tun kann ist, dir immer und immer wieder liebe zu schicken. hoffe du denkst daran, dass da jemand in deiner welt ist, der in jeder sekunde an dich denkt. so ist alles was ich tun kann dir nochmals anzubieten: erzähl mir davon, wenn du davon erzählen möchtest, und wenn du fliehen möchtest, bist du immer willkommen. erinnere dich daran, dass meine liebe dich nicht nur lächeln sehen will. und sie wird niemals aufhören. sie kann nicht aufhören. alles ist gut, Kris, wie auch immer es scheinen mag. bitte vergiss das nicht. mit deinen worten: be strong and happy and wise xxxxxxxxxxxxxx

> *vielen dank ma cherie*

stets zu diensten ... morgen vollmond und finsternis ... erinnerst du dich an letztes jahr? du schriebst: ich beobachte den mond. ich werde diese nacht nie vergessen. ich war so traurig, weil ich nicht zusammen mit dir schauen konnte. wir hatten uns für jenes wochenende verabredet, aber du wurdest krank

> *ja ich weiss das noch ... heute nacht wird es einen ganz besonderen roten vollmond geben. ich werde ihn ansehen und an dich denken. liebe dich xxxxxxxxxx*

Kris, ich muss wenigstens ein paar stunden schlafen, verspreche rechtzeitig zum vollmond zurück zu sein . bitte warte auf mich xxx

> *das wird mir schwerer fallen als je zuvor x*

ich fühle dich die ganze zeit bei mir, es ist sehr stark heute abend ...
werde von dir träumen und dann treffen wir uns wieder
nur ein paar stunden x

4:44 Uhr

Kris hat angerufen. Nun sitze ich hier und weine. Er hatte mir um 4 Uhr eine SMS geschickt , damit ich nicht verschlafe. Was er sagte war, dass er Angst vor dem Glück habe, weil sich in seinem Leben immer noch bewahrheitet habe, dass etwas, was sehr gut anfing, sich am Ende immer als sehr schlecht herausgestellt hat. Nein, ich mach nicht mehr mit, ich bin mit meinen Kräften am Ende. Gerade schickte er mir noch diese Email:

xxxxxxxxxxxxxxxxxxxx

Kein weiterer Text. Es hat keinen Sinn, der liebe Gott hat sich vertan. Wir werden nicht zusammen geführt – weil Kris Angst hat. WAS SOLL ICH DENN JETZT TUN?

„lieber Kris,
wieder einmal war es sehr beeindruckend zu wissen, was in dir vor sich geht, bevor du es mir selbst gesagt hast. wir brauchen uns eigentlich gar nicht zu unterhalten!
und wieder einmal verstehe ich, dass du noch immer nicht verstanden hast, was wir haben – oder zumindest nicht daran glauben kannst. wann wirst du es je wissen? ich wünschte, ich könnte es dir beweisen. na ja, ich bin daran gewöhnt, all diese kleinen wunder und die übergrosse liebe alleine zu leben.
ich kenne mittlerweile unzählige menschen, die mich um rat und hilfe fragen bezüglich ihrer eigenen dualseelen-verbindungen, weil es so aussieht, dass ich einen weg gefunden habe, mit den daraus resultierenden lernaufgaben und emotionalen tücken umzugehen. ich habe also einige andere kennen gelernt, die dasselbe erleben wie wir. normaler weise ist es die männliche hälfte, die diese verbindung ablehnt und davonläuft. ich glaube, die weibliche hälfte hat weniger schwierigkeiten, es anzunehmen, weil frauen allgemein verstand und intuition leichter kombinieren können. das liegt vermutlich daran, dass frauen mit ihren kindern auch eine extrem innige verbindung haben und es daher schon gewohnt sind. diese verbindung ist ein wenig vergleichbar mit der dualseelen-verbindung.
ich habe eine eigene webseite zu unserem thema und werde mein buch bald veröffentlichen. alle fragen immerzu danach, und ich denke, es wird vielen menschen helfen, besser zu verstehen, was sie da wunderbares erleben. sie suchen hilfe, und sie

finden sie in meinen worten. du magst niemals glauben, was hier passiert, aber ich tue es, und ich danke dir nochmals für alles, was ich durch dich lernen durfte. vielleicht ist der einzige sinn der, dass ich anderen helfen soll, wer weiss. ich hatte immer gehofft, diese liebe würde mein leben glücklicher machen. nun, auf ihre eigene weise tut sie es.
jemand sagte mir, ich solle dir diesen brief jetzt schreiben, und die worte fliessen nur so aus mir heraus – das ist eine der gaben, die diese verbindung mit sich brachte und die bei unserer ersten begegnung aktiviert worden ist.
das leben wird weitergehen, ebenso unsere verbindung, und ich werde nicht aufhören, anderen davon zu erzählen. von Gott und der dankbarkeit, die ich in meinem inneren spüre. ob du mitmachst oder nicht – diese liebe wird niemals enden. wie könnte eine liebe enden, die in unseren händen und füssen klar zu sehen ist? wir haben den physischen beweis für die ewigkeit dieser liebe, ich hätte dir das gern noch einmal gezeigt. dummer alter bär. tue was du willst, brich den kontakt ab oder rufe mich wieder an. vielleicht werden wir uns in diesem leben niemals wiedersehen. aber eins ist wahr: du bist mein seelenzwilling, daran gibt es nichts zu rütteln! und ich werde dich immer lieben, ungeachtet der äusseren umstände. ich hoffe aufrichtig, dass du immer glücklich sein wirst, es war mir immer so wichtig. Gott segne dich, Kris. Er wird dich beschützen, so lange du lebst. C.

21. Februar

Als ich aus der Badewanne kam, wartete eine Email von Kris auf mich:

> *es tut mir leid, dass ich dich zum weinen gebracht habe. ich würde liebend gerne deine website sehen C. du weisst, letzte nacht, das war spass - und mehr ...*

Kris, wenn du nicht mehr geantwortet hättest, würde ich dich nicht mehr und nicht weniger lieben. ich möchte dass du das weisst. wir alle haben diese angst, jemanden sehr liebes zu verlieren. es ist uns allen bereits einmal passiert. aber wenn wie dann etwas finden, was wir nie mehr verlieren können, haben wir noch mehr angst. warum?

xxx

22. Februar

„Hallo Cathérine,
ja, Kristian ist in einer tiefen Unruhe, und diese wird auch noch weiter anhalten. Diese Unruhe hat jedoch nicht direkt mit dir selbst zu tun, sondern mit seiner Einstellung zu seinem Leben. Seiner Einstellung entsprechend hat er sein Leben geführt und hier hattest Du keinen richtigen Platz (als Partnerin) gehabt.
Die geistige Welt sagt, dass er bis Mitte März soweit sein wird eine Entscheidung zu treffen. Bis dahin versuche weiterhin die Balance zu halten, mit der du ihm begegnet bist. Halte es auch weiter so mit den Kontakten. Du brauchst von deiner Art nichts zu verändern.
liebe grüsse
Sandra"

26. Februar

starchild.com: „Der natürliche Sog der universellen Energie ***wird nun zusammen bringen was getrennt wurde****, um das Spiel zu ermöglichen." Ob wir überhaupt noch mitspielen? Ich habe keine Ahnung! Heute früh fuhr ein LKW im Schritt-Tempo vor mir her, Aufschrift: "NOCH FRAGEN?"*

Kris, wie geht es dir? fühle dich heute sehr, sehr stark. hoffe du bist ok x

> *ja sehr stark heute, schwimme wie ein verrückter. hab dich letzte nacht ganz fest gehalten x*

das ist also der grund, warum ich mitten in der nacht um 3 Uhr aufgewacht bin. will dich wieder fühlen xxx

Nun war es März geworden, zwei Monate waren seit der überaus positiven ersten *Channeling*-Durchsage von Sandra vergangen. Und ich hatte immer noch keine Ahnung, wo wir uns befanden. Es war nicht zu Ende und doch waren wir keinen Schritt weiter gekommen. Die Situation wurde für mich immer unerträglicher, und ich sehnte die erlösende Entscheidung herbei.

06. März

Wir haben ein neues Spiel: wir schicken uns den „Song des Tages“ per Email. Heute habe ich wieder einmal absolut ins Schwarze getroffen, was nicht schwer ist für einen Seelenzwilling!

4 minuten totaler seligkeit. hab ich dir je erzählt, dass das einer meiner 5 liebsten songs ist?

> *nein, Kris, das hast du mir nie erzählt. aber, ich weiss dein leben. hoffe der song hat dich zum lächeln gebracht.*

Gestern abend wollte er anrufen aber ich war emotional nicht in der Lage, mit ihm zu sprechen. Seine Stimme am Telefon nimmt mich jedes Mal zu sehr mit. das wollte ich ihm gerne erklären:

es wäre zuviel gewesen gestern abend. vergib mir xxx es ist immer liebe – oder angst. gestern war es angst. die letzte woche war voller sinnvoller zufälle, manchmal ist es schwer für mich, das auszuhalten ohne verrückt zu werden.
*song of the day: (far away / aus soundtrack “serendipity” *)*

13. März

Email an Sabine:

„ich weiss, ich stecke fest, so wie es jetzt ist. ich stehe vor dem nächsten riesigen entwicklungsschritt, und da es hier nicht um unser privatvergnügen geht, sondern um ganz andere dinge, habe ich eine entscheidung zu treffen, um den schritt tun zu können. man hat in diesem leben nur eine wahl: gehe ich mit gott oder wurschtele ich mich alleine durchs leben? Kris wurschtelt weiterhin alleine, aber ich gehe mit Gott, auch wenn das bedeutet, das liebste hinter mir zu lassen.
es geht um mehr, das sage ich allen, die ihre DS gefunden haben, aber die wenigsten verstehen das. sie heulen herum, weil sie nur einmal pro woche sex mit der DS bekommen! wenn ich so etwas höre, denke ich immer, das darfs nicht geben!!! das geschenk ist ein ganz anderes, und solange man das nicht begreift, leidet man weiter.

**engl.: sinnvoller Zufall, Synchronizität*

Kris hat auch noch nicht begriffen, worum es geht, aber das ist seine sache. ich habe alles getan, hab es ihm zigmal erläutert usw.
freier wille! ich kann sein leben nicht an seiner stelle leben.
heute habe ich in mir ein gefühl, dass etwas grosses neues anfängt, und ich werde dabei sein, egal wie. ich brenne darauf, frei zu sein, wirklich! ich habe alles gelernt, was ich dazu benötige: ich kann mit der sehnsucht umgehen, ich zucke nicht mehr bei jeder email von ihm zusammen, ich weiss, wo ich demnächst langgehen werde. und ich setze mich selbst an erste stelle.
meine letzte lernaufgabe kommt - wie sollte es anders sein - auch von ihm: kosequent sein, meine grosse schwäche. aber auch dies wird er mir abschliessend noch beibringen. dafür ist Kris ja da :-) ich liebe diesen mann, er ist der beste lehrer, den man haben kann. das hat der liebe Gott sich wirklich sehr gut ausgedacht, wie immer. und es wird einen geben, der mein nächster lehrer ist, der mich spirituell weiterbringt, da bin ich sicher. auch wenn ich niemanden jemals mehr auf diese weise lieben werde, aber ich habe es mir wohl so ausgesucht für dieses leben."

15. März

Der Song des Tages für heute lautet: „He ain´t heavy, he´s my brother" – hab es ihm gleich geschickt, nachdem ich es im Radio gehört hatte. Der Text passt auf uns wie die Faust auf´s Auge!

betreff: extra für dich
für meinen twin soul brother x

danke, sister xxx

17. März

ich möchte dass du mich heute abend anrufst Kris. um elf deiner zeit. wird hier mitternacht sein ... bitte sag ja xxx

können wir bitte morgen sprechen? xx

hm, ok ich werde auf dich warten xx

18. März

*Gestern abend hab ich das Buch "Traumfänger" weitergelesen. Vor 8 Jahren hatte ich es bereits einmal angefangen, aber nach wenigen Seiten gedacht, was für ein Mist ist das denn? Nun, gestern wusste ich, warum es zu früh gewesen wäre, es zu lesen: es geht darin um den spirituellen Weg und auch um eine Dualseelen-Begegnung. Es wäre zu früh gewesen. Ich sass gestern also senkrecht im Bett, zumal gleich auf den ersten Seiten zwei Ausdrücke verwendet wurden, über die ich gestern aus unerfindlichen Gründen nachgedacht hatte („*wähle weise*" - ich hab überlegt, was das wohl auf englisch heisst, völlig ohne Grund! Der zweite Ausdruck war „die Würfel sind gefallen").*
Jetzt sitzen die da oben und beobachten uns und wissen genau, wie es ausgeht und sagen mir doch nichts, und ich sitze hier unten und weiss, sie hören jeden meiner Gedanken, und bin völlig neben der Spur und kann nur hoffen und beten. Wer hat sich das alles nur ausgedacht? Wissen sie wirklich, wie es ausgeht? Aber es gibt keine Zeit „da oben", vielleicht ist es einfach noch nicht Zeit für uns?

sehr spät

Kris hat gerade angerufen. Ich hab hier mit meiner furchtbaren Erkältung im Bett herumgelungert, konnte nicht richtig atmen und daher auch nicht schlafen, fror auf einmal wie ein Schneider, fühlte mich einfach nur gruselig und hoffte schon, er würde nicht anrufen. Aber er tat es, und er sagte, er fühle sich furchtbar und friere und würde wohl krank, ob wir unser Telefonat nochmals auf morgen verschieben könnten. Das darf doch wohl nicht wahr sein! Was passiert mit uns? Oh er war so lieb, so lieb, seine Stimme war so weich. Zum Abschied sagte er unendlich zärtlich: take care baby. *Mein Gott kann man irgend jemanden so sehr lieben? Er liebt mich auch, das habe ich gerade gehört; seine Stimme hat ihn verraten.*

Das waren also seine vorerst letzten Worte an mich, und tief drinnen ahnte ich es wohl schon an diesem Abend. Ich musste sehr weinen, nachdem wir aufgelegt hatten, und für mich klang es definitiv wie ein Abschied.

19. März

Kris, ich lag im bett und wartete auf deinen anruf, konnte nicht richtig atmen, stand wieder auf und begann zu frieren und dachte, es wäre besser, wir würden heute nacht nicht reden, so krank wie ich mich fühle. und dann riefst du an und sagtest ... na du weißt es ja. ich hoffe, ich habe meine krankheit nicht irgendwie auf dich übertragen, darling, und ich wünsche mir, dass du dich heute gut fühlst und gesund bist. sorry for this! aber es tat gut, deine stimme zu hören, du warst so sanft, und deine lieben worte wärmten mein herz. jedesmal wenn ich daran denke, wie du gesagt hast „take care baby", beginnt mein herz zu lächeln. thank you for being alive Kris xxx

Ich fürchte, mein Erwartungsdruck ist auf dem Höhepunkt, daher meine verstopften Nasennebenhöhlen. Es kann nicht fliessen ... Wenn ich nur niemals diese Daten vorhergesagt bekommen hätte! Alles ist zum Stillstand gekommen, und meine Nase bringt mich um. Kris hat sich nicht mehr gemeldet.
Ich will dieses ewige Rätselraten nicht mehr, wünschte, er würde sich melden, damit ich weiss, wie es ihm geht und wo wir stehen.

20. März

Mir ging es gestern so extrem schlecht, und weil er sich nicht geäussert hatte, schrieb ich ihm eine SMS, dass ich lieber ins Bett gehe, ich sei nicht in der Lage aufzubleiben und zu warten. Da erst konnte er antworten: oh schade, er sei zu Hause und startklar (warum meldete er sich dann nicht?). Ich antwortete, wir finden einen anderen Tag. Und ob er mir Liebe zur Heilung schicken möchte. Daraufhin schrieb er:

selbstverständlich x und ich verspreche dir, ich wollte dich nicht zurückweisen. ich wollte wirklich, dass dies passiert. xxx

ja ich weiss, dass du das wolltest. liebe dich x

Warum muss ich krank sein, warum? Und warum sind wir jetzt wieder nirgendwo? Wie immer musste ich etwas weiter ausholen und ihm erklären, was ich dachte und fühlte.

"Lieber Kris,
warum muss dies alles so schwierig sein? warum muss ein simples telefonat geplant werden wie der dritte weltkrieg? warum kommst du nicht einfach her und verlebst ein glückliches wochenende mit mir?
und warum muss ich auf englisch schreiben? das macht es mir noch schwerer. nein – im ernst, ich wollte immer ein englisches mädchen sein, ich habe deine sprache schon immer geliebt. warum müssen wir uns voreinander verstecken, obwohl wir doch beide dasselbe wollen? sag bitte nicht, dass das nicht wahr ist, vergiss nicht,

dass ich dein herz fühlen kann! ich habe unmengen an liebe in mir, die ich niemals entdeckt hätte, wenn ich dir nicht begegnet wäre, das weisst du. es gibt nur noch eine sache, die mir sehr wehtut: dass ich dir diese liebe nicht geben kann. ich wünschte ich könnte dir all das geben, was du verdienst. warum können wir nicht einfach das tun, was natürlich wäre: diese verflixte liebe leben? worauf warten wir? auf das ende dieser gefühle? darauf, dass sie sich wie durch ein wunder in freundschaft verwandeln? auf jemand anderen, der uns vergessen lässt, dass wir beiden einander begegnet sind? darauf, dass england und deutschland zu einem einzigen kontinent zusammen wachsen? könnte es ganz leicht sein, und wir beiden sehen es nur nicht? C."

Die sitzen jetzt da oben auf ihrem Stern und schauen zu und fragen sich, was wird sie wohl jetzt tun? Ich sag euch, was ich tun werde: ich gehe schlafen.

Karfreitag

Mein einziger Wunsch lautet heute: es soll sich bitte endlich klären. vielleicht wollen sie mich *zu einer Entscheidung drängen? Ist es am Ende ganz allein meine Entscheidung? Ich würde gerade alles tun, damit ich endlich wieder gesund werde, wirklich alles. Soweit haben sie mich immerhin gekriegt.*

> *Kris, hast du meine email gelesen? wir müssen eine lösung finden, mein körper ist an seiner grenze angekommen. nichts geht mehr x*

Niemals hätte ich ihn derart unter Druck gesetzt, wenn mich mein eigener Körper grad nicht so fertig machen würde. Wie konnte das alles nur soweit kommen? Alles war soweit in Ordnung, bis Montag dieser Mist anfing und ich krank wurde.

Email an Sabine:

„du, ich mache den pc jetzt für ein paar stunden aus. ich muss mich aus dem bild rausziehen, sonst geht gar nichts vorwärts. loslassen, wenigstens für ein paar stunden ... etwas fühlt sich anders an, und dem will ich nachfühlen gehen. bis heute abend meine süsse"

Karsamstag

„guten morgen Sabine,

melde mich nur kurz. gestern habe ich beschlossen, ich gehe auch auf ein „walkabout", wie marlo morgan in ihrem Buch „traumfänger". ich hab alles ausgemacht, handy, pc, telefon und hab alles innerlich losgelassen.
meine arme nase war den ganzen abend vollständig zu, und ich hab gelesen und gelesen und nach und nach alles verstanden. im fernsehen sprachen sie auch prompt innerhalb eines satzes von zwillingen und nebenhöhlen, die ein problem sind. verrückt, oder?
hab abends vorm zubettgehen auf das heftigste niesen müssen, und seitdem ist die nase frei! ein wunder!!! heute früh konnte ich dann auch richtig husten, endlich (ihm was husten ...). gerade hab ich das handy angemacht, weil ich eigentlich dir bescheid sagen wollte, dass mein pc dies WE ausbleibt, da hatte ich dummer weise seine antwort auf dem handy gesehen. er habe alle meine mails und gedichte gelesen und er fühle meine frustration. am besten habe ihm die stelle gefallen, ich hätte schon immer ein english girl sein wollen (ich wusste, ich musste den satz in der mail schreiben, lustig gelle). aber er könne es mir nicht leichter machen. ob er mir frohe ostern wünschen dürfe.
Sabine, ich steige hiermit aus, wir kommen definitiv nicht zusammen. vielleicht in zehn jahren oder in einem anderen leben. Gott hat jetzt ein einsehen mit mir, ich weiss das. es wird beendet und vollendet, was nicht vollkommen war. oh, jetzt läuft „in god´s hands" im radio, passend wie immer. Gott will nicht, dass ich leide, und jetzt wende ich mich meinem inneren zu, schaue was da ausser Kris von mir selbst noch übrig ist. indem ich gestern die türen nach aussen geschlossen habe, konnten sie innen (in der nase) wieder aufgehen. ich bin sehr traurig und will jetzt meinen weg neu finden. vielleicht können wir morgen einmal telefonieren. ich schalte erstmal alles wieder aus. ich weiss noch nicht, ob ich ihm antworte. ich denke schon, einen abschliessenden satz hat er verdient. ich will auch nicht manipulierend wirken indem ich ihn sich sorgen machen lasse, damit er sich vielleicht noch einmal meldet. lieber einen klaren strich. ich werde lieb sein zu ihm, keine sorge. es ist hier vorbei, es *ist an karfreitag gestorben, wie Jesus Christus. so geht mein leben, was sollte ich daran ändern. vielleicht hat Gott wirklich etwas besseres für mich. nun, es tut sehr, sehr weh, dass ich ihn vielleicht nie mehr wiedersehen werde. aber wenn das der plan ist, ist es der plan. Gott entscheidet, nicht Cathérine.*

nun wird alles anders, ich hoffe besser. ich werde meinen weg weiter gehen und anderen mut machen, was sonst sollte ich tun, Sabine. vielleicht bekomme ich eines tages die antworten. angeblich sind sie alle schon in meinem inneren... vielleicht ist es auch an der zeit, dass ***ich*** *mich diesmal zurückziehe. ich schwebe im luftleeren raum und kann mich nur auf Gottes navigation verlassen. vielleicht wollten sie mich da haben. nun, sie haben mich da. mach dir bitte keine sorgen, ich tauche ein paar tage ab.*

alles endet gut."

Erinnerung an Mai

Der Weg vor mir wird breiter,
die Sonne malt um hohe Bäume
lange Schatten,
die wie Gestalten vor mir liegen.
Ich gehe einsam weiter,
in mir noch all die Träume,
die wir zusammen hatten,
während wir in Liebe schwiegen
und unter diesen Bäumen gingen,
als du bei mir warst im Mai.

Der blaue Himmel schaut mir zu
und leuchtet blauer,
wann immer ich die Augen hebe.
Solang ich lebe
bleibt er für mich Erinnerung an Mai.
Der frische Herbstwind lässt die Bäume leise singen,
und ich weiss traurig, das bist du;
bald wird er rauer,
und alles dies ist längst vorbei.

Cathérine Cordero

Nachwort

Meine letzte Lernaufgabe für den ersten Abschnitt meiner Geschichte lautete also: *konsequent sein*, das, was ich nie wirklich im Leben gewesen war, und schon gar nicht in meiner Dualseelenverbindung. Mein Entschluss, den Kontakt abzubrechen, erlöste mich zunächst von meiner inneren Blockade, und nachdem ich den Abschiedsbrief an Kris abgeschickt hatte, flutete eine nie gekannte Energie durch mich. Ich setzte mich sofort voller Elan wieder an mein Buch, das ich dann auch innerhalb kürzester Zeit fertig stellte. Ich hatte also gerade begonnen, mich damit abzufinden, dass es nun wirklich zu Ende war, als mich eines Abends aus heiterem Himmel eine Email von Sandra erreichte:
„Liebe Cathérine, du sollst dir bitte mein erstes *Channeling* von Neujahr noch einmal durchlesen. Liebe Grüsse, Sandra." Zuerst war ich ziemlich verwundert, denn war das nicht schon längst erledigt? Nun, ich suchte den Text wieder hervor, und beim erneuten Lesen begriff ich, was gemeint war. Während ich sehr still vor meinem Laptop sass und die Nachricht anstarrte, begann im Radio ausgerechnet *Light of stars* zu spielen. Zur Erinnerung:

Feb/März jetzt im neuen Jahr wird Klarheit geschaffen, Die Anbahnung endet, die Emotionalität wird erlöst und zugleich wird das Tor zur Partnerschaft geöffnet werden. Die geistige Welt sagt: ja, ihr kommt zusammen und ihr werdet ebenso als Paar durch das Leben gehen. ***Lasse den Kontakt vorerst los, es wird von ihm wieder neu initiiert werden und all das wird dich sehr glücklich machen.***

Meine wichtigste Erkenntnis aus der ganzen Geschichte ist wohl diese: Der „Kinofilm" ist eigentlich das, was wir gemeinhin als „Realität" bezeichnen; unser Erleben mit der Dualseele kommt uns deshalb so phantastisch vor, weil es die *eigentliche* Wirklichkeit ist, die wir zunächst durch den Schleier des Egos nicht wahrnehmen können. Sobald wir aufwachen, hebt sich dieser Schleier ... und das Herz beginnt, die Wahrheit zu sprechen.

Mein Herz ist heute das zentrale Thema. Davon handelt Teil zwei meiner Dualseelengeschichte; diese ist natürlich bereits *im Entstehen begriffen*, denn ich bin hier, um zu schreiben. Das Beste kommt bekanntlich noch ...

Cathérine Cordero
im Mai 2008

Danksagung

Ich danke von ganzem Herzen allen meinen lieben Freunden, die in Wort und Tat ihren Beitrag geleistet haben zu dieser Geschichte, die mein Leben ist. Manche haben mir ausdrücklich erlaubt, ihre Namen unverändert zu verwenden, andere haben einen neuen Namen von mir bekommen und werden sich dennoch wiedererkennen. *Sie werden einander hundert neue Namen geben!*

Und ich danke meiner geliebten Tochter, die dieses Buch hoffentlich eines Tages lesen wird, für ihre Geduld und Nachsicht. Wenn sie alt genug ist, zu verstehen, wird sie vermutlich schon wissen, wer *ihre* Dualseele ist ...
Meinem irdischen Vater danke ich für das Talent zu schreiben, das er mir ganz selbstlos vererbt hat. Meiner Mutter danke ich von Herzen, weil sie mir gezeigt hat, dass Kristian *der Richtige* in meinem Leben ist.

Vor allem jedoch danke ich Gott, dass diese Welt so ist, wie sie ist, und dass ich hier sein und am Spiel des Lebens teilnehmen darf. Und ich bin unendlich dankbar dafür, dass ich meinem Seelenzwilling hier begegnen durfte. Kris ist das grossartigste Geschenk, das ich bekommen konnte!
Gott sei Dank.

Geliebter Kris, dir danke ich persönlich, sobald wir uns wieder gegenüberstehen. *Ich liebe dich.*

C.C.

Literatur

S. 40 Korzuch, Andrea, *Nicht gesucht und doch begegnet. Zufall oder Schicksal?*, Books on Demand, Norderstedt, 2007.

S. 45 Buttlar, Johannes v., *Unsichtbare Kräfte. Was Menschen zueinander führt und was sie trennt*, Droemer Knaur, München.

S. 45 *Die grossen Meister: Deutsche Erzähler des 20. Jahrhunderts*, Band I, Bertelsmann Lesering, 1963.

S. 100 Grün, Anselm, *Bleib deinen Träumen auf der Spur. Das Buch der Sehnsucht*, Herder, Freiburg im Breisgau, 2003.

S. 109 Sparks, Nicholas, *Wie ein einziger Tag*, Heyne, München, 1996.

S. 113 Schäfer, Angela, *Die heilende Kraft des Dankens. Der Weg ins Glück*, Aquamarin Verlag, Grafing, 2006.

S. 164 Ulrich, Thomas, *Dualseelen & Seelenpartner. Das Geheimnis der ewigen Liebesverbindung*, Heyne, 2001.

S. 166 Green, Glenda, *Unendliche Liebe. Jesus spricht ...*, Koha, Burgrain, 2006.

S. 168 Ortberg, John, *Das Abenteuer, nach dem du dich sehnst. Wer auf dem Wasser gehen will, muss aus dem Boot steigen*, Gerth Medien, Asslar, 2002.

S. 179 Williamson, Marianne, *Rückkehr zur Liebe. Harmonie, Lebenssinn und Glück durch „Ein Kurs in Wundern“*, Goldmann, München, 1993.

S. 196 Chopra, Deepak, *Das Tor zu vollkommenem Glück. Ihr Zugang zum Energiefeld der unendlichen Möglichkeiten*, Knaur, München, 2004.

S. 215 Morgan, Marlo, *Traumfänger*, Goldmann, München, 1995.

Cordero, Cathérine, *Heimatlose Welten/Meine Gedichte.*, Books on Demand, Norderstedt, 2007.

Cordero, Cathérine, *Seelenseen/Gedichte II*, Books on Demand, Norderstedt, 2008.

Kartendecks:

Fiechter, Regula Elisabeth, *Mystisches Lernormand*, 36 Karten, Urania Verlag.

Virtue, Doreen, *Das Orakel der Himmlischen Helfer*, 44 Karten mit Anleitung, Allegria Verlag.

Internetseiten und andere Hinweise:

S. 39 www.energieimpulse.net Ursulas Webseite über Seelenverwandtschaften.

S. 45 www.rainer-maria-rilke.de Die Gedichte von Rainer Maria Rilke.

S. 65 www.delphinschutz.org/wissen/meeressaeuger/index.htm Über Wale.

S. 127 www.welt-der-rosen.de/ Rosen-Gedichte und mehr.

S. 144 www.herzenswuensche.de Herzenswünsche e.V., Verein für schwer erkrankte Kinder & Jugendliche.

S. 197 www.starchildglobal.com/dmb/ Starchildglobal Forum Deutschland

S. 204 http://www.lucy-im-licht.de/ Webseite zum Buch *Lucy im Licht* von Markolf H. Niemz

---

S. 213 Ein wunderbarer Film zum Thema Seelenverwandtschaft und Synchronizität: *Weil es dich gibt* mit John Cusack, engl. Originaltitel: *Serendipity*, aus dem Jahr 2001.

Internet-Webseiten zum Thema Dualseelen/Zwillingsseelen:

www.zufalloderschicksal.de

www.meinatlantis.de

Du kannst mit der Autorin dieses Buches Kontakt aufnehmen:

atlantia@online.de